Maurice Magre

Smaragdfeuer oder die Liebe des Narren

Märchenroman einer Graleinweihung in den Pyrenäen

edition Tramontane

Die französische Originalausgabe ist 1938 unter dem Titel
»Le trésor des Albigeois« bei Fasquelle Editeurs, Paris, erschienen.

Die deutsche Ausgabe beruht auf einer Übersetzung
von Marianne Tennessel.

Die Fotos hat Ursula Graubner
in den östlichen und mittleren Pyrenäen aufgenommen.
Das Schmuckpapier wurde entworfen von Laure Malé, Perpignan.

Titelbild und Gesamtgestaltung von Peter Craemer.

1. Auflage 1986

Reproduziert von Repro-Technik Vanslembrouck, Wesel.
Gesetzt von Typografischer Betrieb Zero, Rheinberg.
Gedruckt und gebunden von Wilhelm Röck, Weinsberg.

ISBN 3-925828-00-1

INHALT

Einige Worterklärungen

Albigenser (oder Katharer)	Die Albigenser, die von der römisch-katholischen Kirche als Ketzer verfolgt wurden, bekannten sich zu einer Form der christlichen Lehre, die u.a. viele Parallelen zum Buddhismus aufwies. Sie hatten ihre größte Verbreitung im 12. und 13. Jahrhundert hauptsächlich im Süden Frankreichs und wurden im Verlaufe eines Kreuzzugs bis 1250 nahezu eliminiert. Doch noch im 16. Jahrhundert ordnete die Kirche eine Untersuchung an, um erneute Hinweise auf Spuren dieser Ketzer zu verfolgen.
Reine und Perfecti	Die Katharer wurden auch als Reine (Purs) und ihre höchsten Eingeweihten als Vollkommene oder Perfecti (Parfaits) bezeichnet.
Die vier Wunder von Toulouse	Die vier Wunder von Toulouse waren zu Ende des 16. Jahrhunderts (also etwa zur Zeit der Handlung dieses Buches) für die Bewohner des Languedoc: — die Kirche von Saint Sernin — die schöne Paule de Viguier — die Mühle von Bazacle — der Geiger Mathali.
Dalbade und Daurade	zwei der ältesten Kirchen von Toulouse; die Daurade (Die Goldene) wurde wegen ihrer zahlreichen goldenen Statuen so genannt.
Ratsherren (oder Capitouls)	Aus acht Ratsherren setzte sich der Bürgerrat als ranghöchste Verwaltungsbehörde von Toulouse zusammen.
Maynade	eine Wachtruppe, die dem Polizeihauptmann unterstellt war
Guzla	einfaches arabisches Streichinstrument

Anrufung

Bei den vier Wundern von Toulouse, bei der Schönheit seiner Glockentürme, der Jugendfrische seiner Gärten;

bei den Grafen Raymond Bertrand, Pons und Taillefer, die in den drei Felsgrüften von Saint Sernin schlafen, doch, so sagt man, jede Nacht erwachen und friedlich plaudernd um die Basilika herumwandern;

bei der Weisheit der acht Ratsherren; beim Andenken der mutigen Johanniter; bei der Gegenwart der heiligen Männer, jener, die in den Kirchen verehrt werden und jener, die Ketzer genannt und auf dem Platz des heiligen Georg verbrannt wurden;

bei der blauschimmernden Garonne, Tochter der Aran-Berge, bei ihrem Gesang und ihren Kieseln;

bei Clémence Isaure, der jungfräulichen Beschützerin; bei Pierre Goudoulin mit seinen schönen Liedern, beim Haus der Familie Assésat mit seinen herrlichen Skulpturen;

bei der Melancholie der Klöster, bei dem schwungvollen Bogen der Brücken, bei der Pforte der Leprosorien;

bei der Reinheit, bei der Entsagung, bei der Einsamkeit

verspreche ich, Michel von Bramevaque, nur Wahres zu schreiben, mit Freude am Wort und Liebe zu schönen Gedanken. Mein Handeln erschien den Menschen unsinnig, doch jetzt begnüge ich mich damit, den Sonnenuntergang zu betrachten, während sich meine Seele zu der unbegreiflichen Welt erhebt.

Ich wohne in einem Haus mit Kreuzgang und Garten, Reste einer alten Abtei. Es gehört Isaac Andréa, einem Mann von großer Weisheit, der mich aufgenommen hat, als ich heimatlos umherzog. So habe ich mir gleichzeitig zwei Wünsche erfüllen können: den einen, nichts zu besitzen, und den anderen, das unveränderliche Vergnügen der Freundschaft zu erleben, das mehr Freude bereitet als der Widerschein des Sternenlichts in der Garonne.

Zwischen Buchsbaum und Efeu, unter uralten Zypressen, stehen die Grabsteine unbekannter Toter; Isaac Andréa hat mir gesagt, daß diese Toten aus einer Epoche stammen, die noch vor der Abtei, in vorchristlicher Zeit liegt. Die Mönche kamen dorthin, weil es ein besonders geeigneter Ort für Meditation und Gebet war. Und es sind, glaube ich, diese antiken Toten, die mir geraten haben, meine Erlebnisse aufzuschreiben — auf eine ganz subtile Art, wie solche Ratschläge gewöhnlich gegeben werden.

Ich schreibe nicht, weil ich Bewunderung hervorrufen will. Mir ist es lieber, nicht bewundert zu werden. Ich schreibe nicht zum Nutzen meiner Mitmenschen. Meine Erfahrung hat mich gelehrt, daß jedes Werk, das der Mensch fertigbringt, sofort entstellt wird. Zudem sind die Trennwände undurchdringlich wie Stein. Die Liebe zur Unwissenheit ist tief, und jeder gefällt sich darin, wie das Schwein im Dreck.

Ich schreibe aus Dankbarkeit für die Gnade, die mich durchströmt hat. Mit meinen Schriftzeichen auf dem Pergament will ich einen Lobgesang weitergeben, der mein Herz erfüllt. Das Licht ist zu mir gekommen, der ich in der Finsternis lebte. Ich habe die Wahrheit erfahren, so wie man die Klinge eines Schwertes berührt. Ich habe die Eiseskälte eines unveränderlichen Stahls gespürt, der mir die Brust durchbohrt. Darum rufe ich mir die Geschehnisse meiner Vergangenheit in die Erinnerung zurück, bevor sie entschwinden wie die Türme einer Stadt im Nebel.

Mögen die unsichtbaren Kräfte meine zitternde Hand lenken! Ich rufe sie um Hilfe an: den Geist der alten Druiden und die antike Minerva, zu deren Ehre die Tektosagen einen Tempel mit sieben Säulen auf dem sonnenbeschienenen Hügel erbauten, der die Garonne überschaut. Ich rufe den Abt Saturninus, der von einem Stier geschleift wurde, und jene goldene Maria, die man auch »die Daurade« nennt. Ich rufe die heiligen Albigenser, welche die Weisheit des Ostens empfingen, und die inspirierten Minnesänger, die eingeweiht wurden von den Vögeln der Pyrenäen! Ich rufe die Reinen und die Perfecti, jene, deren Namen niemand weiß, weil sie absichtlich in der Verborgenheit blieben, jene, die still gestorben sind, wie jeder sterben sollte, Angesicht in Angesicht mit ihrem unsichtbaren Stern!

Mögen sie meinen Worten die Geschwindigkeit wohlgezielter Pfeile geben, die Köstlichkeit reifer Früchte, die Wärme gut angefachter Glut, die Musik singender Bäume! Mögen sie Goldkörner in den Fluß der Erzählung säen! Mögen sie, wie feinen Staub der untergehenden Sonne, ein wenig von jener beflügelten, himmlischen, unvergänglichen Schönheit verbreiten, die man manchmal in Träumen von Ferne erblickt.

Der Ruf der Stimme

Es war unwiderstehlicher als eine Posaune des Jüngsten Gerichtes, als ein Befehl, den Christus selbst mit seinem Lichtfinger an einen von ihm Auserwählten hätte richten können.

In der nächtlichen Stille, zwischen den Säulen meines Bettes, höre ich dreimal meinen Namen nennen:

»Michael von Bramevaque, erhebe Dich!«

Einmal hätte genügt. Doch die Götter sind wie alte Leute und kleine Kinder, sie wiederholen sich gern.

Die Stimme spricht weiter:

»Ziehe hinaus in das Land um Toulouse. Finde den Gral wieder, der dort verborgen ist, und die Menschheit wird gerettet sein!«

Dies geschah in einer Septembernacht in Toulouse, nicht weit vom Tor Arnaud Bernard, bei zunehmendem Mond. Es wehte ein günstiger Wind, der den Wetterhahn auf meinem Geburtshaus nach Süden drehte.

Ich nenne es mein Geburtshaus, nicht, weil ich dort durch das komplizierte Wunder der Fortpflanzung das Licht der Welt erblickt habe, sondern weil dort, auf den alten Balken, viele weißgeflügelte Träume geboren wurden, mich durch ihre Gegenwart entzückten und wieder davonflogen.

Das Haus hatte nur eine Etage, aber es war ein Wunder an Formschönheit und Bequemlichkeit. Die Schönheit eines Hauses nimmt ab mit der Zahl der Stockwerke, und schon ein einziges wiegt schwer auf dem Rücken eines Hauses, mit seinen Eichentüren und seinen Möbeln aus dunklem Holz.

Ich sagte zu meiner Frau mit dem Schwanenhals und dem ungläubigen Gesicht:

»Gib mir meinen langen Stock, den mit den Kupfernägeln, der wie ein Krummstab gebogen ist und eine gewisse magische Kraft besitzt.«

Sie lachte beim Gedanken an diese Zauberkraft, denn sie glaubte nicht daran. Ich hütete mich, ihr von der Stimme zu erzählen, die zu mir gesprochen hatte — sie hätte noch lauter gelacht, und es ist schon etwas anderes, ob man sich über einen Zauberstab lustig macht oder über eine göttliche Stimme.

»Ich will weit ins Toulouser Land ziehen, um die Menschen und alle Lebewesen zu erforschen.«

Und mit gesenkter Stimme fügte ich hinzu:

»Ich fühle ihr Leiden in mir und möchte es teilen, indem ich es besser kennenlerne.«

Sie lachte wieder, und ihr Lachen klang wie wertvolles Porzellan, das herabfällt und zerbricht. Ich hatte schon oft versponnene humanitäre Pläne geschmiedet, ohne sie je auszuführen.

»Gib mir auch den Umhang aus braunem Stoff, mit einer Kapuze gegen den Regen, in dem ich aussehe wie ein Mönch eines geheimnisvollen Ordens, der nicht dem Papst untersteht. Ich werde ihn gut gebrauchen können, wenn ich in die Berge wandere zur Burg von Bramevaque.«

Da brach um mich herum ein Geräusch los wie von herabregnendem Kristall. Die Burg von Bramevaque hoch in den Pyrenäen verwandelte sich in eine Ruine, und schon tausendmal hatte ich gesagt, daß ich dorthin gehen, meditieren und die Gedanken meiner Vorfahren aufspüren wollte.

Ich betrachtete die von Gutenberg gedruckte Bibel, die mein Großvater erworben hatte, den Atlas von Ortelius, von dem alle Welt sprach, die lateinischen und griechischen Bücher sowie die arabischen Manuskripte, die von meinem Meister

Isaac Andréa stammten und Geheimnisse über den Körper und die Seele enthielten. Ich betrachtete die Pergamente, welche die Mitgliedschaft meines Vaters im Bürgerrat bescheinigten, der ein kluger und rechtschaffener Mann gewesen war. Ich verspürte kein Bedauern, sondern eine Welle von Fröhlichkeit durchströmte mich beim Gedanken an die Mission, mit der mich eine unsichtbare Kraft beauftragt hatte, indem sie mir einen kurzen und, ehrlich gesagt, etwas vagen Befehl gab.

Weit jenseits der Stadtmauern schlug die Glocke von Minimes zwölfmal. Ich hörte die Schritte der Wachsoldaten. Sie gingen behutsam, denn die Diebe waren zahlreich und gefährlich. Die Laterne am Tor Arnaud Bernard warf ein rötliches Licht.

Wie still und leblos war das Leiden der Geschöpfe! Doch es schlief nicht. Es ruhte niemals. Auch wenn ich ihm noch so sehr entgegenging, verspürte ich nie seinen Atem. Ich wußte aber, daß es da war, für immer gegenwärtig und überall dort lebendig, wo Menschen wohnen.

Tornebut

Tornebut war Schreiner im Vorort Saint Cyprien, und er besaß einen großen Schatz, dessen wahren Wert er nicht kannte — seinen Glauben an alle Dinge. Vor allem glaubte er an mich. Er führte kleine Arbeiten für die Bewohner seines Viertels aus, aber er arbeitete nicht besonders gern. Ihm lag es eher, den Leuten beim Erzählen zuzuhören und zustimmende Bemerkungen zu machen; doch je weniger er den Sinn des Gesagten verstand, desto schöner war es für ihn.

Man kann keine große Tat vollbringen, wenn man sie nicht zuvor im Geiste erschaffen hat; dafür muß man sie jemand erzählen, der daran glaubt. Denn für die Verwirklichung ist ein fester Halt notwendig, und Glaube ist der verläßlichste Stützpunkt.

Ich suchte also Tornebut auf und fand ihn auf seiner Türschwelle; er war gerade im Begriff, Wasser holen zu gehen. Der Tag war kaum angebrochen, und mein Haar war feucht von Tau. Die Wellen der Garonne erzählten den Kieseln am Ufer von der Schönheit der Fichtenwälder an den Hängen der Pyrenäen, und die Luft war erfüllt vom Duft frischgesägten Holzes.

Tornebut hatte noch nie etwas vom heiligen Gral gehört, aber er wäre beinah auf die Knie gefallen, als dieses Wort an sein Ohr drang. Als ich ihm ankündigte, daß ich in die Ferne ziehen wollte, um den Gral zu suchen, sah er der Reihe nach seinen leeren Eimer an, dann seine Werkstatt mit den schimmernden Werkzeugen, dann mich, der ich auf meinen Krummstab gestützt dastand, und sagte:

»Jeden Morgen habe ich mein Wasser am Brunnen bei der Stadtmauer geholt. Dort habe ich all die Klatschweiber des

Viertels getroffen, denn das Wasser ist, man weiß nicht warum, Frauensache. Das Wasser gehört den Frauen, der Stein und das Holz gehören den Männern. Sie haben sich über mich lustig gemacht, wegen meiner kantigen Schultern und meiner behaarten Brust, doch hat mich meine Einsamkeit nie bedrückt. Was schadet es, den Tag mit schweren Arbeiten zu verbringen, wenn der Geist sich des Abends über einem schönen Gespräch erhebt und hoch emporsteigt? Mein Meister, was soll aus mir werden, wenn Ihr fortgeht?«

Da ich die tröstende Kraft kannte, die alle Materie für den bereithält, der sie mit seinen Händen bearbeitet, wies ich auf das Holz, das er zersägt hatte, auf die Hobelspäne, die wie zerzauste Haarsträhnen herumlagen, auf die Holzbohlen mit ihren Jahresringen — sie waren lebendig, denn es gibt kein totes Holz.

Er schüttelte jedoch den Kopf, holte seine Lederjacke, zog sie an und setzte sich ein eigentümliches Hütchen mit zwei flügelähnlichen Spitzen, das einer Eselsmütze ziemlich ähnlich sah, auf den Kopf.

»Ich gehe mit Euch, Meister. Sagte nicht jener Meister, der durch Galiläa wanderte: 'Verlasse Deinen Vater und Deine Mutter und folge mir nach'?«

»Ich bin nicht Christus, Tornebut! Ich bin der Fischer.«

»Und ich habe weder Vater noch Mutter, ich verlasse niemand. «

Er schloß seine Haustür mit einem großen Schlüssel ab und lud sich eine Bürde zersägten Holzes auf den Rücken.

»Eine alte Frau, sie wohnt in dem niedrigen Haus dort an der Straßenecke, hat mich gebeten, ihr Brennholz auf Kamingröße zurechtzusägen. Ich lade es vor ihrer Tür ab, und dann ist meine Arbeit beendet, denn zur Zeit gibt es nicht viel zu tun.«

Dies tat er, und wir wanderten ein Weilchen, bis er fragte: »Heute ist Freitag, der dreizehnte September. Glaubt Ihr, daß dieser Tag günstiger ist als die anderen Septembertage und wir deshalb heute aufbrechen sollten?«

Ich war ratlos und gab keine Antwort.

Tornebut nahm seinen Faden wieder auf: »Ich erlasse der alten Frau die sechs Heller, die sie mir schuldet. Für sie ist dies also insofern ein Glückstag, als daß er ihr sechs Heller beschert. Aber inwiefern ist er günstig für uns?«

»Leider können wir unser Geschick und die Gunst oder Ungunst eines Tages erst am letzten Tag unseres Lebens richtig einschätzen.«

In diesem Augenblick flog ein Schwarm Vögel über unsere Köpfe hinweg. Einer von ihnen verlor eine Feder; sie schwebte kreiselnd herab, denn Federn haben kein Gewicht und fallen nicht einfach herunter wie Steine. Ich fing sie auf und steckte sie an meine Mütze mit den Worten: »Eine weiße Feder! Wir werden in der Richtung dieser Vögel weiterziehen.«

Der Erhängte von Avignonet

Als wir nach Avignonet kamen, war dort das ganze Dorf in Aufruhr, weil ein Mann Selbstmord begangen hatte.

»O mein Gott«, war mein erster Gedanke, »hoffentlich ist es nicht der, den ich suche!«

Der Wirt der Herberge, wo wir einkehrten, stand mit einigen finster aussehenden Männern hämisch lachend auf seiner Schwelle. Die Laterne war erloschen, doch im Licht, das durch die Fensterscheiben aus dem Innern des Hauses drang, war sein Gesicht zu erkennen. Er hielt ein Paar Schuhe hoch und sagte:

»Ich habe mich beeilt und mir seine Schuhe geholt; jetzt werde ich sie im Kaminfeuer verbrennen. Ihr wißt ja alle: Wenn man die Schuhe eines Selbstmörders verbrennt, gibt es einen dicken Qualm, der besser als jeder andere Rauch böse Geister vertreibt.«

Alle Zuhörer versicherten, daß sie die Wirksamkeit dieses Rauches wohl kannten. Der Witzbold in der Versammlung erlaubte sich die Bemerkung, daß der Braten nach den Füßen eines Selbstmörders stinken würde. Sie verzogen ihre Gesichter in einer Andeutung von Lachen, das sie jedoch rasch unterdrückten, denn dies war eine Angelegenheit, die Gott anging und über die man besser nicht lachte.

Einer von ihnen, der einen langen Stock mit einer Talgkerze in der Hand hielt, sagte mit schrägem Blick:

»Ich habe Befehl vom Inquisitor. Heute nacht werde ich die Laternen nicht anzünden. Die leidende Seele des Bösen soll kein Licht finden, um sich daran zu orientieren. Sie wird durch die Straßen irren und ihren Weg suchen, ohne ihn zu finden, wer weiß, wie viele Jahre hindurch.«

Der Mann, der so geizig war mit seinem Licht, neigte seinen Stab; vor lauter Sorge, daß sie der leidenden Seele als Leitstern dienen könnte, blies er die Talgkerze aus.

»Das ist ein schlechtes Zeichen für die Kinder, die bald geboren werden«, sagte einer.

»Der Teufel hat ein Auge auf uns«, meinte ein anderer.

»Der Selbstmörder hinterläßt kein eigenes Kind, das die Bürde seiner Sünde tragen könnte«, bemerkte ein dritter.

»Ich sehe magere kahle Geister vor seinem Haus«, sagte ein Mann, der große Augen hatte wie Fliegen, jederzeit zum Fortfliegen bereit.

Dieses Haus war von bescheidenem Aussehen und strahlte vor Einfachheit aufgrund der geheimnisvollen Tatsache, daß Gebäude ihren Bewohnern ähneln.

Da trat ich vor und fragte:

»Wer ist der Mann, der sich das Leben genommen hat?«

Der Wirt antwortete, mit einem häßlichen Ausdruck von Ekel auf dem Gesicht:

»Ein Spiritueller war er!«

Bei diesem Wort lief ein Schauer von Haß durch die Gruppe.

Er las Bücher! Er ließ sie sich von Hausierern bringen! Er hatte einmal gesagt, daß er die verschiedenen Bedeutungen der Bibel verstand! Ein anderes Mal, daß die Tiere eine Seele hätten wie die Menschen!

»Wie hat er sich getötet?«

Jetzt sprachen alle gleichzeitig.

Zunächst hatte er an bestimmten Tagen in der Woche gefastet. Dann hatte er gar nichts mehr gegessen, und als er nur noch ein Schatten war, ein lebendes Gespenst, hatte er sich an einem Deckenbalken seines Hauses erhängt. Man hatte seinen Schatten von der Straße aus gesehen. Er war so mager, daß der

Wind ihn wie einen Baumast hin- und herwiegte. Seine krankhafte Freude am Sterben war so groß, daß er, als die Männer den Strick durchschnitten, zu lächeln und sie zu verachten schien, weil sie ihn herunternahmen.

»Und wo ist seine Leiche jetzt?«

»Der Inquisitor von Avignonet hat befohlen, ihn wie einen Verbrecher an den Galgen zu hängen. Der große Ferré hat ihn dorthin geschleift. Das war nicht schwierig, er konnte ihn mit einer Hand ziehen, und man hörte dabei die Knochen auf den Steinen aufprallen.«

Ich wollte noch andere Fragen stellen, bemerkte aber den Zorn im Kreis der mir zugewandten Gesichter. Wie ein verirrter Wanderer in den Bergen gereizten Wölfen trotzt, so hielt ich sie mit meinem Blick in Schach, während sie mich ausfragten:

»Sagt, habt Ihr diesen Spirituellen vielleicht gekannt?«

»Nein, ich habe ihn nicht gekannt.«

»Ihr seid so blaß wie jene, die keinen Wein trinken und kein Fleisch essen. Gehört Ihr nicht auch zur Bande dieser Spirituellen?«

»Ich gehöre ganz gewiß nicht dazu!«

»Ihr seht ihm irgendwie ähnlich. Seid Ihr ein Familienangehöriger dieses Spirituellen?«

»Das bin ich wirklich nicht.«

Schließlich zerstreuten sie sich. Der Laternenanzünder begann zu singen, als er sich entfernte. Ich ging durch die finsteren Straßen.

Dann begann ich bitterlich zu weinen. Ich hatte soeben Nachricht erhalten von einem der Männer, die ich suchte. Er war tot, an den Galgen gehangen, und ich, wie der verzagte Jünger, hatte ihn dreimal verleugnet.

Alphonse Urraque, der Dominikaner

Alphonse Urraque, der Inquisitor von Avignonet, war ein Mensch, der in der Vergangenheit lebte. Mit liebender Begeisterung spürte er Kalvinisten und Lutheraner auf und lieferte sie dem Arm der weltlichen Gerechtigkeit aus. Doch mit welch einer noch freudigeren Leidenschaft, mit welch einer noch schrecklicheren Liebe suchte er unter den Menschen des Lauragais die geheimen Wurzeln der katharischen Häresie wiederzufinden, die durchschnitten waren und doch immer noch lebendig. Denn er wußte, wie ich selbst auch, daß das Dreieck zwischen Toulouse, Foix und Carcassone immer noch Albigenser hervorbrachte, die sich untereinander erkannten, so als trügen sie ein Zeichen auf der Stirn: das unsichtbare Zeichen Gottes.

Alphonse Urraque, der Dominikaner, erlebte durch eine geheimnisvolle Wiederkehr der Vergangenheit in der Burg von Avignonet immer und immer wieder den Tod anderer Dominikaner, die vor drei Jahrhunderten dort von Ketzern erdolcht worden waren. Er litt unter diesem alten Verbrechen, so als wäre er es, der das Eisen im Herzen verspürte und nicht jene Dominikaner von einst, und er konnte es nicht vergessen. Er hätte die verstorbenen Schuldigen gern zum Leben erweckt, um sie zu foltern, aber er kannte das Geheimnis nicht für solch eine Totenbeschwörung, und er glaubte auch nicht, daß man es finden könnte — Gott hat es mit dreifacher Finsternis bedeckt wegen der Bosheit der Menschen.

Also hatte er in dem hochgelegenen Avignonet seine Netze gespannt, um die Kinder der Mörder zu finden und in ihrem Leben irgendeine verborgene Missetat aufzuspüren, die zu bestrafen wäre. Er war dem Verlauf der Genealogien gefolgt, hatte Schicksale erforscht und einen Plan der Heiraten und Geburten aufgestellt. Hegte er den Verdacht, daß es dieselben Menschen waren, die in ihren Nachkommen weiterlebten?

Ich hatte sofort verstanden, als ich hörte, daß der Selbstmörder von Avignonet, dieser einfach und einsam lebende Mann, der Bücher las und nur Wasser trank, Raymond d'Alfaro hieß: genauso wie Raymond d'Alfaro, der Gewalttätige, der die Mörder der Inquisitoren von Montségur aus herbeigeführt und den ersten Dolchstoß getan hatte. Wer weiß, ob er nicht die dunkle Reue über ein einstmals begangenes Verbrechen in sich verspürte und ob nicht, nach dreihundert Jahren, der Gewaltsame zum Einsamen geworden war. Ich hatte verstanden, warum Alphonse Urraque, da er ihm keine irdischen Qualen mehr zufügen konnte, seine sterbliche Hülle dazu verurteilt hatte, mit Verbrechern und Straßenräubern am Galgen zu hängen.

Er war ein Asket, dieser Dominikaner, der Inquisitionsrichter war und auf so geheimnisvolle Weise an eine vergangene Zeit gebunden; er war ein Asket wie ich und wie der letzte der Alfaro. Er schlief in einer engen Zelle, fastete und betete viel; die Dinge dieser Welt hatten nur wenig Bedeutung für ihn und schienen ihm oft unwirklich. Die echte Wirklichkeit reichte in frühere Zeiten zurück, als die heiligen römischen Männer den Kampf gegen die Verdammten aus dem Languedoc aufgenommen hatten; und die Burg von Avignonet war die einzige wahre Burg, aus wunderbaren Steinen erbaut, denn in ihren Mauern hatten die Dominikaner über die Bestrafung der Bösen meditiert und Christus den Sieg versprochen. Doch obwohl sie im Lauf der Jahrhunderte gründlich abgewaschen worden waren, sah er Blutflecken, die niemand sonst wahrnahm, das Blut der elf getöteten Mönche, und er wollte diese Flecken auslöschen.

Nachdem ich um eine Audienz gebeten hatte, betrat ich die Burg. Als ich, von einem Mönch geführt, drei Säle durchquert hatte, die still waren wie Gräber, und dabei unter drei Christusfiguren aus dunklem Holz hindurchgegangen war, als ich zu dem Richter in einen Saal geführt wurde, in dem ein vierter Christus aus demselben dunklen Eichenholz hing, da stieß ich beinahe einen lauten Schrei aus, denn ich glaubte, an einer Sinnestäuschung zu leiden.

Der Kopf des Glaubensrichters war nämlich aus einem Knochen gemeißelt, der genau meinem eigenen Schädel entsprach. Der gleiche Bildhauer hatte die Backenknochen vorspringen lassen, das hagere Kinn gefeilt und die Augen ausgehöhlt. Ich erblickte ein Gesicht aus eisigem Pergament, das mir glich. Ich stand dort wie ein Bruder vor einem Bruder, nur daß dieser Bruder, den ich nun vor Augen hatte, von einem unbarmherzigen Vater in einem entfernten Reich erzogen worden sein mußte, auf einem Stern von kaltem Stein, wo alle Wesen tugendhaft waren und das Mitleid unbekannt.

Die beiden Brüder

Alphonse Urraque, der Dominikaner, lauschte mit höchster Aufmerksamkeit, was ich ihn zu bitten gekommen war. Er sah mich lange an und sagte dann, anstatt mir zu antworten:

»Michel von Bramevaque, ich habe von Euch gehört.«

Er nahm einige Pergamente vom Tisch und blätterte mit seinen marmornen Händen darin, legte schließlich den Zeigefinger auf eines, beugte sich darüber, las das Geschriebene und murmelte:

»Ihr seid kein Sohn der Kirche.«

Plötzlich erhob er sich, und ich sah, daß seine Augen nach Süden blickten, durch das weit der Herbstluft geöffnete Fenster, in Richtung der Berge des Ariège-Gebietes, wo sich einst die Festung von Montségur erhoben hatte.

»Über diesen gewundenen Pfad hat Raymond d'Alfaro, der Gottlose, einen Trupp Männer zur Burg von Avignonet geführt.«

»Ihr sprecht sicher vom Landvogt Raymond d'Alfaro, der vor mehr als drei Jahrhunderten Gebieter von Avignonet war?«

»Mit ihm kamen Pierre Roger von Mirepoix, berühmt unter den Sündern, dessen Geschichte gut bekannt ist. Montagnol, der Katalane, der bei seinen Räubereien ein Auge verloren hatte, einäugig und mit blinder Seele. Pascal Malpinasse von Laurac, ein Soldat, der weder an Gott noch an den Teufel glaubte. Sie hatten ihn dafür bezahlt, daß er mitkam, wegen seiner großen Stärke und seiner Lust am Töten. Porphyre von Lacabarède, der Troubadour, dem ein Musikinstrument und ein blutiges Schwert nebeneinander am Gürtel hingen. Und der elende Espalion, der sich selbst einen Perfectus nannte und der Feigste von allen war. Als die Stunde der Bestrafung kam, in den Kerkern von Toulouse, da verriet er so viele Helfershelfer, daß man alle Bewohner des Ariège und des Lauragais hätte einsperren müssen.«

»Ich glaube, das geschah auch, Herr Richter. Es gab damals nicht mehr genug behauene Steine, um Gefängnisse zu bauen. Diese Zeit ist glücklicherweise vorbei.«

»Die Zeit der Gerechtigkeit ist niemals vorbei. Raymond d'Alfaro ließ seine Männer trinken, bevor sie verräterisch die Wachen erschlugen. Mördern fehlt es oft an Mut, und sie brauchen den Nebel der Trunkenheit, um töten zu können.«

»Herr Richter, das ist dreihundert Jahre her und länger.«

»Die großen Verbrechen werden mit der Zeit immer lebendiger. Elf Mönche, darunter zwei aus meinem Orden, sind nachts in dieser Burg getötet worden, aufrecht vor den Inquisitionsregistern stehend, wie Krieger in der Schlacht.«

»Die Inquisitionsregister enthielten so viele irreführende Anschuldigungen, sie nahmen ebensogut Feindseligkeiten auf wie bewiesene Tatsachen, daß ihretwegen viele Unschuldige verbrannt wurden und die guten Christen von damals sie als Bücher der Ungerechtigkeit und des Todes betrachteten.«

»Als die Türen aufgebrochen waren und der Überfall begann, eilte Guillaume Arnaldi, der Gottesmann, durch die Räume und erschien inmitten der Mörder. 'Wagt es einer, mich anzugreifen?' fragte er, und alle wichen angsterfüllt zurück. Vielleicht wären sie unverrichteter Dinge, und voller Scham in ihrer Seele, wieder fortgegangen. Raymond d'Alfaro war es, der als erster Blut vergoß, indem er Guillaume Arnaldi den Dolch ins Herz stieß. Der Possenreißer Porphyre von Lacabarède, der Troubadour von Mirepoix war es, der mit seiner Fackel die Inquisitionsregister in Brand setzte.«

»Die Verleumdungsberichte, die Listen der zum Tode Verurteilten.«

»Sie schleiften die elf Leichen die Steintreppe hinunter, daß das Blut hoch aufspritzte.«

»Herr Inquisitionsrichter, in jener Zeit waren alle Seelen vom Haß besessen. Aus dem Blut der Gefolterten sind die Mörder hervorgegangen.«

»Unter den elf Ermordeten waren vier Gesandte des Papstes, der seine Macht von Gott erhalten hat.«

»Unter den Mördern waren einige, die nicht hatten töten wollen, die von der Ungerechtigkeit in Zorn versetzt wurden.«

»Unglück über die Verbrecher.«

»Herr Inquisitionsrichter, sie sind in Toulouse gefoltert worden, sie sind auf dem Platz des heiligen Georg unter der Hand des Henkers gestorben. Und das ist über dreihundert Jahre her! Wo ist der Staub ihrer Gebeine? Ich bin gekommen, um heute mit Euch über einen Mann zu sprechen, der keinem anderen Leid zugefügt hat als sich selbst.«

»Es steht geschrieben: Die Söhne werden bestraft für die Sünden der Väter. Es gibt Vergehen, die bis zum Ende der Generationen andauern, und wenn die Posaune die Toten auferweckt, werden alle Nachkommen der Bösen verurteilt.«

»Gibt es nie einen Nachlaß der Sünden, Herr Inquisitionsrichter?«

»Nein, es gibt keine Vergebung. Ich werde die Leiche dieses Abkömmlings eines Mörders nicht vom Galgen nehmen, wie Ihr es von mir verlangt.«

Alphonse Urraque war um den Tisch herumgegangen, der zwischen uns stand. Wir standen einander gegenüber. Er war genauso groß wie ich, und ich konnte noch deutlicher die seltsame Ähnlichkeit unserer Gesichter erkennen. Der Abendwind wehte zum Fenster herein und zerstreute die Pergamente, aber er dachte nicht daran, sie wieder einzusammeln. Dieser Wind duftete nach der Erde des Lauragais, nach Mais und verbranntem Stein. Für die beiden Männer, die in einer toten Vergangenheit lebten, sang er das Lied von der lebendigen Gegenwart und der ewigen Zukunft.

Die Augen Alphonse Urraques waren den meinen zu nahe, und an der schrecklichen Härte ihres Stahls erkannte ich, daß er in meine Seele eindrang und darin las.

»Warum verlangt Ihr von mir, Raymond d'Alfaro vom Galgen zu nehmen, wo er im Wind schaukelt, und seinen Leichnam in die Erde zu legen?«

»Nicht in geweihte Erde, Herr Inquisitionsrichter, sondern in die gewöhnliche Erde der Menschen, die von keinem geweiht wurde und doch Bäume wachsen läßt.«

»Ihr gehört nicht zur Familie der Alfaros, und wenn Ihr mit diesem Selbstmörder verwandt seid, dann nur geistig. Selbstmord ist in den Augen der Kirche ein schweres Verbrechen.«

»Ich weiß, daß es ein Verbrechen ist in den Augen der Kirche, Herr Inquisitionsrichter.«

»Vielleicht seid Ihr einer von jenen, die glauben, daß man sich durch Selbstmord eben aus der Hölle befreit, die diese Welt ist, und daß man so der Hand Gottes entgeht.«

»Ich glaube, daß es kein größeres Elend gibt als jenes, das ich um mich herum wahrnehme, und daß es keine andere Welt geben kann, wo die Hand Gottes das Leiden freigebiger verteilt hätte.«

»Herr Nachkomme der Katharer, Ihr geht unlogisch um mit den Grundsätzen der Häresie. Laut Euch hat der Selbstmörder Raymond d'Alfaro zu den Perfecti, seinen Brüdern, zurückgefunden. Also ist es gleich, ob seine elende Hülle am Galgen von

Avignonet baumelt, anstatt auf dem christlichen Friedhof zu ruhen. Seine Seele ist ganz hoch oben, seine Seele ist sehr weit fort.«

»Ihr habt recht, Herr Inquisitor.«

Der Haß Alphoneses Urraques wogte um mich herum wie ein verschlingendes Feuer. Ich war sicher, daß er sich nicht würde beherrschen können, daß er anfangen würde zu schreien, man sollte mich in irgendeinen unterirdischen Kerker der Burg abführen.

Ich verbeugte mich tief vor ihm. Ich hatte keine Hoffnung mehr, diesen Ort heil zu verlassen, und um dieser Szene ein Ende zu setzen und seiner Wut zum Ausbruch zu verhelfen, machte ich eine Bewegung in Richtung der Tür. Zu meiner großen Überraschung rührte er sich nicht. Ich begann mich zu entfernen; er blieb unbeweglich wie eine Statue. Ich hörte, während ich unter dem Gewicht seiner Blicke fortging, daß er zwei oder drei Schritte hinter mir her machte und auf der Schwelle stehenblieb, wo er sich vermutlich anlehnte, denn die Tür schloß sich nicht.

Ich ging langsam weiter, erreichte die Treppe, und jedesmal, wenn mein Fuß eine Stufe berührte, gab es ein hallendes Geräusch, als ob tausendjährige Echos erwachten. Am Fuß der Treppe blieb ich zwei oder drei Sekunden bewegungslos stehen, unter dem Magnetismus der Augen, deren Flamme mich begleitete. Kein Befehl wurde gerufen. Es liefen keine Soldaten herbei. Meine Schritte waren immer noch sehr langsam. Ein Mönch ging an mir vorbei, ohne mich wahrzunehmen.

Endlich trat ich durch das Tor! Draußen sah ich das Sonnenlicht wieder.

Der Galgen

»Seht, der Mond geht auf«, sagte Tornebut. »Wir müssen befürchten, daß der Wächter auf dem Wall uns von weitem sieht.«

»Der Mond geht auf, um uns zu helfen. Es ist schon schwierig, Lebende wiederzuerkennen, aber noch schwieriger ist es bei Toten.«

Der Galgen stand in einem alten Steinbruch, in einiger Entfernung der Straße, die von Toulouse nach Carcassone führt. Es geschah nicht oft, daß in der Grafschaft Avignonet jemand gehenkt wurde, denn der Seneschall des Königs war ein Mann voller Milde. Er hatte die Gabe der Tränen, und jeder, der ihm zum Weinen bringen konnte, wurde freigelassen.

Der Galgen war niedrig und sehr alt. Er knackte im Wind, und man fragte sich, wieso sein altes, von der Zeit zerfressenes Holz nicht unter dem Gewicht der Toten zusammenbrach. Schwankend und altersschwach widerstand er mit seinen Stricken und seinen Haken immer noch dem Verfall, ein Trugbild der Gerechtigkeit und ein Symbol der Bestrafung.

Es hingen dort nur drei Tote, und Raymond d'Alfaro glich Christus zwischen den Räubern. Zweifellos hatte ihm der Henker seine Kleider gestohlen, denn wir sahen seine mageren Beine und die entblößten Schultern.

Auf dem Wall zeichnete sich in der Ferne die Silhouette des Wächters ab. Während Tornebut über die ins Holz geschnitzten Stufen auf den Galgen kletterte, verschwand plötzlich der Mond. Ich hörte lautes Flügelschlagen, und ein Schwarm Vögel flog wirbelnd davon. Das ganze Gebäude der alten Balken begann zu zittern und zu beben; ich befürchtete, es würde einstürzen und den Lebenden wie die Toten mit sich reißen.

»Mach keinen Fehler, Tornebut, schneide den mittleren Strick durch.«

Ich hörte sein Messer kreischen, der Strick leistete Widerstand. Es schien mir sehr lange zu dauern, bis sich schließlich der Tote wie von selbst löste, still herabfiel und in aufrechter Haltung sitzenblieb, wie jemand, der eine Geschichte zu erzählen beginnt.

Doch er berichtete weder, was er in dem Reich gesehen hatte, das die Verstorbenen durchqueren, noch nannte er den Grund, warum er seine Stunde nicht abgewartet hatte; er blieb reglos, und seine Hand schien nach Süden zu deuten, in die Richtung der Hügel des Ariège und der Festung von Montségur.

In diesem Moment leuchtete der Mond wieder auf, und ich konnte sein Gesicht erkennen. Das Aufhängen am Strick verformt die Gesichtszüge nicht mehr, wenn sie zuvor die Totenstarre angenommen haben. Es gibt kein Leiden mehr für die Toten, der Inquisitor hatte sich getäuscht. Sie unterliegen nur noch der Kraft des Zerfalls, der in ihnen ist und dem niemand entgeht. Raymond d'Alfaro trug ein kaum angedeutetes Lächeln auf den resignierten Lippen, ein Lächeln von unendlicher Traurigkeit. Es tat mir leid, daß er keinen Ausdruck von Freude und Bewunderung zeigte über die Welten, die er in jener Minute gesehen hatte, als er die irdischen Gefilde verließ.

»Wie leicht er ist!« sagte Tornebut, der ihn sich auf den Rücken geladen hatte.

Mit der Laterne, die ich unter meinem Mantel verbarg, beleuchtete ich den Weg vor seinen Schritten, damit er nicht über die Steine stolperte. Er sprach weiter:

»Paßt auf, daß das Licht nicht den Wächter aufmerksam werden läßt. Die Schaufel auf Eurer Schulter sieht von weitem wie eine Muskete aus, und er könnte uns für nächtliche Diebe halten: Der eine trägt die Beute, der andere Licht und Waffe.«

Die Silhouette stand jedoch immer noch reglos wie eine Vogelscheuche. Wir hatten einen schmalen Pfad eingeschlagen, und ich wußte nicht, in welche Richtung wir weitergehen sollten.

Da hörte ich die Worte zweier Raben, die über uns in den Ästen einer Korkeiche saßen. Es geschieht nämlich manchmal, daß ich die Sprache der Vögel verstehe — nur in besonderen Momenten, unter dem Einfluß einer heftigen Erregung und vorausgesetzt, daß ich niemand davon erzähle. Jedesmal, wenn ich damit geprahlt habe, die Sprache einer Tiergattung zu verstehen, ist mir diese Sprache sogleich unverständlich geworden. Ich hörte genau hin, wobei ich vorgab, die Richtung zu beobachten, aus der der Wind kam. Der erste Rabe sagte:

»Raymond d'Alfaro, der Erhängte, hätte gern im Schatten der alten Zypresse geschlafen, in der wir unsere Wohnung haben. Er liebte Zypressenholz, so wie er die Raben liebte. Menschen, die sich erhängen, haben eine Vorliebe für bestimmte Bäume und Vögel.«

Die Antwort des zweiten Raben war sicherlich für mich bestimmt:

»Die alte Zypresse, in der wir wohnen, wächst auf der rechten Seite, nahe der alten Steinmauer, die einst den Landbesitz der Alfaros umgab. Menschen, die sich erhängen, möchten gern in der Erde ihrer alten Familienanwesen ruhen.«

Durch ein unbegreifliches Geheimnis können die Vögel, so glaube ich jedenfalls, von erstaunlichen Dingen und Wahrheiten wissen, die den Menschen verborgen sind. Ich gab Tornebut ein Zeichen, nach rechts zu gehen, und wir entdeckten eine große Zypresse, die reglos bei den Resten einer Mauer stand.

Tornebut legte den Toten nieder; ich nahm den Spaten, und abwechselnd gruben wir ein Grab für ihn. Der Boden war hart und felsig, die Arbeit langwierig und schwer, aber der Wachsoldat in der Ferne bewegte sich nicht vor dem nächtlichen Himmel.

Als das Grab ausgehoben war, betteten wir Raymond d'Alfaro hinein, und ich legte ihm einen Zypressenzweig auf die Brust. Dann schütteten wir die Grube wieder zu und verwischten so gut wie möglich die Spuren, denn kirchliche Rachsucht gräbt die Toten ebenso sicher wieder aus wie Raubtiere.

»Wir müssen uns beeilen, die Grafschaft Avignonet zu verlassen«, sagte ich zu Tornebut.

Wir marschierten rasch, als ich plötzlich ein Käuzchen in einem Baum vernahm. Es schien mich anzusprechen und spottete höhnisch:

»Die Menschen, die sich erhängen, sind froh, wenn sie spüren, wie ihre sterbliche Hülle in der Sonne trocknet. Nur ihre Seele sucht den Schatten. Ist es zudem nicht eine Sünde, den Lauf des Schicksals zu stören?«

Ratlosigkeit erfüllte mich. Ich mußte die schlimme Erfahrung machen, daß Widersprüchlichkeit nicht nur in der Natur ist, sondern das Wesen selbst der göttlichen Seele ausmacht.

Die Suche nach dem Gral

Sicherlich, es sind schon viele vor mir auf die Suche nach dem Gral gezogen, aber sie haben ihn nicht gefunden. Sonst hätten sich die Menschen zu lieben begonnen. Es wären Reiter auf den Straßen erschienen, um die gute Nachricht zu verkünden; die Tiere hätten sich mit ihren Menschenbrüdern ausgesöhnt, die Vögel wären in die Häuser geflogen und hätten Krumen von den Tischen gepickt. Doch man sah nichts dergleichen.

Der Gral war nicht, wie manche glaubten, in ein anderes auserwähltes Land jenseits der Meere gebracht worden. Das Toulouser Land ist das heiligste Land von allen: dieses Land, das sich erstreckt von Carcassonne mit seinen steinernen Türmen bis hin zu den Pyrenäen der Herren von Foix und weiter als die Abtei von Comminges. Dorthin hatten einst die Keltiberer, mit ihren langen Haarschöpfen, die ihnen bis zu den Fersen reichten und die sie hinten im Nacken knoteten, die mystischen Schätze von Delphi gebracht. Im unwegbaren Gebirge des Ariège hatten die Druiden griechische Symbole verborgen sowie auch jene Geheimnisse, die es ihnen ermöglichten, irdische Ereignisse aus der Position der Gestirne abzuleiten. Nach Carcassonne brachte der Gotenkönig Alarich jene Tafel Salomos, jenen Schatz des Ursprungsgedankens, den er in Rom entwendet hatte und der aus dem Tempel von Jerusalem stammte.

Später kamen vier Ritter — niemand weiß, warum sie immer zu viert sind — zur Festung von Montségur; unter ihrem Mantel verbargen sie das Erbe Josephs von Arimathia, den Smaragd in Form einer Lilie, der das Blut Christi enthielt.

Warum ist dieser Teil der Welt Sammelbecken aller gött-

lichen Reliquien? Warum fühlen sich all jene, die den Auftrag haben, diese zu hüten und weiterzugeben, hier mehr in Sicherheit als anderswo? Das ist ein Geheimnis, das ich nicht verstehen kann. Doch gibt es so viele Dinge, die für immer unbegreiflich bleiben. Weiß man, warum Wasser flüssig ist und Feuer nur unter bestimmten Bedingungen, als Folge von Reibung, entsteht?

Die Geschichte der Belagerung Montségurs überliefert, daß in einer stürmischen Nacht vier beherzte Albigenser an Seilen über die Hänge und Felsen heruntergelassen wurden und durch die Reihen der Soldaten des Königs in die Berge entkamen. Diese vier Männer trugen den Schatz der Katharer mit sich: nicht das Gold und die Edelsteine, nicht die Kandelaber und Schreine aus den Kirchen, nicht die aus Metall geschmiedete Pracht, die Herrlichkeiten aus Seide, die kostbar verzierten Griffe der Krummsäbel, welche die Ritter von ihren Kreuzzügen mitgebracht hatten. Es hätte vier Tage gedauert und alle Ochsenkarren von Mirepoix und aus dem Ariègetal erfordert, diese Schätze von Montségur herabzubringen. Der Schatz der vier nächtlichen Boten war von ganz anderer Art. Ein Mann genügte, ihn zu tragen; dennoch waren sie zu viert, und die Erzählungen, die in den Dörfern überliefert sind, haben die Namen dieser vier bewahrt:

Der erste war Amiel Aicart, der zweite hieß Poitevin, der dritte nannte sich Hugues, und der Name des vierten war Alfaro. Während sie an den Seilen hinabstiegen, so wird berichtet, verharrten alle aufmerksam: Ramon de Perelha, der Greis, und Pierre Roger von Mirepoix, der Jüngling, die auf Montségur Befehlsgewalt hatten; die Ritter, die unter ihnen kämpften; die Soldaten, die diesen Rittern unterstanden, die Perfecti, die nicht kämpften, sondern für den Sieg des heiligen

Geistes beteten; die Greise, die sich ihre Bärte hielten; die Frauen in ihren weißen Gewändern — alle warteten reglos hinter den zerstörten Zinnen, auf den Felsgalerien, auf den äußeren Befestigungswällen inmitten der Wolken, auf den hohen Verteidigungstürmen; alle beugten sich schweigend hinab, so daß die Burg und ihre Verteidiger, der ganze Berg von Montségur, wie verwunschen aussahen.

Als weit entfernt, auf der anderen Seite des Tals, in den Bidorta-Bergen eine kleine Flamme aufleuchtete und anzeigte, daß der Schatz gerettet war und seine vier Träger in die undurchdringlichen Wälder gelangt waren, von Wolfsrudeln und langen Felsschluchten beschützt, da erhob sich ein Lobgesang aus der Brust der Verteidiger von Montségur, eine große Dankeshymne, denn nun konnten sie sterben: Der Gral war in Sicherheit.

★ ★
★

O Herr, die Bösen haben triumphiert, und die unerbittliche Zeit ist verronnen. Doch das Böse bleibt niemals ganz und gar Meister; selbst wenn es so scheint, als habe es gesiegt und der Acker sei verwüstet und unfruchtbar, so liegt irgendwo ein kleines Samenkorn, ein kleines vergessenes Samenkorn, das auf seine Stunde wartet, um sich zu entfalten und früher oder später einen großen Baum hervorzubringen.

Und siehe da, ich bin es, der ausgewählt wurde, damit das Samenkorn wieder aufblüht. Liegt es an der magischen Natur meines Wanderstocks, der gebogen ist wie ein Krummstab? Es kann nicht daran liegen. Habe ich, ohne es zu wissen, dadurch große Verdienste erworben, daß ich Kranke pflegte oder hier und da Gutes tat? Doch das Gute, das man tut, ist ziemlich geringfügig in der allgemeinen Ordnung, und ich bin noch nicht einmal sicher, daß jemand, der nur Gutes tun will, weit damit kommt. Die einzige Tugend, die zu entwickeln sich lohnt, ist die Erleuchtung der Seelen, aber sei es aus Mangel an Glück, sei es, weil ich nicht richtig gesucht habe — ich habe nie eine Seele gefunden, die hochentwickelt genug war und das göttliche Wasser des Geistes verdient hätte.

Dennoch hatte die Stimme gesprochen: »Michel von Bramevaque, erhebe Dich!«

Ich war es, der den verlorenen Gral wiederfinden sollte; doch gab es keine Spur mehr von ihm, seit die vier Albigenser in den Wäldern von Bidorta verschwunden waren. Was war aus den vieren geworden? Besaßen sie Gutshäuser, Burgen oder einfach nur Schäferhütten? Hüteten sie das Geheimnis gewaltiger unterirdischer Stollen, oder hatten sie nur ein Loch ins Stroh gegraben? Hatten sie den Gral in einem Adlernest verborgen, in einem Feld oder unter einem Weinstock? In jedem Fall hat derjenige, der ihn an seiner Brust trug, genug Lebenskraft erhalten, um weit über hundert Jahre alt zu werden. Demnach könnte man darauf schließen, wenn man die Familien und dörflichen Überlieferungen befragte und dabei von einem außergewöhnlichen Greis hörte, der früher einmal länger als üblich gelebt hatte, daß er es war, der vor drei Jahrhunderten das Blut Christi an seinem Herzen getragen und von ihm die physische Lebenskraft empfangen hatte. Es sei denn, er war verzehrt worden von den weißglühenden Schwingungen, die von dem heiligen Smaragd ausgingen, und lag seit langem als ein Häufchen Asche unter der Erde.

Die Zeichen auf der Erde

»Du wirst mir sagen, Tornebut, es sei eine merkwürdige Sache, daß der Gral verborgen ist und man ihn unter großen Mühen suchen muß.«

Tornebut schüttelte den Kopf. Er hätte es sagen können; es war reiner Zufall, daß er es nicht gesagt hatte.

»Leider wird alles, was vollkommen schön und makellos ist, was eine wunderbare Natur besitzt, ein Objekt der Habgier für manche Menschen, die es besitzen wollen, ein Objekt des Hasses für andere, die es vernichten wollen, damit es weniger Schönheit in der Welt gibt. Doch glaubst Du nicht auch, Tornebut, daß Zeichen existieren, auf der Erde und vielleicht am Himmel, an denen ich seine Gegenwart erkennen kann?«

Tornebut stimmte mir eilig zu. Er war sicher, daß es deutliche Zeichen geben müßte.

»Nur wirst Du mich möglicherweise fragen, Tornebut, warum die übernatürliche Stimme, die mir befohlen hat, mich auf die Suche nach dem Gral zu begeben, nicht den genauen Ort genannt oder zumindest einen ungefähren Hinweis gegeben hat.«

Tornebut hatte nicht an solch eine Frage gedacht. Nun aber, da ich es jetzt erwähnte, war er in der Tat der Meinung, daß die Stimme sich deutlicher hätte ausdrücken sollen; das hätte uns viele Mühen erspart.

»Zunächst einmal wußte möglicherweise das Geistwesen, das mir den Auftrag gab, genausowenig wie wir, wo sich der Gral befindet. Viele der unsichtbaren Geschöpfe sehen kaum weiter als wir Menschen; und selbst wenn jenes, das zu mir gesprochen hat, das Versteck kannte, so hielt es vielleicht die Mühen der Suche für ebenso notwendig wie das Gelingen. Große Dinge sind immer mit großer Anstrengung verbunden, mit Mühen des Körpers und des Geistes. Laß uns also nachdenken und weise handeln. Wenn das Blut von Jesus Christus seit langem an einem Ort ruht, gibt es bestimmt sichtbare Zeichen, an denen diese Stelle zu erkennen ist. Welche Zeichen können dies sein? Den göttlichen Gegenständen haftet eine starke, wunderwirkende Kraft an. Die Menschen, die in der Nähe des Grals leben, werden Körper von besonderer Vollkommenheit haben und ein hohes Lebensalter erreichen; ihre Seelen werden mehr Reinheit und Nächstenliebe besitzen als anderswo. Wenn wir also von einem Dorf hören, in dem es erstaunlich alte Menschen gibt, wo die Männer großherziger sind gegenüber den Armen, weniger grob zu ihren Ehefrauen und frommer, so können wir annehmen, daß eine geheime Kraft an diesem Ort wirkt. Es ist eine wohlbekannte Tatsache, daß die stoffliche Materie die geistige Kraft der Heiligen speichert und die Gegenstände, die in vergangenen Zeiten den großen Meistern gehörten, eine Ausstrahlung von Liebe bewahren, deren Nähe dem Zweifler Glauben schenkt und jenem göttliches Glück, der hellsichtig genug ist, darauf zu hoffen.«

Ich bemerkte, daß meine Worte Tornebut in äußerste Erregung versetzten. Er bewegte freudig Arme und Augenbrauen wie jemand, der eine Enthüllung machen möchte, und er machte sie mit strahlendem Gesicht:

»O mein Meister, ich bringe Euch geradewegs in das Land, wo der Gral ruht. Es gab dort einen Mann, der so gut war und ein so reines Herz hatte, daß ich immer schon dachte, nur unter einem geheimen göttlichen Einfluß könnte man so sein wie er.«

»Und wer ist dieser unvergleichliche Mensch? Kannst Du mich sofort zu ihm bringen?«

»Ach, leider ist er tot.«

Tornebuts Gesicht war gleichzeitig von Trauer und Stolz erfüllt.

»Er war mein Vater. Sein Vater, sein Großvater und all unsere Verwandten waren wie er. Alle haben ein außergewöhnliches Alter erreicht, außer meinem Vater; das Schicksal wollte, daß er unvorhergesehen starb. Ich bin in dem Dorf Valentine, am Ufer der Garonne, geboren. Im Dorf gab es viele sehr alte Menschen, Männer mit langen weißen Bärten, und wenn ich jetzt darüber nachdenke, scheint es mir, daß ihr Alter erstaunlich war und eine noch nicht geklärte Ursache gehabt haben muß. Ich frage mich sogar, ob nicht manche dieser Greise unsterblich waren. Außerdem waren alle Bewohner von Valentine gute Menschen. Die Armen wurden versorgt, die Kinder quälten keine Vögel. Niemand warf Steine nach den Sarazenen, die aus Spanien vertrieben worden waren, und die Konsuln erlaubten sogar mehreren dieser Heidenfamilien mit braungebrannter Haut, sich auf einem steinigen Hang niederzulassen und Weizen zu säen, wenn er dort überhaupt wachsen konnte. Ich habe Valentine vor langer Zeit verlassen, aber ich erinnere mich, daß alle Mädchen dort hübsch waren und ihre Schönheit auch mit dem Alter nicht verlorenging. Da ich überall sonst die Häßlichkeit bei weiten die Schönheit überwiegen sah, muß ich annehmen, daß in Valentine eine besondere Zauberkraft am Werke war, welche die menschlichen Körper in wunderbarer Weise formte.«

»Tornebut«, sagte ich begeistert, »auf nach Valentine.«

Das Dorf Valentine

Valentine breitet seine schiefergedeckten Häuser am Ufer der singenden Garonne aus. Die Türme von Saint Bertrand de Comminges und jene der Burg von Barbazan sind nicht weit entfernt, und der Reisende, der zu Fuß über die Straße von Toulouse aus dorthin kommt, wundert sich über den bläulichen Farbton, den dort die Schatten annehmen.

»Orte und Menschen verändern sich rasch«, meinte Tornebut, »ich erkenne niemand mehr wieder. Ich habe Valentine verlassen, als ich fünfzehn Jahre alt war.«

Die Häuser säumten rechts und links die Straße. Menschen saßen auf ihren Türschwellen, aber sie waren alle mittleren Alters und hatten keinen Anschein von Unsterblichkeit. Mehrere Frauen waren ungewöhnlich häßlich, und das schien nicht an ihrem Alter zu liegen, sondern an einer natürlichen Anlage zur Häßlichkeit. Ich betrachtete Tornebut aus den Augenwinkeln und war verblüfft über die ehrliche Bewunderung auf seinem Gesicht. Er schien mir zu sagen:

»Na bitte! Seht selbst. Was habe ich Euch gesagt?«

Ich bemerkte einen Mann, der vor seiner Haustür saß und dessen glänzende Äuglein sich unter dichten Brauen bewegten.

»Was ist das für ein graues Gebäude dort am Hang, über dem eine Rabe kreist?« fragte ich ihn.

Diese Frage spielte, ohne daß ich es wußte, auf ein heißes lokales Eisen an, denn der Mann betrachtete mich starr und zornig.

»Seid Ihr nicht vom Bischof von Saint Bertrand hergesandt worden?« fragte er mich.

»Ganz und gar nicht. Ich bin nur eine Reisender, der daran interessiert ist, etwas über Valentine zu erfahren.«

»Dieses graue Gebäude ist das Leprosorium, das uns durch die Anordnung Seiner Heiligkeit, des Bischofs von Saint Bertrand, aufgezwungen worden ist. Valentine wurde auserwählt als Sammelstelle für Leprakranke! Und nicht nur für die Aussätzigen aus der Gegend hier, sondern aus der ganzen Grafschaft Toulouse. Für den Bischof von Saint Bertrand ist Valentine die Hauptstadt der Leprakranken! Früher hatte es die Hauptstadt der Sarazenen sein sollen! Na! Wenn Ihr den Bischof seht, könnt Ihr ihm sagen, daß es den Aussätzigen genauso ergehen wird wie den Sarazenen!«

Ich hob den rechten Arm und versicherte dem alten Mann nochmals, daß ich keinerlei Verbindung hatte zum Bischof von Saint Bertrand. Doch mein Arm hielt den langen gebogenen Stock, und der Unwissende hielt ihn wohl für einen Krummstab, den der Bischof mir geliehen hatte.

Er hatte die kleine Holzbank verlassen, auf der er gesessen hatte. Eine schreckliche Freude verschob seinen zahnlosen Unterkiefer und ließ ihn in eine erstaunliche Höhe steigen.

»Ihr seht diesen Berg, der aus einem einzigen Felsen zu bestehen scheint. Als wir verpflichtet wurden, die Heiden aus Spanien bei uns aufzunehmen, hat unser Konsul Magala zum Seneschall von Toulouse gesagt:

'Wir werden die spanischen Heiden bei uns aufnehmen: Wir geben ihnen einen Berg, wo sie anbauen können, und auch Saatgut — unter der Bedingung, daß sie diesen Berg nicht verlassen.'

Sie haben jenen Felsen bekommen, sie haben dort ihre Hütten gebaut und zu Mohammed gebetet. Säcke voll Saatgut hat man ihnen gebracht, und das ganze Dorf lachte. Sie haben so viel und so gut gesät, daß sie alle gestorben sind. Hinter dem Felsenberg liegt ein Sarazenen-Friedhof. Na, und wenn Ihr Raben über dem Leprosorium fliegen seht, dann heißt das, daß die Aussätzigen dort im Sterben liegen. Geht nur um diese Anhöhe herum, Ihr findet dahinter einen Aussätzigen-Friedhof. Das sind nämlich Dinge, die der Bischof ruhig erfahren sollte. Das Dorf von Valentine ist da für die Menschen von Valentine, die am Ufer der Garonne in der Grafschaft Comminges geboren sind. Sagt das dem Bischof, wenn Ihr zu ihm zurückkehrt.«

Wir gingen weiter zwischen den Häusern, und Tornebut führte mich durch eine enge Gasse bis zu einem Ort, wo ein Schreiner arbeitete und wo ein seit langem abgestorbener Baum stand. Das Holz dieses Baumes war ganz mit kleinen, parallelen Linien bedeckt. Tornebut betrachtete ihn genau und sagte zu mir:

»An diesem Baum haben mein Großvater und mein Urgroßvater jedes ihrer Lebensjahre mit einem kleinen Strich gekennzeichnet. So war ihr Alter in diesem Baum festgehalten. Doch die Kinder haben sich einen Spaß daraus gemacht, den ganzen Baum mit solchen Strichen zu bedecken, so daß er jetzt die Zeichen Tausender von Jahren trägt und das Alter meiner Ahnen für immer verloren ist.«

Plötzlich fiel er auf die Knie, sprach zusammenhanglose Worte, und ich sah, daß sein Gesicht tränenüberströmt war.

»Was hast Du, Tornebut, und warum schlägst Du Deine Stirn gegen diesen Baumstamm?«

»Ich weine über den Kummer, den ich meinem Vater gemacht habe. An diesen Baum hat er mich gebunden, wenn er mich wegen meiner Missetaten verprügelte. Wäre ich fleißig gewesen, hätte ich die Arbeiten erledigt, die er mir gab, dann hätte ich seine Seele mit Zufriedenheit erfüllt und ihn nicht gezwungen, mich zu schlagen.«

»Hat Dein Vater Dich hart geprügelt?«

»Ja, hart und lange, aber die Schläge entsprachen immer meinen Fehlern.«

»Haben die Schläge Spuren hinterlassen?«

»Ja, tiefe Narben, die noch sichtbar sind. Doch er mußte ja schließlich das Böse aus meinem Körper austreiben.«

Spöttisches Gelächter unterbrach uns. Der Schreiner stand auf der Schwelle seiner finsteren Werkstatt und betrachtete Tornebut, der immer noch kniete.

»Sicherlich, sein Vater schlug ihn mit einem dicken Strick, in den er einen Knoten gemacht hatte, und er hatte es bestimmt verdient, denn aus schlechtem Samen geht ein noch übleres Früchtchen hervor. Tornebut, der Vater dieses Tornebut hier, war der schlechteste Mann in der Gegend, und er hat Valentine zwischen den Soldaten des Seneschall verlassen, um irgendwo am Galgen zu baumeln.«

Tornebut war aufgestanden und sagte mit lauter Stimme:

»Er war unschuldiges Opfer einer falschen Anschuldigung.«

»Der Sohn Tornebut ist bestimmt nicht mehr wert als der Vater Tornebut. Ich will nicht, daß die Luft, die ich atme, vom Sprößling solch einer Familie verpestet wird. Verschwinde, oder Du sollst es bereuen, nach Valentine gekommen zu sein.«

Inzwischen zeigten sich Leute an den Fenstern und Türen. Der Name Tornebut hatte ihre Gesichter bedrohlich werden lassen. Ein Stein, dann noch einer, flog in unsere Richtung.

»Komm«, sagte ich zu meinem Gefährten und zog ihn eilig fort. Als wir eine gute Strecke zurückgelegt hatten und vor uns der Turm von Saint Gaudens lag, sagte ich ihm behutsam:

»Vielleicht haben die Bewohner von Valentine doch nicht die Herzensgüte, die Du ihnen zugeschrieben hast?«

»Ein oder zwei schwarze Schafe sind noch nicht die ganze Herde«, antwortete Tornebut nur.

»Vielleicht hatte Dein Vater doch nicht ganz und gar die große Heiligkeit erlangt, die Du gern in ihm sehen wolltest?«

»Es kann vorkommen, daß ein großer Heiliger gehenkt wird. Ist Christus nicht gekreuzigt worden?« entgegnete er und ging so rasch weiter, daß ich nur mühsam mit ihm Schritt halten konnte.

Da verstand ich.

»Geh nicht so schnell, Tornebut, ich kann Dir kaum folgen.«

Guillaume Aicart und die Störche

Die Pfarrer führen Register, in denen sie Hochzeiten, Geburten und Todesfälle aufzeichnen. Leider haben die Hugenotten viele dieser Verzeichnisse verbrannt und damit der Ahnenforschung und der Geschichtskunde geschadet.

Der Pfarrer von Tarascon im Ariègetal war ein weiser alter Mann, der während der Plünderung seiner Kirche geflohen war. Er erinnerte sich jedoch an die Register, die er aus Neugier durchgesehen hatte.

»Die Jahrhunderte sind lang«, sagte er zu mir, »und es gibt viele Menschen. Ich könnte nicht beschwören, daß ich den Namen Amiel Aicart gesehen habe. Doch es gab immer Aicarts in Tarascon, wenn es auch bald keine mehr geben wird. Der einzige, der diesen Namen noch trägt, ist sehr alt und hat keine Kinder in die Welt gesetzt. Er ist ein Einzelgänger und ein Dickkopf, und Ihr werdet nicht viel aus ihm herausbringen. Er geht nicht in die Kirche und gehört auch nicht dem reformierten Glauben an.«

Wir stiegen in der Herberge ab und spazierten dann bis zum Haus dieses Guillaume Aicart — ein niedriges Haus, das am Ende des Dorfes stand, am Ufer der Ariège.

Der Pfarrer hatte recht. Er war so unzugänglich, daß ich dachte, er würde uns vor die Tür setzen. Er hatte aber nicht die Kraft dazu. Ich kam mehrere Male wieder. Zum Schluß teilte ich ihm auf gut Glück den Grund meines Besuchs mit. Gab es nicht seines Wissens in der Familie Aicart ein geistiges Erbe, das von einer Generation zur nächsten überliefert wurde und das aus der Zeit seines Vorfahren Amiel Aicart stammte, der vor drei Jahrhunderten gelebt hatte?

Diese Frage veränderte von Grund auf die Haltung meines Gegenübers. Er hörte auf, sich taub zu stellen und bewies ein scharfes Gehör. Jetzt war er es, der mich mit Fragen überhäufte: Warum war ich gekommen? Was wollte ich? Was wußte ich?

Tornebut hatte mich an diesem Tag nicht begleitet. Vom Weg aus hatte ich Guillaume Aicart am Ufer der Ariège stehen sehen, wie er mit erhobenem Haupt aufmerksam den Himmel betrachtete. Ich hatte die Büsche seiner Gartenhecke auseinandergebogen, um zu ihm zu gelangen. Seine plötzliche Erregung verriet sein außerordentliches Alter; das Alter eines Menschen ist manchmal unter seinen Gesichtszügen verborgen, wie das Genie unter den Farben eines Meistergemäldes, und es offenbart sich erst, wenn sie in einer seelischen Anstrengung in Bewegung geraten.

Guillaume Aicart war älter, als ich geglaubt hatte, und ich verstand ihn um so besser, als er über die Jugend zu sprechen begann. Er sprach ohne Freude davon. Er verdammte seine eigene Jugend und die Fehler, die er ihretwegen begangen hatte. Sein ganzes Leben lang hatte ihn deshalb das schlechte Gewissen verfolgt. Das hatte mit den Fragen zu tun, die ich ihm stellte und die seine Gewissensbisse wachriefen.

Ja, es gab ein Geheimnis, das die Aicarts vom Vater auf den Sohn überlieferten. Sein Vater, Martin Aicart, war mehrmals nahe daran gewesen, es ihm zu enthüllen. Er hatte gezögert, es auf später verschoben. Er fand ihn zu jung, zu leichtfertig. »Das war ich«, sagte er traurig zu mir, »und aufgrund meines sonderbaren Geisteszustands war ich sogar stolz darauf. Für mich war die Jugend von solchem Wert, daß ich keinem Wort meines Vaters große Bedeutung beimaß. Später trat das Böse in Gestalt einer Frau in mein Leben. Sie war Spanierin. Sie brauchte nur zu singen, und ich verlor den Verstand. Es kam der Augenblick, da mein Vater seinen Tod nahen fühlte. Ich war bei ihm. Es war jedoch ausgerechnet ein Abend, an dem ich vereinbart hatte, diese Frau nach Andorra zu begleiten; sie wollte auf einem Maultier über die Bergpässe dorthin reiten. Ich hatte ihr ausrichten lassen, daß sie nicht mit mir rechnen sollte; ich würde bei meinem Vater bleiben. Sie kam trotzdem die Straße entlang und sang einen Refrain, der das Zeichen war für unser Treffen. Mein Vater hatte meine Hand genommen. 'Ich habe Dir etwas zu sagen', murmelte er. Seine Stimme war schon wie ein Hauch. Ich hätte ihn verstehen können, wenn ich mich bemüht hätte. Doch ich lauschte auf den Refrain, der von der Straße herüberklang, und rechnete die Entfernung aus, in der sich die Sängerin befand. Mein Vater sprach ziemlich lange. Ich gab ihm durch Kopfnicken zu erkennen, daß ich ihn verstanden hatte; in Wirklichkeit hatte ich nichts gehört als den Refrain.

Erst viel später fühlte ich die Eitelkeit der Jugend wie ein Gewand von mir abfallen. Da kam mir das Geheimnis wieder in den Sinn, doch zu spät. Es war neben mir vorbeigegangen, und ich hatte es mißachtet. Deshalb kann ich Euch nichts sagen.«

Guillaume Aicart beschrieb mir um so bereitwilliger seine Gewissensbisse, als er wußte, daß niemand sie verstehen konnte. Während er sprach, hielt er manchmal inne und beobachtete den nördlichen Himmel.

Als ich ihn verlassen wollte, machte er mir ein Zeichen, um mich zurückzuhalten.

»Mir bleibt eine letzte Hoffnung! Oh, sie ist nur gering, so gering . . . Ich wage sie kaum zu äußern. Kurz vor dem Tod meines Vaters fiel ein verletzter Storch in den Garten, an dieser

Stelle hier. Es war die Zeit der Zugvögel, und dieser Storch hatte ein gebrochenes Bein. Mein Vater pflegte ihn, befestigte einen kleinen Stab an seinem Bein; es gelang ihm, den Vogel zu heilen. Mein Vater war damals ganz allein. All seine Altersgenossen waren gestorben — so wie jetzt die meinen. Ich habe Euch gesagt, daß sein Sohn . . . Er liebte diesen Storch sehr, er verbrachte den ganzen Tag bei ihm. Er erzählte ihm Geschichten, genauso als hätte er es mit einem denkenden Wesen zu tun. Die Leute, die ihn von weitem sahen, hielten ihn für verrückt. Die Störche sind jedoch wie die Menschen, und als dieser ganz geheilt war, flog er fort. Er zog einen Kreis am Himmel, über dem Garten, und zog nach Süden davon. Mein Vater folgte ihm mit den Blicken, ich sah eine Träne in seinen Bart rinnen, und er setzte sich an der Stelle nieder, wo der Storch auf einem Bein zu stehen pflegte. Und — der Storch ist zurückgekommen! Es war im Frühjahr, zur Zeit der großen Vogelzüge. Ein anderer Storch war bei ihm, von ungefähr gleicher Größe, und noch zwei andere, ganz kleine; doch der Storch, den mein Vater gepflegt hatte, war deutlich an seinem hinkenden Gang zu erkennen. Die Freude meines Vaters war gewaltig. Er hatte ihnen am Ufer eine Art Nest gebaut und sprach die ganze Zeit mit ihnen, so als würde er zu Menschen reden. Die Störche verbrachten dort eine Nacht, am Morgen brachen sie wieder auf. Sie zogen noch einen Kreis und flogen nach Norden. Wenn man ihnen nachsah, konnte man sehr deutlich denjenigen erkennen, der die kleine Gruppe anführte, denn eines seiner Beine schien länger zu sein als das andere. Ich weiß nicht, ob sie zurückgekommen sind. Ich war vielleicht nicht da, um sie zu sehen, und mein Vater ist gleich nach ihrem Abschied gestorben. Doch soll ich Euch sagen, welche Ahnung ich habe? Ihr werdet vielleicht denken, daß ich nicht ganz bei Verstand bin; das ist durchaus möglich und völlig bedeutungslos in meiner Lage. Ich glaube, daß die Störche das Geheimnis meines Vaters mitgenommen haben. Ich bin sicher, daß er es ihnen anvertraut hat und beinahe sicher, daß sie es verstanden haben. Es liegt ein großes Geheimnis in den Vögeln. Sie sind dazu fähig, in die Gedanken der Menschen einzudringen, doch nur dann, wenn diese von hohem Rang sind. Niemand hat je erklären können, was die Nachtigall zum Ausdruck bringt. Sie erreicht die höheren Bereiche der Seele. Es scheint sogar, daß sie weiter gelangt als der Mensch. Natürlich trifft das nur auf einige Vogelarten zu, und es sind nicht immer jene, die wunderbar singen. So gelangen auch bei uns Menschen nicht jene zu Gott, die aller Welt davon erzählen. Mein Vater sagte einmal zu jemand, daß die Störche die intelligentesten Vögel, möglicherweise die intelligentesten unter allen Lebewesen wären. Er sprach so mit Recht. Seit Jahren beschäftigte er sich mit den Vögeln, aber ohne jemals einen von ihnen seiner Freiheit zu berauben, selbst nicht für einige Minuten. Ich bin überzeugt, daß mein Vater den Störchen mitgeteilt hat, was sein Sohn nicht zu verstehen fähig war. Meine einzige Hoffnung, bevor ich sterbe, ist die, daß diese Vögel mir das geistige Erbe meines Vaters zurückbringen; ich weiß nicht, in welcher Form und durch welche Zeichen.«

Ich hütete mich, das leiseste Lächeln auf meinem Gesicht erscheinen zu lassen, denn in jeder versponnenen Idee, so wirklichkeitsfremd sie auch sein mag, liegt ein Trost. Als ich Guillaume Aicart verließ, gab ich sogar vor, aufmerksam die Himmelsrichtung abzusuchen, in die ich ihn hatte blicken sehen.

»Wir können aufbrechen«, sagte ich zu Tornebut, als ich wieder bei ihm war. »Hier werden wir nichts erfahren.«

Ich erzählte ihm alles, was Guillaume Aicart mir mitgeteilt hatte.

Als wir einige Zeit unterwegs waren, sagte Tornebut nachdenklich:

»Möglicherweise hat er recht. Die Vögel leben im Himmel. Warum sollten sie nicht mehr Wissen über himmlische Dinge besitzen als die Menschen?«

Der Ritter von Poucharramet

Schon immer hatte ich vom Ritter von Poucharramet als einem Mann voller Weisheit sprechen gehört, zu dem die Leute von weither kamen, um in Streitfällen seinen Rat einzuholen. Er besaß eine Bibliothek mit sehr alten Büchern. Protestanten wie Katholiken sagten: »Er ist ein Mann Gottes!« Selbst Richter fragten ihn nach seiner Meinung. Er kannte das Maß aller Dinge.

Er war alt geworden und eines Tages gestorben, aber das Ansehen eines Menschen ist von größerer Dauer und Beständigkeit als der Mensch selbst. Das Fehlen eines so gerechten Herrn kam ungelegen für das Land. Er hinterließ einen Sohn, der ihm völlig glich, nur daß er natürlich etwas jünger war: von hoher Statur, kräftigem Körperbau, mit rotem, ein wenig gedunsenem Gesicht und glänzend kahlem Schädel. Demnach wurden auch die Eigenschaften, über die der Vater verfügte, auf den Sohn übertragen. Binnen kurzer Zeit verschmolz das Bild der beiden Poucharramets zu einem einzigen: einem Mann voller Weisheit, mit rotem Gesicht, der eine große Bibliothek besaß.

Ich selbst war nicht ganz sicher, daß einer der beiden Poucharramets gestorben war, als ich ihn in seiner Burg aufsuchte, die einen halben Tagesmarsch von Toulouse entfernt lag.

»In der Bibliothek von Poucharramet werdet Ihr vielleicht einen Hinweis finden«, hatte mir Isaac Andréa gesagt.

Ich wanderte rasch, aber der Herbst zog vor mir her, entlang der Ufer des Touch und durch die kahlen Weinberge der Gegend um Rieumes und Muret.

Der Herr von Poucharramet empfing mich vor einem großen Feuer, das gerade angezündet worden war und dessen Flammen seinem Gesicht die Farbe von ganz jungem Wein verliehen. Im Kamin, der ebenso groß war wie er, lag ein Stapel Bücher, der ebenso hoch reichte wie der Kamin. Von Zeit zu Zeit ergriff er eines am Rand einer Seite und warf es in die Flammen. Als ich mein Erstaunen zeigte, rief er:

»Mein Diener Bourtoumieu ist ein Faulpelz. Er hat kein trockenes Kleinholz aufs Feuer gelegt. Ich muß der Trägheit des Bediensteten abhelfen.« Und damit brach er in schallendes Gelächter aus.

Da verstand ich, daß der wahre Poucharramet tot war und daß ich hier nur einer mißlungenen Nachahmung gegenübersaß.

★ ★
★

Nach einer Zeit des Ruhms hatte die Kirche von Poucharramet Tage des Verfalls erlebt. Der Vater Poucharramet hatte eine große Summe hinterlassen für den Wiederaufbau der Kirche, damit sie wieder so aussehen sollte wie damals, als die Johanniter sie erbaut hatten.

Die bunten Glasfenster zerfielen in Scherben. Das große Eingangstor ließ sich nicht mehr schließen. Eulen nisteten in einer Seitenkapelle, und an einem Johannistag, als der Pfarrer die Messe las, war einer der geblendeten Vögel mit viel Flügelschlagen auf den Altar gefallen, gerade im Augenblick des Meßopfers.

Dennoch sprach der Sohn Poucharramet nicht davon. Es war etwas Sonderbares mit ihm geschehen. Er war immer fromm gewesen, zurückhaltend und etwas schüchtern. Seit dem Tode seines Vaters jedoch war ein neuer Mensch in ihm geboren. Er führte einen ausschweifenden Lebenswandel. Er stellte den Mädchen nach, und er bekundete sogar eine gewisse Gottlosigkeit. Man hatte ihn Dinge sagen hören wie:

»In einer Kirche, die dem Wind offensteht, läßt es sich genausogut beten wie in einer festverschlossenen, und wenn der Herrgott in eine Hostie herabsteigt, erregt eine fliegende Eule gewiß nicht sein Mißfallen.«

Wenn er auf seiner dunkelweinroten Stute nach Toulouse ritt, sagte er zu seinem Diener Boutoumieu:

»Morgen bin ich zum Abendessen wieder da.«

Doch die Tage vergingen, ohne daß er zurückkam. Er blieb in der Gasse hinter Saint Sernin, wo die sarazenischen Tänzerinnen leben und die Frauen, deren Beruf es ist, bis zum frühen Morgen zu trinken. Einmal blieb er so lange aus, daß die Leute von Poucharramet unruhig wurden. Der Konsul Jean Nogarol beschloß, seinen Herrn höchstpersönlich in Toulouse abzuholen.

»Macht Euch keine Sorgen, gute Leute. Ich bringe Euch den Ritter wieder.«

Die Tage vergingen, und der Konsul kam nicht wieder.

»Dann werde ich selbst ihn zurückholen«, sprach der Pfarrer, der aus der Familie der Mascaron stammte; er mochte den Sohn Poucharramet gern wegen seines Ansehens als weiser Mann, vor allem jedoch, weil er ein Lebemann war wie er selbst.

Die Tage vergingen, und der Pfarrer kam nicht wieder. In Poucharramet gab es weder Herr noch Konsul noch Pfarrer. Dann kam für Cassuéjouls, den Obsthändler, den man den Schweigsamen nannte, die Zeit, seine Pfirsiche in Toulouse zu verkaufen. Er nahm seine größte Karre — gewöhnlich benutzte er eine kleinere — und sagte zu den Bewohnern von Poucharramet:

»Wenn ich meine Pfirsiche verkauft habe, bringe ich sie alle drei zurück.«

»Wo willst Du sie denn finden, Cassuéjouls?«

»Ah, ich weiß schon, wo ich sie suchen muß.«

Weil er wenig sprach, galt Cassuéjouls für unverständig. Dementsprechend überrascht waren die Bürger von Poucharramet, als er am übernächsten Tag den Herrn, Konsul und Pfarrer auf seiner großen Karre zurückbrachte. Die dunkelweinrote Stute folgte an einem Strick.

»Wie hast Du das gemacht, Cassuéjouls?« rief es vor allen Türen.

Doch Cassuéjouls war ebenso schweigsam wie taktvoll.

»Macht Euch darüber keine Sorgen. Die Hauptsache ist, daß sie wieder da sind.«

Der Ritter von Poucharramet beschloß erst dann, die Arbeiten an der Kirche zu beginnen, als der Bischof von Comminges in eigener Person eingeschritten war. Niemand weiß warum, sei es, um den Bischof zu ärgern, sei es aus einer eigenen merkwürdigen Laune heraus — er entschied, daß die Kirche in Form einer Festungskirche wiederaufgebaut werden sollte, was einen ungeheuren Arbeitsaufwand bedeutete.

»Aber warum eine Festungskirche, Herr Ritter?« wollte der Konsul wissen.

»Wißt Ihr, daß einst die Sarazenen an der Kirche von Poucharramet abgeprallt sind und daß die Männer von Comminges sie nur haben besiegen können, weil die Kirche eine Festung war?«

Weder der Konsul noch sonst jemand hatte das gewußt.

»Aber wir haben von den Sarazenen nichts mehr zu befürchten.«

»Noch zur Zeit der Albigenser war die Kirche eine Festung, und ich werde Euch auf manchen Steinen die Spuren der Pfeile zeigen, welche die Armbrüste Simon von Montforts, des Bösen, hinterlassen haben.«

»Die Zeiten sind längst vorbei, Herr Ritter.«

»Vor nicht einmal fünfzig Jahren sind in Pamiers die Jesuiten in ihrem Kloster von Protestanten niedergemetzelt worden. Was hätten sie nicht für eine Festungskirche gegeben!«

Er begann, Pläne zu zeichnen mit Ecktürmen und tiefen Gräben.

»Die Summe, die Euer Vater hinterlassen hat, wird nicht ausreichen«, sagten ihm seine besorgten Freunde.

»Als wenn solch eine lächerliche Summe von Bedeutung wäre! Der Konsul wird das Geld finden! Der Bischof von Comminges wird das Geld finden!«

Er ließ eine große Gemeinschaft von Bauleuten aus Carcassone nach Poucharramet kommen, Männer, die nichts als bauen wollten, als zerstören, um wiederaufzubauen, die keinen anderen Grund für ihre Existenz kannten als das Errichten von Bauwerken.

Die Arbeiten nahmen solch gewaltige Ausmaße an, daß Unruhe die Gemüter ergriff. Eine befestigte Kirche! Und niemand wußte, wer sie bezahlen sollte! Würde der Bischof von Comminges aus seinem Schatz dafür aufkommen, oder der Konsul aus seinen Steuern, oder der Herr Ritter, der die Sache ins Leben gerufen hatte, oder der König von Frankreich? Man würde sich an das Parlament von Toulouse wenden müssen, und es war bekannt, daß alle, die sich ans Parlament wandten, für immer verloren waren auf der Erde und im Himmel.

Die Bauleute hatten sich häuslich niedergelassen und stellten die Gegend auf den Kopf. Sie stritten mit den Bauern, und es gab keinen armen Mann mehr, der nicht daran dachte, wenn er über seinen Pflug gebeugt in der Ferne die gewaltigen Gerüste der Festungskirche sah, daß diese Arbeiten auf seine Kosten ausgeführt wurden und er sich abmühte nur für sie.

»Der Ritter von Poucharramet ist solch ein weiser Mann«, hieß es.

Alles hing ab von dieser Weisheit. Sie war es, die noch einen Funken Hoffnung zuließ – doch nur bis zu dem Tag, als Cassuéjouls der Schweigsame, ein Mann von gesundem Menschenverstand, auf dem Dorfplatz sagte:

»Na! Der Vater Poucharramet war es, der weise war! Von seiner Weisheit hat er seinem Sohn nur soviel übriggelassen, wie eine Herbstblume wiegt, von der die Sonne das Fleisch weggezehrt hat und eine Raupe den Kern.«

Und Cassuéjouls mußte es ja genau wissen: er, der den Ritter aus Toulouse zurückgeholt hatte. Von diesem Tag an wurde die Festungskirche bedrohlicher für das Dorf, ihr Schatten dehnte sich ungeheuer aus und bedeckte die ganze Gegend, jeder trug das Gewicht ihres Glockenturms auf den Schultern.

Das Maß war jedoch voll, als die Seele des Ritters von Poucharramet von Hochmut ergriffen wurde. Als er so viele Arbeiter auf der alten Kirche sah wie Bienen in einem Bienenstock, als er die Umwälzung bemerkte, die er bewirkt hatte, die Menge der Anweisungen, die man sich im Schloß holte, da bemächtigte sich seiner eine unsinnige Trunkenheit, die sich auf recht eigentümliche Art äußerte.

Der Chor der Kirche war abgeteilt durch sehr alte Skulpturen, die in einfacher Form Jesus Christus, die Apostel und die Figuren der Leidensgeschichte darstellten. Im Laufe der Zeit hatten manche Statuen ihre Arme oder Beine verloren, und der Kopf von Christus lag nur lose auf seinem Körper, von dem ihn einst die Sarazenen abgeschlagen hatten.

Der Ritter von Poucharramet beschloß, diese Figuren ganz wiederherrichten zu lassen, und zu diesem Zweck ließ er Thomas Capellan, den großen Künstler aus Toulouse, persönlich kommen. Dieser machte sich gleich an die Arbeit, und nach einer göttlichen Eingebung begann er mit dem Haupt von Christus, das er wunderbar meißelte und in das er die Schönheit hineinlegte, die er wahrgenommen hatte.

Kaum sah aber der Ritter von Poucharramet dieses Haupt im Chor, da geriet er in Wut. Er ergriff es und warf es in hohem Bogen auf die Steinfliesen. Er wollte nämlich, daß der Kopf von Christus seine eigenen Gesichtszüge trug! Er wollte in der Kirche an Gottes Stelle treten!

»Habe ich Euch das nicht befohlen?« sagte er zu Thomas Capellan.

Er hatte es ihm tatsächlich gesagt. Weil es aber ein so unmögliches Unterfangen war, Christus mit dem Gesicht eines dicken, kahlen, rotbäckigen Ritters darzustellen, hatte Thomas Capellan dem keine Bedeutung beigemessen und gemäß seiner inneren Schau gearbeitet.

Der Kopf war in mehrere Stücke gesprungen; Thomas Capellan wollte sie zusammenfügen und wieder auf den Schultern von Christus befestigen. Er glaubte an einen vorübergehenden Wahnzustand. Der Ritter hinderte ihn jedoch daran und befahl ihm, sich an die Arbeit zu machen und seinen eigenen Kopf zu meißeln. Als Thomas Capellan sich weigerte, zog er sein Schwert und forderte ihn drohend auf, sofort anzufangen oder sein letztes Gebet zu sprechen. Thomas Capellan war gezwungen, unter dem gezückten Schwert eine Scheinskulptur anzufertigen und die Stücke des wunderbaren Christushauptes, in denen die zerbrochene Schönheit lag, auf dem Fußboden zu lassen.

Nach Einbruch der Nacht floh er nach Toulouse und ward nie mehr in Poucharramet gesehen.

Niemand weiß, was geschehen wäre, wenn nicht in der Gegend und im Kopf des Ritters von Poucharramet wieder Ordnung eingekehrt wäre. Sie kam auf eine unerwartete und geheimnisvolle Weise zustande, aus der ich selbst Nutzen ziehen konnte. Der Ritter persönlich berichtete mir von diesem Ereignis.

Die vier nächtlichen Besucher

Es war sehr kalt an jenem Abend, und ich saß nahe beim Feuer, dem Ritter gegenüber.

»Ich bin eine einfache Seele und mag keine Rätsel«, sagte er zu mir. »Es ist gut, daß Ihr gekommen seid. Vielleicht könnt Ihr mir eine Erklärung geben. Ihr geltet als gelehrter Mann, und, ich weiß nicht warum, die Form Eures Stabs gibt mir Vertrauen zu Euch. Denn wem kann man schon vertrauen in unserer Zeit? Die Leute haben Angst und wagen nichts mehr zu unternehmen. Die Diener werden träge und vernachlässigen ihre Arbeit.«

Mit diesen Worten ergriff der Ritter einen in Schwarz gebundenen Quartband mit merkwürdigen Zeichen auf dem Buchrücken und warf ihn in den Kamin, wo er beinahe das Feuer erstickte.

»Herr«, rief ich, »wenn Bourtoumieu auf der Jagd ist oder im Obstgarten Winterbirnen pflückt, dann will ich selbst gehen und Kleinholz für das Feuer holen. Aber, ich bitte Euch, zerstört nicht diese wertvollen Bücher.«

»Ich würde sie alle dem Teufel schenken! Mein Vater hat soviel Zeit damit vergeudet, sie durchzusehen, Anmerkungen zu machen und, wer weiß?, sie vielleicht sogar zu lesen, daß er darüber unseren Besitz vergaß und unsere Ländereien veröden ließ. Deshalb ist die Kirche jetzt in diesem Zustand. Doch hört, was vor kurzem geschehen ist. Eines Morgens sagte mir Bourtoumieu: 'Heute abend werden vier Gäste zum Essen kommen'. Ich dachte an meine Gefährten aus Toulouse, die vielleicht eine Überraschung ausgeheckt hatten und, um die Überraschung nicht zu verderben, fragte ich nicht weiter nach. Sonst wäre ich ja nicht überrascht worden.

»Bourtoumieu«, sagte ich, »bereite gebratene Fasanen zum Abendessen zu und hole ein paar Flaschen des alten Saint Girons-Weins heraus, den unser Pfarrer am liebsten trinkt.«

Ich bemerkte durchaus, daß Bourtoumieu verwirrt aussah. Als er mir aber sagte:

'Diese Gäste trinken nichts als klares Wasser',

da dachte ich, das würde mit zum Scherz und zu der Verschwörung der fröhlichen Gesellen aus Toulouse gehören.

Nach Einbruch der Dunkelheit — es gibt immer eigenartige Zusammentreffen in solchen Fällen, und so war diese Nacht dunkler als gewöhnlich — hörte ich Pferdegeräusche und erblickte durch die Scheibe die große Silhouette eines unbekannten Mannes.

'Ist das einer der Gäste?' fragte ich Bourtoumieu.

'Gewiß, das ist einer von ihnen.'

Ich sah einen großen mageren Mann mit einem schwarzen Umhang, der vornehm aussah, aber so vornehm wie ein Notar oder ein Parlamentsrichter — eine Art von Mann, mit der ich nicht verkehrte und der tatsächlich ein Wassertrinker sein mußte. Nacheinander kamen sie an, alle vier, die vier Gäste, die ich nicht geladen hatte, alle gleich in Schwarz gekleidet, ernst wie die Totenbäume auf den Gräbern; aufrecht und schweigend standen sie in dem großen Saal.

'Bourtoumieu, kannst Du mir sagen, wer zum Teufel diese Leute sind, diese vier nächtlichen Geistlichen, die wer weiß woher kommen?'

'Es sind Freunde Eures Vaters. Freunde ist vielleicht zuviel gesagt. Sie kamen etwa alle vier Jahre, um mit ihm zu Abend zu speisen, gewöhnlich am Abend des Johannistages. Und an jenem Abend, als sie nicht kamen, hat Euer Vater eine Reise angetreten, so daß ich annahm, er würde an einem anderen Ort mit ihnen zu Abend essen, aber wo? Das weiß nur der liebe Gott.'

Der Wein, oder besser, das Wasser war eingeschenkt, ich mußte es trinken. Ich empfing die vier ernsten Männer und bat sie, sich zu Tisch zu setzen. Sie antworteten mir kaum. Das Mahl verlief schweigsam, und von Zeit zu Zeit blinzelte ich zu Bourtoumieu hinüber. Dieser merkwürdige Kauz bediente aber so gemessen und mit solchen Respekt, daß schließlich auch ich eingeschüchtert war und die schleppende Unterhaltung einer beeindruckenden Stille wich.

Ich fragte mich, warum diese wassertrinkenden Gäste zum Abendessen in mein Haus gekommen waren, als sie sich zum Aufbruch erhoben. Bourtoumieu beeilte sich, ihre Mäntel zu holen, und ich spürte die Höflichkeitsfloskeln auf meinen Lippen vertrocknen.

Da geschah es, daß einer von ihnen, der den Mund nicht geöffnet hatte, aber dessen funkelnde Augen mir aufgefallen waren, mir die Hand auf die Schulter legte, so als wäre ich ein Kind. Ich kann es kaum erklären und kann nur mit Mühe glauben, daß es geschehen ist. Genauso, als wäre ich ein kleiner Junge, tadelte er mich streng wegen meines Betragens, und mit befehlendem Ton gab er mir Anordnungen, wie ich zu leben hätte, wie ich den Bau der Kirche zu Ende führen sollte, und auch über diesen Christuskopf, der Christus ähneln sollte und nicht meinem eigenen Kopf, wie es meine Laune gewünscht hatte.

Denkt daran, er war ein Mann ohne Schwert, eine Art Geistlicher, der in meiner Hand nicht schwerer gewogen hätte als eine Feder. Wenn Ihr mir sagt, daß sie zu viert waren, dann entgegne ich Euch, daß ich Körper an Körper mit den Bären gekämpft habe, die im Winter von Venasque und der Picade herabkommen, und daß ich mich nicht fürchte vor vier kampferfahrenen Kriegern. Aber darum geht es nicht.

Ich blieb wie ein Kind vor diesem Mann stehen, ich stammelte irgendwelche Entschuldigungen, ich antwortete, daß ich seinen Befehlen gehorchen würde. Er fügte kein Wort mehr hinzu. Ich glaube, er sagte doch: 'Das ist gut.' Bourtoumieu hatte die Pferde vorgeführt. Die Nacht war finster, ich habe es Euch gesagt. Sie verschwanden, so wie die Figuren in einem Traum verschwinden.

Nun ja! Ich habe nicht mehr mit meinem Diener darüber gesprochen, und auch er hat die Angelegenheit mit keinem Wort erwähnt. Es besteht eine Vereinbarung zwischen uns, die wir nicht getroffen haben. Außerdem hatte er einen Teil der Predigt mitangehört, und es ist mir lieber, daß wir es dabei belassen. Sie dürfen mir glauben, daß ich Anordnungen für die Kirche gegeben habe. Die Bauleute habe ich nach Carcassonne zurückgeschickt. Trotzdem hätte ich gern meinen Kopf inmitten der zwölf Jünger im Chor gesehen. Der alte Christuskopf, den die Sarazenen abgeschlagen hatten, ist wieder an seinen Platz gesetzt worden, denn, ich weiß nicht warum, Thomas Capellan wollte nicht zurückkommen. Ich gehorche diesen schwarzen Männern, die vielleicht Gesandte des Teufels sind. Könnt Ihr, der Ihr ein gelehrter Mann seid, mir etwas über sie sagen? Kennt Ihr sie? Gibt es überhaupt Menschen, die sie kennen? Oder kehren sie aufs Geratewohl in den Burgen zum Abendessen ein, erteilen Lektionen und reiten wieder ab?

Ah! ich habe etwas vergessen. Auf dem Eßtisch, an dem Platz, wo jener Mann mit den glänzenden Augen sich aufgestützt hatte, fand ich eine abgeschnittene Rose: ein wenig zerdrückt, eine große frische Rose.«

Lucida von Domazan

Ich saß unter einer Zypresse und meditierte über den Tod; das ist ein wichtiges Thema, mit dem man sich beschäftigen muß.

Und siehe, da kam ein weißgekleidetes Fräulein auf einem schwarzen Pferd mit weißer Mähne vorbeigeritten.

»Wohin reitet Ihr, mein Fräulein, auf diesem Pyrenäenweg zu einer Stunde, da die Wildbäche melancholisch singen und der Wind langsam die Hänge hinabweht?«

»Ich könnte Euch fragen, was Ihr hier tut, Herr Reisender mit dem großen Stock, der Ihr einsam unter einem Trauerbaum sitzt in einer Wiese voll Immortellen. Aber ich mag keine Fragen. Da Ihr es wissen wollt: Ich reite zur Burg von Bramevaque im Tal des Larboust, einem Tal, das jene Berge durchschneidet, die so hoch sind und so verhangen mit kalten Wolken, daß alle Seen dort zugefroren sind.«

Ich konnte nicht umhin, zu rufen: »Welch ein merkwürdiger Zufall!«

Ich betrachtete die junge Dame zu Pferde . . . Ihre Schönheit erfüllte die Seele mit Bewunderung. Ich meine nicht die Eleganz ihres Körpers, dessen Formen von ihrem jungen, glühenden Leben hervorgehoben wurden, sondern ein Strahlen, das von den edlen Gesichtszügen ausging und von Intelligenz zeugte. Nur mit durchdringender Aufmerksamkeit war eine gewisse Leere im bewundernswerten Stahlgrau ihrer Augen festzustellen.

»Kennt Ihr zufällig diese Ruinen? Könntet Ihr mir dann sagen, ob das Tal des Larboust wirklich links hinter dem Dorf Cazaril liegt, das sich am Berghang festklammert wie ein Büschel Buchsbaum an einer Mauer?«

»Das Tal des Larboust liegt zu Eurer Linken hinter dem Dorf Cazaril und hinter der Kapelle von Saint Aventin. Aber es können Euch üble Leute auf diesen Wegen begegnen.«

»Mein Pferd ist ein gefährliches Tier, es würde jeden beißen, der mich angreift. Wenn man keine Angst hat, geschieht auch nichts.«

»Zudem ist die Burg von Bramevaque nur eine Ruine inmitten von Tannenwäldern.«

Fast hätte ich ihr gesagt, daß ich der Herr von Bramevaque war. Aus Bescheidenheit versuche ich, wie ein Landstreicher auszusehen; dieses Unterfangen ist aber schwieriger in Gegenwart einer Frau, besonders, wenn sie zu Pferde sitzt. Es ist nicht viel wert, Herr über eine verlassene Burg zu sein, doch ich hätte nachlässig hinzugefügt, daß ich ein schönes Haus in Toulouse besitze und die Kranken pflege. Doch sagte ich gar nichts.

Das Gesicht des Fräuleins erhellte sich, so als würde es von einer Lampe beleuchtet. Sie ließ ihr Pferd steigen und sprach:

»Der Burgherr scheint eine Art von Narr zu sein, der nach etwas sucht, ohne wirklich zu wissen, was es ist: etwas, was er vielleicht gefunden hätte, wenn er in seiner Burg geblieben wäre.«

Meine Worte kehrten von selbst zu mir zurück wie Diener, die voreilig gerufen wurden. Da das junge Mädchen glaubte, es könnte von mir nichts Neues mehr erfahren, und mich für einen unbedeutenden Mann hielt, der unter einem Totenbaum meditierte, winkte sie mir leicht mit ihrer Reitpeitsche zu und entfernte sich in aller Ruhe. Ich bemerkte, daß sie sich an der Wegbiegung umwandte und eine kleine Geste machte. Obwohl ich mich von den Frauen gelöst und mein Verlangen besiegt habe, verzeichne ich doch mit großer Sorgfalt auf dunklen Tafeln in meiner Seele die Sympathie mancher Gesten, die besondere Eigenart mancher Blicke. Diese Tafeln sind unnütz — doch trotzdem sind sie da. So gibt es auch Astronomen, die Gestirnsbewegungen in kosmographischen Büchern aufzeichnen, die niemand je dienen werden.

Tornebut, der sich hinter einer kleinen Steinmauer zum Schlafen ausgestreckt hatte, richtete sich auf und sagte zu mir:

»Mir schien, ein Engel kam auf diesem Weg vorbei.«

»Engel reiten nicht auf Pferden, Tornebut.«

»Aber sie sind in Weiß gekleidet und verschwinden, wenn man sie genauer betrachten will.«

»Wie kommt es, daß Du Dich so gut mit Engeln auskennst?«

»Wer mit Holz arbeitet, sieht die Engel des Holzes erscheinen. Sie sind klein, nicht höher als ein großer Grasbüschel, kindlich und verträumt. Zur Abendstunde kann man sie sehen, aber nur, wenn man seit langem nichts Böses getan hat.«

Ganz plötzlich erinnerte ich mich. Die Gesichtszüge von jener, die ich nur einmal gesehen hatte, tauchten wieder an der Oberfläche meiner Erinnerung auf. In manchen tiefen Flüssen gibt es Ertrunkene, die mit wehendem Haar dahinziehen. Hin und wieder kehren sie ans Licht zurück, um ein Stück weiter erneut zu verschwinden. Die Erinnerung ist wie ein Fluß dahintreibender Bilder.

Dieses Fräulein zu Pferd war Lucida von Domazan.

»Sie ist weder ein Engel noch eine Frau«, sagte ich zu Tornebut, während ich die Straße betrachtete, über der in der Ferne eine kleine Staubwolke schwebte.

»Was ist sie dann?«

»Ich weiß es nicht.«

DIE TOTENBESCHWÖRUNG

Es war vor drei Jahren gewesen, und Lucida von Domazan war damals noch sehr jung. Ihr werdet sagen: »Sie war drei Jahre jünger.« Aber nein: Für einen Greis sind drei Jahre nur ein rasch dahineilender Traum, für eine Heranwachsende sind sie eine endlos lange Zeit.

Diese Heranwachsende mit dem schönen Gesicht, diese Lucida voller Anmut, in Geheimnis gehüllt wie in einen wunderlich gemusterten Schal, war die Tochter des reichen Domazan. Er war bei den Priestern beliebt und bekannt für seinen Umgang mit den Toten. Es wurden ihm keine Schwierigkeiten wegen schwarzer Magie gemacht, denn er war großzügig gegenüber den Klöstern, unterstützte die Kapitel und ließ besondere Spenden in die Hand der Kirchenmänner gleiten. Er war ein ehemaliger Seneschall des Königs. Mit diesem Titel ist alles erlaubt. Mit dem Alter bekam er sogar einen gewissen Ruf von Heiligkeit, und in kirchlichen Kreisen flüsterte man, daß er von Gott eine Sondererlaubnis erhalten habe, mit den Verstorbenen zu sprechen.

Das aber wurde streng geheimgehalten, manche leugneten es, andere bestätigten es, und alles endete damit, daß zahlreiche Messen gelesen wurden. Es verging nämlich keine Woche, ohne daß Domazan die Bekanntschaft irgendeines Verstorbenen machte, der zu Lebzeiten ein großer Sünder gewesen war und nun Gebete von ihm verlangte. Die Messen wurden in einer kleinen Kapelle der Kirche von Saint Etienne gelesen, die eigens für die armen Seelen, Kundinnen des reichen Domazan, bestimmt schien.

In jenem Jahr war Isaac Andréa eines Nachts gekommen, um

mir von Domazan auszurichten, daß er meine Anwesenheit bei einem dieser Stelldicheins wünschte, die ihm, ich weiß nicht wie, von den formlosen Bewohnern des Jenseits gegeben wurden. Ich wurde aufgrund meiner medizinischen Kenntnisse zu jener Versammlung geladen, denn bekanntlich entstehen aus dem Umgang zwischen Lebenden und Toten nichts als Schäden — sowohl für den Körper als auch für die Seele.

Da ein kalter Wind wehte, nahm ich vor dem Hinausgehen eine Garnache um die Schultern, ein Gewand unserer Großväter, das unmodern geworden ist, und zog eine Tuchkapuze über den Kopf, wie man sie früher trug, so daß ich aussah wie ein Mann aus vergangenen Jahrhunderten.

Wir gingen nicht zum Haus von Domazan, sondern verließen die Stadt durch das Tor Arnaud Bernard und wanderten durch das unbebaute Gelände jenseits der Stadtwälle bis zu einem Holzzaun am Beginn einer kleinen Allee, die zu einem von verfallenen Mauern umgebenen Hof führte. Im Mondschein sah ich, daß der Ort verlassen war. Ein alter Feigenbaum stand gebeugt bei dem Zaun. Er trug wohl niemals Feigen und schien zu sagen, daß heute abend nur ausnahmsweise Menschen hierherkamen, daß man die Laterne, die an einem seiner Äste hing, gerade erst dort befestigt hatte und daß gewöhnlich alles um ihn herum Schatten, Elend und Einsamkeit war.

Wir öffneten die Tür eines Gebäudes ohne Stockwerke und betraten einen Raum, der von einem einzigen Licht erhellt war. Vier oder fünf ernste Männer waren um den ehemaligen Seneschall versammelt sowie eine Dame, ganz gelb und faltig, die Haube und Schleier von der Farbe ihres Gesichts trug. Sie unterhielten sich mit leiser Stimme, und auf einem Stuhl in einem Winkel saß etwas wie ein kleine Silberwolke — das war Lucida von Domazan.

Es kam noch eine sehr ehrwürdige Persönlichkeit, der Schloßherr von Bouconne, ein Parlamentsmitglied, der älteste und steifste Teilnehmer dieser Versammlung. Die Runde schien nun vollständig zu sein, und alle erklärten, nur mit frommen Absichten gekommen zu sein, um den armen Seelen Erleichterung zu verschaffen; jeder befürchtete, selbst der Sünde bezichtigt zu werden, jeder wußte, daß er sich hier dem Teufelsglauben näherte, in dem die Gottverlassenen weilen.

Der fromme Domazan sprach laut ein Vaterunser, aber es war ein Vaterunser, das falsch klang; es hatte keine Schwingen und hob sich nicht empor. Ich sah Espinasse aus dem Schatten treten, Espinasse, der Griechisch, Hebräisch, und Arabisch sprach und den seine Sprachkenntnisse nicht hinderten, sehr mager zu sein; mager wie jene, die nicht aus Buße wenig essen, sondern unabsichtlich. Er war stolz, eine wichtige Rolle zu spielen, und streckte seine knochige Hand über Lucidas Kopf aus.

Ich hatte von solchen Versammlungen sprechen hören und wußte, daß viele davon keine Ergebnisse bringen. In dem Fall ging jeder seiner Wege. Wir mußten lange warten, aber es kam ein Moment, da meine Sinne spürten, daß unsichtbare Wesen um uns herum glitten.

Die besondere Macht Espinasses bestand darin, diese Geschöpfe, Verstorbene, die seit kurzem oder seit langem herumirrten, durch den Mund der lieblichen Lucida sprechen zu lassen. Die zarten Lippen des jungen Mädchens nahmen dann den Tonfall des Verstorbenen an, selbst wenn er rauh und ungeschliffen war und sie solche Laute nicht mit ihren Mund hätte formen können. Jeder im Raum nickte dann mit dem Kopf, lenkte die Aufmerksamkeit der anderen auf dieses Phänomen und betrachtete ihn als okkultes Wunder.

Die ersten Worte, die Lucidas Kehle übermittelten, waren Worte des Schreckens. Sie waren immer wieder unterbrochen, und ich verstand zunächst nur schlecht, da ich an diese Art der sprachlichen Übermittlung nicht gewöhnt war.

Domazan aber stürzte auf mich zu und riß mir, zu meiner größten Überraschung, die Stoffkapuze vom Kopf und bat mich eindringlich, meine Garnache abzulegen. Der feinstoffliche Geist der Toten nimmt die Lebenden noch verschwommen wahr, und dieser hier hatte den Umriß eines Mannes in Gewändern seiner Epoche erkannt und befürchtete nun sicherlich, daß er sein Leben von vorne beginnen müßte.

Er beruhigte sich und sprach von anderen Dingen, wobei ich nicht weiß, ob er es war oder ein anderer. Mir scheint, die Rede der Toten ist voller Mittelmäßigkeit und lohnt kaum das Zuhören — bis auf einige Ausnahmen wohlgemerkt.

Die Szene ging ihrem Ende zu, als Lucida laut aufschrie, so voller Entsetzen, daß sich die ganze Gruppe ihr näherte. Ich sah sie nun von nahe: so schön, aber noch ein Kind! Und ich betrachtete eine Sekunde lang die weiten Räume in ihren Augen, in deren Tiefe vielleicht die Sterne lagen.

Sie wiederholte »Nein! Nein!« und wand sich unter der ausgestreckten Hand von Espinasse. Er wirkte auf mich wie ein Henker, aber sonst hatte wohl niemand diesen Eindruck, denn ich hörte um mich herum:

»Sie will etwas nicht aussprechen! Man muß sie zum Sprechen zwingen! Sie soll sagen, was gesagt werden muß!«

Schließlich schien Lucida aufzugeben oder ganz von dem Wesen besessen zu sein, das etwas zu sagen hatte. Das junge Mädchen erhob sich, mit plötzlichem Ernst auf dem Gesicht; ihre Stimme wurde tief, und sie rief sich selbst dreimal:

»Lucida!«

Alle waren aufmerksam. Sie blickte nach innen und sprach:

»Lucida! Ich befehle es Dir! Hör auf, mit Deinem Vater Inzest zu treiben!«

Die Hand von Espinasse fiel herab. Es herrschte völlige Stille.

Ich zog eilig meine Garnache und die Kapuze wieder an und dachte mir, es wäre besser gewesen, der Verstorbene hätte sich dadurch belästigt gefühlt und nicht solche Dinge gesagt. Der Kopf des Schloßherrn von Bouconne schien sich plötzlich in die Länge zu ziehen und die gelbe Dame noch gelber zu werden. Ich zupfte Isaac Andréa am Ärmel. Draußen schritten wir weit aus. Die Kirchenglocke von Minimes erklang in der stillen Nacht.

»Es ist unklug, die Lebenden zum Sprechen zu bringen«, sagte Isaac Andréa leise, »und noch unklüger, die Toten zum Sprechen zu bringen.«

Die Burg von Bramevaque

Im Tal des Larboust, hinter der Kapelle von Saint Aventin, dort, wohin um die Mittagsstunde der Gipfel des Bergs Agude die Spitze seines Schattens ausstreckt, erhebt sich die Burg von Bramevaque. Zutreffender würde man sagen, daß sie sich dort festklammert. Der Wind, der von Oeuil herüberweht, hat alle Schieferschindeln vom Turm gerissen, und jetzt scheint sich dieser Turm nach rechts zu neigen, wie um anzuzeigen, daß er kein stolzer Turm mehr ist und von nun an nur noch eine verlassene Behausung überragt.

Zur Burg von Bramevaque führt eine lange, ansteigende Buchenallee; diese Buchen waren zur Zeit meiner Kindheit von einer besonderen Krankheit befallen worden, einem eigentümlichen Leiden, das eine Verkrüppelung und Drehung der Bäume mit sich brachte sowie eine rötliche Verfärbung der Blätter, als wäre ihr Saft mit Blut vermischt.

Als ich die Buchenallee betrat, sah ich, daß es ihnen nicht besser ging, daß sie gewunden waren wie einst: Opfer dieser Krankheit, welche die Hitzigen im Pflanzenreich befällt, sie verknotet und dreht und ihnen ein wildzorniges Aussehen gibt.

Die Abenddämmerung brach herein. In den nahen Wäldern begannen die Nachtvögel zu kichern. Die großen abendlichen Schatten, die von den Bergen herabstiegen, bewegten sich nicht mehr und verharrten in der schrecklichen Reglosigkeit, durch die sich das Kommen der Nacht ankündigt. In der Ferne riefen Hirten unsichtbare Herden zusammen, und ihre Stimmen kamen aus dem Unbekannten.

Unter dem Eindruck der Trostlosigkeit des Ortes fragte ich

Tornebut, ob er mir sagen könnte, warum wir hergekommen wären; er antwortete, daß er es nicht wüßte. Ich handelte gewöhnlich nach inneren Eingebungen. Etwas hatte mich gedrängt, die Burg meiner Kindheit aufzusuchen. Vielleicht sollte ich hier irgendeine Belehrung erhalten, und es geschieht manchmal, daß ich eine Lehre aufnehme, ohne es zu bemerken.

Wir waren vor der Freitreppe angekommen. Tornebut machte mich darauf aufmerksam, daß mehrere Pferde hier gegrast haben mußten. Das Tor war seit langem aufgebrochen. Einer der Torflügel aber war erst kürzlich weggenommen worden, damit Besucher hindurchlaufen konnten, denen es widerstrebte, sich zu bücken und die nur aufrecht hineingehen mochten.

Tatsächlich, als wir durch die leeren Räume gingen, in denen nur noch die Gespenster von Möbeln standen, konnten wir an den Spuren im Staub erkennen, daß sich mehrere Menschen in dieser Ruine aufgehalten hatten, und das noch vor so kurzer Zeit, daß ich mehrmals stehenblieb und lauschte in der Annahme, die Schritte dieser Besucher in einem fernen Zimmer erklingen zu hören.

Aber nein! Wir waren allein mit den Schatten, die eindrangen und hier und da herumirrten.

Ich wartete auf eine Eingebung, wie ich sie bekomme, wenn es notwendig ist. Doch vielleicht war es nicht notwendig, denn sie kam nicht.

Ich warf einen letzten Blick auf diese Räume, die einst vertraut waren und jetzt tot, und sagte zu Tornebut:

»Früher gab es hier Wolfsrudel, die in den Park herabkamen. Vielleicht haben sie diese Gewohnheit beibehalten. Wir werden ins Dorf Saint Aventin gehen und bei wohlwollenden Leuten, die den Herrn von Bramevaque, meinen Vater, gekannt haben, um Gastfreundschaft bitten.«

Als ich einen letzten Blick auf das warf, was man früher die Ehrenhalle nannte, entdeckte ich auf dem Kamin eine große, frischgeschnittene Rose.

Ich nahm die Blume, und wir gingen schweigend die Buchenallee hinab.

Später sahen wir einen Mann auf der Schwelle einer strohgedeckten Hütte sitzen. Er war ein erdverbundener Mensch, von kräftiger Statur, dessen Haarwuchs direkt über den Augenbrauen begann.

Ich hielt an und fragte ihn, ob er seit Sonnenaufgang Reisende in Richtung Bramevaque hätte ziehen sehen. Es trieb sich nämlich gewöhnlich kein lebendes Wesen an diesem einsamen Ort herum, und ich war sicher, daß jeder, der die Allee der schmerzensreichen Buchen entlanggegangen war, auf lange Zeit hin für viel Gesprächsstoff an den Herdfeuern von Saint Aventin gesorgt hätte.

Der Mann ohne Stirn machte eine große Anstrengung, um seine Gedanken zu lenken und sie in eine sprachliche Form zu bringen. Ja, er hatte ein junges, weißgekleidetes Mädchen zu Pferde gesehen. Sie war gekommen und wieder weggeritten. Anschließend hatte er vier Reiter in Schwarz gesehen, die ebenfalls bis zur Burg geritten waren. Doch sie waren nicht auf demselben Weg zurückgekehrt. Er hatte sie auf einem gefährlichen Maultierpfad bemerkt, weit fort, oberhalb des Aran-Tals, in der Nähe der höchsten Seen. Sie würden sich mit Sicherheit entlang der Felsrinnen von Crabioules verirren, denn es gab dort Adler, die Wanderer um ihren Verstand brachten und in die Abgründe des Gebirges stürzen ließen.

Ein junges weißes Mädchen! Vier schwarze Reiter! Demzufolge hatte es noch andere als mich zu den Ruinen von Bramevaque gedrängt.

Wir näherten uns den Lichtern von Saint Aventin, und ich sagte zu Tornebut:

»Vielleicht war diese Reise sinnlos. Ich habe nichts gefunden in der Burg.«

Er antwortete:

»Haltet Ihr nicht eine frischgeschnittene Rose in der Hand?«

Die Nacht der Wölfe

Da ich in der Scheune, in der uns die guten Leute von Saint Aventin untergebracht hatten, keinen Schlaf fand, stand ich leise auf und ging hinaus.

Die Umrisse der Bäume, die Windungen des Weges hoben sich deutlich gegen das Mondlicht ab, und ich schritt kräftig aus; ich war meines Ziels sicher, denn ich hatte die heimliche Gewißheit, daß ich mich in dieser Nacht, und in keiner anderen, allein im Schloß von Bramevaque einzufinden hatte. Ich ging die von den kranken Buchen gesäumte Auffahrt entlang, dann die verwilderten Alleen, die durch den Garten führten, und stand endlich, mit einem Seufzer der Befriedigung, auf der Vortreppe meines zur Ruine zerfallenen Heims.

Jedoch sagte ich mir sofort, daß ich zwar einen Hoffnungsschimmer verspürte, aber keine Ahnung hatte, warum. Und mit erstaunlicher Geschwindigkeit und äußerster Präzision kamen mir einige Kindheitserinnerungen ins Gedächtnis – Erinnerungen an Wölfe in den benachbarten Wäldern.

Den ganzen Winter über hatte man sie heulen hören in der Nähe des Hauses, aber in einer Schneenacht brach eine große Schar in den Garten ein. Mein Vater schoß vom Fenster aus mit der Armbrust auf sie; als ich in kindlicher Unwissenheit vorschlug, wir sollten alle nach draußen gehen und gegen sie kämpfen, machte er mir klar, daß wir, selbst wenn wir mit allen Dienern und Waffen gegen sie vorgingen, doch riskierten, verschlungen zu werden.

In jener Nacht gelang es einem großen Wolf, durch das Dach in den Pferdestall zu klettern. Er biß einem Pferd die Kehle durch, aber ein anderes Pferd brach ihm mit Huftritten zwei

Beine. Am nächsten Morgen fand man dann den Wolf, wie er, Auge in Auge mit dessen energischem Artgenossen, auf dem toten Pferd hockte. Ich habe ihn mir angeschaut, nachdem sie ihn getötet hatten. Es war ein Tier mit rötlichem Fell, dem eine übergroße Zunge aus dem Maul hing. Sein Gesichtsausdruck war so scheußlich, daß ich ihn nie vergessen konnte; er blieb für mich ein Abbild für den Inbegriff des Bösen.

Ich lauschte; mir schien, als wäre in großer Ferne ein Heulen zu vernehmen. Doch die Wölfe waren so zahlreich in den Wäldern, daß keine Nacht verging, ohne daß man sie auf den Höhen rufen hörte.

Mit den Überresten der Tür versuchte ich, den Eingang zu versperren, doch ich sah, daß mich dies zuviel Zeit gekostet hätte und gab auf. Zufällig hatte ich die Lampe mitgenommen, die an der Wand der Scheune hing, wo ich die Nacht hätte verbringen sollen; sie bestand aus einem ölgetränkten Docht in einem Kupferschälchen. Ich steckte ihn mit meinem Zündstein an, aber der Docht gab nur ein schwaches Licht und war zudem sehr kurz. Mit Hilfe der Lampe gelang es mir, die Treppe zu erreichen, hinaufzusteigen und mich im größten der Räume in das Gerippe eines Sessels zu setzen.

»Warum bin ich hergekommen?« fragte ich laut und bereute es sogleich, denn ich erkannte den Widerhall meiner Stimme kaum wieder. Mir schien, als hörte ich Gemurmel und unerklärliche Geräusche aus den Gemächern, die mir antworteten, daß ich mich in diesem Augenblick genau an diesem Ort befinden müßte. Ich beschloß zu warten. Ich wußte nicht, was mir bevorstand, aber diese Ungewißheit machte den hauptsächlichen Reiz meiner Unternehmung aus.

Ein Winkel des Zimmers war in eine kleine Lache aus Mondlicht getaucht. Ich war überrascht, wie viele wilde Geschöpfe ich im Garten laufen, in den Bäumen fliegen hörte. Auch aus den anderen Zimmern waren ihre huschenden Bewegungen und Verfolgungsjagden zu hören. All dies beunruhigte mich nicht. Wie ein Nagel, der tief in eine Mauer geschlagen ist und sich nicht mehr herausziehen läßt, steckte in mir die Angst vor den Wölfen. Ich empfand sie als Teil meiner selbst und stellte nach genauer Betrachtung fest, daß diese Angst gar nicht unbegründet war. Als ich deutlicher hinhörte, bemerkte ich, daß das Geheul dieser Tiere beachtlich nähergekommen war und von allen Seiten erklang.

Trotzdem ließ ich mich, ohne es zu bemerken, in einen Zustand zwischen Wachen und Schlaf gleiten.

Ich glaube, daß solch ein Zustand unabdingbar ist für die Erscheinung, von der ich jetzt berichten werde. Dieser Bericht wird wohl bei den meisten auf Unglauben stoßen. Ich schreibe jedoch mehr für mich selbst als für die paar Neugierigen, von denen diese Seiten gelesen werden. Es wird unter ihnen vielleicht zwei oder drei geben, die ein ähnliches Erlebnis hatten; sie werden mir glauben, weil sie sich ihre eigene Erinnerung wachrufen. Möglicherweise gibt es einen, der mir glaubt, ohne selbst eine solche Erfahrung gemacht zu haben, weil er in sich den natürlichen Wunsch dazu spürt. Er ist es hauptsächlich, für den ich die Einzelheiten des Geschehens aufzeichnen werde.

Ich hörte eine Stimme. Oder — doch nicht. Ich hatte eine Wahrnehmung von Gedanken, die mich nicht durch die Vermittlung von gewöhnlichen Worten erreichten. Diese Worte berührten unmittelbar meinen Geist, ohne den Weg über meinen Gehörsinn zu nehmen.

Die Stimme sprach zu mir, ohne sich um meine Meinung oder die Antworten zu kümmern, die ich hätte geben können; sie sagte etwa folgendes:

»In dieser Nacht hast Du kommen sollen, und Du hast die Verabredung eingehalten, die niemand mit Dir getroffen hat. Ich, Mathieu von Bramevaque, Dein Urgroßvater, will Dir helfen, soweit es meine bescheidenen Kräfte erlauben. Ich kann Dir nicht erklären, warum — ich weiß es selbst kaum; aber die Menschenwesen des Bereichs, den ich bewohne, sind unbekannten Einflüssen unterworfen und können nicht nach eigenem Belieben bestimmen, wo sie sich aufhalten. Es gibt andere Bereiche, die heller sind; jene, die dorthin gelangt sind, können freier über sich verfügen und blicken tiefer in die Natur der Dinge. Doch gleichzeitig bringen diese Selbstbestimmung und dieses Sehvermögen für sie ein Desinteresse an irdischen Dingen mit sich, was sie von der Welt der Formen entfernt. So kommt es, daß die Lebenden fast nur mit herumirrenden Geistern in Kontakt kommen, mit den Blinden, die im Nebel herumstolpern auf der Suche nach ihrem eigenen inneren Licht. Dieses Licht — ich hatte geglaubt, es schon in mir entzündet zu haben. Dem war jedoch nicht so. Jede Sünde verdunkelt es wieder, und meine Sünden waren zahlreich. Doch selbst wenn ich all das erzählen könnte, es würde nichts nützen. Hüte Dich vor der Sünde, mein Kind, und höre auf das, was ich Dir sagen werde. In der Welt, in der ich bin, nehme ich Deine Suche nach dem Gral, die Absicht bei dieser Suche, wie einen Lichtschein wahr. Du kommst aus meiner Familie, und Dein Licht stammt von meinem. Ich würde Dich gern an der Hand nehmen und führen. Doch die Toten haben so wenig Einfluß auf das irdische Leben! Sie sehen nicht so deutlich wie die Menschen mit ihren körperlichen Augen. Sie können glühenden Haß, der aussieht wie wandelnde Schatten, von großer Hoffnung, die wie ein leuchtender Windstoß ist, unterscheiden. Doch am besten erkennen sie die schlechten Gedanken, die in ihrer eigenen Sphäre entstehen: die Gedanken von denen, die hassen und die, vom Reich der Schatten aus, dem Haß die Vorherrschaft verschaffen wollen. Weil es Entsprechungen zwischen den beiden Welten gibt, haben sich feindliche Kräfte in Bewegung gesetzt in dem Augenblick, als Du auf die Gralssuche ausgezogen bist. Sie haben unbekannte Feinde gegen Dich aufgebracht, die bestrebt sind, den Gral zu finden und ihn für ihre eigenen Zwecke als magische Kraft zu gebrauchen. Denn alle großen verstofflichten Kräfte, selbst das Blut von Christus, können sowohl dem Guten als auch dem Bösen dienen. Nimm Dich vor einem jungen Mädchen in acht, das Lucida heißt; Männer, die in schwarzer Magie geübt sind, benutzen sie dazu, Tote zu beschwören und ihnen ihr geringes Wissen zu entreißen. Die Toten müssen sich nämlich dem Willen der Lebenden fügen, wenn sie rituell beschworen werden. Nimm Dich vor allen in acht, die in Dir das vergessene Blut der Albigenser wiedererkannt haben. Sie wissen, was Du nicht gewußt hast: daß ich, Dein Vorfahr, einer der Johanniter war, die den Auftrag hatten, den Gral zu hüten. Sie wissen, daß mein Schatten, Gefäß alter Begierden, dazu verurteilt ist, an bestimmten Tagen hierher zurückzukommen und hier die schlechten Taten wiederzuerleben, deren Bilder noch in den Räumen schweben. Diesen Menschen des Bösen wirst Du unterwegs begegnen. Wenn ich Dich doch beschützen könnte! Wenn ich Dich doch zu Deinem Ziel führen könnte! Doch ich kann es nicht sehen! Zwischen mir und ihm erheben sich die Bilder, die mich in diesem Schloß festhalten.«

Hier entstand eine Unterbrechung in den Worten meines Vorfahren. War sie entstanden durch die Wiederbelebung eines jener Bilder, die ihn zwangen, diesen Ort heimzusuchen? Ich stand auf und trat ans Fenster. Die Büsche im Garten waren

voller Leben, und ich wich hastig zurück, als ich den Ruf der Wölfe hörte, der so nah war, daß ich glaubte, ihr Geheul wäre an mich gerichtet. Es waren so viele, die da ums Haus strichen! Mir kam der Gedanke, daß eigentlich nichts sie daran hinderte, bis zu mir vorzudringen, und ich spürte den Schauer, den das plötzliche Gewahrwerden einer grauenhaften Gefahr bewirkt.

Mit einem Satz durchquerte ich den Raum, stürzte zur Treppe und blieb dort mit offenem Munde stehen; ich war erfüllt von einem besonders schmerzhaften Grauen, denn es war mit Anziehung gemischt, so wie man sie am Rande eines schwindelnden Abgrunds empfindet. Und ich stand tatsächlich am Rande eines Abgrunds, aus dem mich die Geister des Bösen riefen.

Am Fuß der Treppe, im ungewissen Mondlicht, formten die Wölfe einen Halbkreis von unerklärlich gleichmäßiger Form. Ich konnte ihre Augen erkennen, wie lebende Glut. Fast alle saßen auf ihrem Hinterteil. Ihre Köpfe waren mit hängender Zunge in meine Richtung gewandt. Sie waren mager, struppig, scheußlich. Gleichzeitig mit ihrem Wildgeruch nahm ich die verzweifelte Traurigkeit wahr, die auf dem Grund ihrer Seele lag.

Ich dachte zuerst an Flucht, wollte mich in einem Zimmer verbarrikadieren oder es zumindest versuchen, denn die Türen waren längst zerfallen. Weil sie aber noch nicht heraufgekommen waren, obwohl sie Beute rochen, sagte ich mir, daß irgend etwas sie wohl zurückhielt und in diesen Halbkreis zwang. Vielleicht stiegen Wölfe keine Stufen hinauf! Vielleicht widerstrebte die Wendeltreppe ihrer wilden Natur! Es sei denn, eine beschützende Kraft aus dem Jenseits hatte eine magische Linie zu meinem Schutz gezogen. Man kann ja einen Skorpion, selbst ein Huhn in einem Kreidekreis gefangenhalten! Ich wußte jedoch, wie illusorisch der Glaube an einen verborgenen Beschützer ist.

Durch meinen Anblick hatte sich das Geheul der Wölfe verstärkt, doch keiner von ihnen wagte sich auf die Treppe. Es schien mir besser, sie nicht herauszufordern, und ich zog mich zurück. Mit allem, was ich an Möbelresten zusammentragen konnte, errichtete ich sogar eine brüchige Sperre.

Zeit verging. Mit Schrecken bemerkte ich, daß der Mond allmählich unterging und ich mich bald in dichtester Finsternis befinden würde. Ich hatte mich wieder an meinen Platz gesetzt, zwischen die harten Knochen des Sessels, und sank nach und nach zurück in denselben Zwischenzustand, der halbwegs in den ersten Schlummer tauchen läßt.

Die Stimme begann wieder zu sprechen, jedoch auf eine andere Art, mit mehr Ungewißheit:

»Mein Kind! Bete für mich! Bitte mit Deinem unschuldigen Herzen die Kräfte, die uns beherrschen, daß ich nicht länger dazu verdammt sein möge, meine Taten wiederzuerleben. Versuche zu beten! Nicht an Gott mußt Du Dich wenden. Er kann nichts ausrichten. Er weiß es noch nicht einmal! Es gibt Kräfte ohne Umrisse, ohne Gesicht! Sie sind es! Aber wie unerbittlich sie sind! Ich möchte Dir helfen, um mir selbst zu helfen, denn irgendwo existiert eine Waage, eine Waage ohne Wagschalen, und doch werden auf ihr die Taten und selbst die Absichten gewogen. Wie aber ist sie zu erkennen? Es gibt manch einen falschen Gral und viele schlechte Hüter. Die Herzen der Heiligen werden nachts aus den Krypten der Kathedralen geraubt. Verdammte hinterlassen Schlangengift in den entweihten Schreinen, wo es nur noch Zerrbilder von Reliquien gibt. Bleibe deshalb nicht allein! Das Böse ist zu mächtig. Versuche, Dich den vier Männern anzuschließen, die auf der

Suche sind wie Du. An der Rose kannst Du sie erkennen. Mit ihnen zusammen wirst du vielleicht finden! Du mußt finden! Der wahre Gral existiert, es gibt ihn irgendwo. Daß ich Dir nicht sagen kann, wo! Mir ist die Fähigkeit genommen worden, ihn zu sehen. Durch meine eigene Schuld! Wir waren zwölf in der Burg von Cucugnan, zwölf Johanniter, die man wegen ihres Mutes und ihres Glaubens ausgewählt hatte. Mut ist nicht genug. Glaube ist nicht genug. Reinheit ist notwendig. Wir waren nicht rein genug. Wie kam es dazu? Die Ritter starben einer nach dem anderen, ohne daß sich ihr Tod erklären ließ. War es eine Epidemie oder Gift? Die entsetzten Diener flohen. Die Gegenwart des göttlichen Lichts hätte uns mit Begeisterung und Freude erfüllen sollen, aber dem war nicht so. Jeder, der bald sterben würde, verlor als erstes Anzeichen den Verstand. Am Ende waren wir nur noch zu zweit, ich und Antoine von Cassagnavère. Da stieg ich aufs Pferd und sagte zu meinem Gefährten: 'Bevor ich sterbe, muß ich noch eine Nacht an der Seite von Bérengère von Bramevaque schlafen. Ich werde schnell wie der Wind durch die Berge reiten. Warte drei Tage auf mich.' Er sagte: 'Verlier keine Zeit!' Die Nacht brach herein, und vom Fuß des Burghügels aus sah ich ihn an der Hinterpforte zum Festungsgang stehen. Er hielt den Gral an seinem Herzen. Doch ich kam nicht nach drei Tagen zurück, wie ich es versprochen hatte. Unglück über jeden, der durch das Fleisch an die Frau gebunden ist. Das Schreckgespenst des Fleisches, die Geister, die aus meiner verbrecherischen Tat entstanden sind, haben mich hier angekettet. Als ich zurückkehrte zur Burg von Cucugnan, war es zu spät! Antoine von Cassagnavère hatte den Verstand verloren. Doch sein Grab war nicht neben den zehn Gräbern unserer Gefährten. Er war fortgeritten und hatte den Gral mitgenommen — niemand weiß, wohin. Vergeblich fragte ich an allen Straßen, ob jemand einen wahnsinnigen Reiter gesehen hätte. Dann kam auch für mich der Tod. Ich habe Pfade entdeckt, die finsterer sind als jene, denen ich zu meinen Lebzeiten folgte, und sie alle führten hierher.«

Die Stimme schwieg, sei es, weil sie mir nichts mehr zu sagen hatte, sei es aus einem anderen wichtigen Grund, den ich nicht kannte. Der Mond mußte am Rand des Horizonts sein und würde bald untergehen.

Ich erhob mich. Eine Woge des Schweigens schien sich über die Welt zu ergießen. Geräuschlos tastete ich mich zum Rand der Treppe. Ich sah rote Flecken, die aufleuchteten und verloschen: die Augen der Wölfe. Sie waren voller Geduld! Plötzlich stieß einer von ihnen ein verzweifeltes, endloses Geheul aus, das mich vor eiskaltem Grauen erstarren ließ. Im gleichen Augenblick hatte ich eine schnelle, blitzartige Vision, als erlaubte mir ein zerreißender Schleier, einen Augenblick lang zu sehen, was in einer anderen Zeit geschehen war.

Ein Mann, dessen Bart in zwei Spitzen auslief, ein Mann, der mir ähnelte — doch das wage ich kaum vor mir selbst auszusprechen, so kurz war die Erscheinung —, stieg die Treppenstufen hinab. Er war gekleidet wie ein Johanniter, und er hätte hoheitsvoll gewirkt, wenn seine Züge nicht durch Gewalttätigkeit entstellt worden wären. Er zog eine verwundete oder tote Frau hinter sich her, deren langes weißes Hemd voller Blut war, und mit einer Bewegung, die er machte, schien er sie den Wölfen vorzuwerfen. Doch nicht denselben Wölfen, die ich sah, sondern anderen, die zahlreicher waren, über den Schnee verteilt, einen Traumschnee, inmitten gefrorener Bäume, Wölfen der Vergangenheit, die seit langem tot waren.

Als würde sich ein Vorhang schließen, so verschwand die

Vision. Die lebendigen Wölfe, die immer noch im Halbkreis hockten, antworteten dem, der als erster geheult hatte, genauso verzweifelt und in immer neuen Wiederholungen. Sie versuchten nicht, die Stufen heraufzusteigen, sie blieben unbeweglich in ihrer Hoffnungslosigkeit.

Hatte ich, eine Sekunde lang, einen Teil des Dramas gesehen, das mein Vorfahr immer wieder zu erleben gezwungen war? Die Schleier, die mich von der Vergangenheit trennten, waren gefallen und öffneten sich nicht mehr. Ich hatte jegliches Zeitgefühl verloren und wußte nicht, wie viele Stunden vergangen waren.

Ich hörte Männerstimmen in der Buchenallee und erkannte den Tonfall von Tornebuts Stimme, der mich rief. Gleichzeitig bemerkte ich, daß das Morgenlicht an die Stelle der Finsternis getreten war. Es gab keine Spur mehr von den Wölfen. Waren sie in die Wälder zurückgekehrt, oder hatten sie sich aufgelöst in der Zeit, wie der Mann mit dem zweigeteilten Bart und die blutüberströmte Frau?

Der Schreiner von Saint Beat

Als wir an Saint Béat am Fuße der Berge vorbeikamen, bemerkte ich, daß ich allein war und Tornebut nicht mehr an meiner Seite ging. Ich kehrte um und fand ihn wie in Verzückung vor einem riesigen Schuppen stehen, der voll von Baumstämmen war und an eine Werkstatt grenzte, in der ein Schreiner arbeitete. Schon seit langem hatte ich gefühlt, daß er Heimweh nach dem Holz hatte, und ich wußte, daß nichts größere Anziehungskraft besitzt als ein Beruf, den man geliebt hat.

»O mein Meister«, sagte er zu mir, »der Anblick des Holzes macht mich betrunken wie ein vergorener Trank. Ich bin zum Sägen und Hobeln geboren, und ich kann nicht mehr leben, ohne mich mit Holz zu beschäftigen.«

Ich antwortete ihm:

»Jedem ist sein Schicksal zugewiesen, und durch die Handlungen vergangener Leben und die Verflechtung von Ursache und Wirkung ist es seit Tausenden von Jahren festgelegt. Du bist ans Holz und an die Holzarbeit gebunden. Vergeude Deine Zeit nicht und zögere hinaus, was doch geschehen muß. Frage den Schreiner von Saint Béat, diesen bärtigen Mann mit tückischem Blick, ob er Dich nicht bei sich aufnehmen kann. Die Menge der Baumstämme im Schuppen steht ja offensichtlich in keinem Verhältnis zu der Tatsache, daß er ganz allein ist.«

Tornebut betrat also die Werkstatt des Schreiners. Eine leise Verhandlung begann, und nach einiger Zeit, während ich die List sich mit der Arglosigkeit messen sah, kam Tornebut zu mir zurück. Auf einer Hälfte seines Gesichts zeichnete sich

Freude ab und Trauer auf der anderen. Er war traurig, weil er mich verlassen würde, aber ich sah sofort, daß die Freude überwog.

»Der Schreiner von Saint Béat wird mich als Lehrling nehmen, ich brauche ihm nur zwölf Soldi pro Tag zu zahlen.«

»Lehrling! Aber Tornebut, Du bist doch ein ausgebildeter Schreiner!«

»Das weiß er ja nicht.«

»Warum hast Du es ihm denn nicht gesagt?«

»Es ist nie gut, zu klug zu erscheinen.«

»Und warum bezahlst Du zwölf Soldi? Jemand, der arbeitet, bekommt gewöhnlich einen Lohn, anstatt etwas zu zahlen.«

»Das ist für Essen und Unterkunft.«

Der Schreiner hatte sich uns genähert und hielt sich mit der rechten Hand seinen Bart. Er grüßte mich, höflich und nicht ohne Arglist. Er sah vortrefflich aus, und vielleicht war er es auch, soweit sich Vortrefflichkeit mit kleinlicher Gesinnung vereinbaren läßt.

Er hatte unsere letzten Worte gehört.

»Ich muß Euch sagen, daß die Mahlzeiten ausschließlich aus Suppe bestehen, aus reichlich Suppe in einer Schale.«

»Ich mag gern Suppe«, sagte Tornebut, ohne zu bemerken, daß die Schale eine mengenmäßige Begrenzung darstellte.

»Da ich kein Zimmer für Euch habe, werdet Ihr hier im Schuppen schlafen, in einem Bett, das wir abends zwischen den Stämmen einrichten.«

»Zwischen den Baumstämmen! Das ist sehr gut.«

»Ich muß Euch sagen, daß der Brauch vom Lehrling verlangt, morgens eine Stunde vor Tagesanbruch aufzustehen und Haus und Werkstatt zu reinigen.«

»Gut.«

»Der Lehrling muß das Großholz sägen und den frischgefällten Baum in Stücke teilen.«

»Sehr gut.«

»Der Winter kommt bald, und an manchen Tagen müssen die Baumstämme von den Berghängen zu Tal gerollt werden.«

»Ich liebe die baumbestandenen Berge.«

»Manchmal sind aber keine Hänge da, und man muß sich die Stämme auf den Rücken laden.«

»Meine Schultern sind kräftig.«

»Wenn man ausrutscht auf dem gefrorenen Boden, kann man von dem Gewicht des Stamms erschlagen werden.«

»Ich werde nicht ausrutschen und auch nicht erschlagen werden.«

»Nach dem Abendessen gibt es bei Lampenlicht noch kleine Arbeiten zu erledigen.«

»Holzarbeiten?«

»Ja, natürlich.«

»Dann ist es gut.«

Die beiden Männer schüttelten sich die Hand.

»Und Du willst zwölf Soldi am Tag für diese Sklavendienste bezahlen!« sagte ich zu Tornebut, der mich bis zur Brücke begleitet hatte und zögerte, mir Adieu zu sagen.

»Was gäbe ich nicht dafür, zwischen gestapelten Balken zu schlafen!«

Ein Teil seiner Seele weinte, aber das Holz war sein wahrer Meister. Ich entfernte mich rasch, damit unsere Schwäche keine Gelegenheit fand, sich zu manifestieren. Ich war schon lange gegangen, ohne mich umzudrehen, und ich wußte, daß er noch an derselben Stelle auf der Brücke stand; hätte ich ihm ein Zeichen gegeben, so wäre er losgelaufen und mir gefolgt. Doch ich wollte nicht gegen seine Liebe zum Holz ankämpfen.

Ich schritt sehr kräftig aus. Später brach die Nacht herein. Niemals waren mir die Berge so hoch, die Wälder so undurchdringlich erschienen.

Die verwunschene Kirche

Über dem Tal von Barousse, verloren in den Tannenwäldern, erhebt sich eine alte zerfallene Kirche. Kein Weg führt dorthin, und man wundert sich, wie die Erbauer einst die erforderlichen Steine so weit und so hoch hatten befördern können.

Zu welcher Zeit wurde diese Kirche errichtet, und warum wurde dieser abgelegene Berg dafür gewählt? Es hieß, daß ein Herr von Barousse, der mit Raymond Saint-Gilles an den Kreuzzügen teilgenommen hatte, einst nach Mauléon zurückkehrte und bunt zusammengewürfelte Beutestücke mitbrachte, von denen das bemerkenswerteste eine große Schlange war, die noch alle Zähne besaß, zwei große Glasaugen hatte und von geschickten Syrern hervorragend ausgestopft worden war; sie beeindruckte die Bewohner der Grafschaft Comminges am meisten, und ihr Anblick ließ alle Herren der Umgebung herbeieilen.

Der Herr von Barousse brachte jedoch auch Unglück mit. Er hatte den Schlaf verloren. Die Erinnerung an die vielen Heiden, die er getötet hatte, verfolgte ihn, wie es hieß. So erstieg er nachts die Höhen, die das Tal von Barousse überragen, und man hörte ihn von fern unter den Bäumen laute Schreie ausstoßen.

Schließlich gelobte er, diese Kirche zu bauen, die nur einem einzigen Sünder dienen sollte, ihm selbst, und in seinen Armen alles dorthin zu tragen, was er aus den Städten der Heiden geraubt hatte. Das tat er und verbrachte sein weiteres Leben dort wie ein Einsiedler, läutete selbst die Glocke und entrollte zu seiner Entspannung die Windungen der Schlange vor der Kirchenschwelle. Endlich starb er, und das Gerücht ging um, daß in der Kirche heidnische Gespenster ihren Spuk treiben würden. Niemand wagte es, dort zu beten. Mit der Zeit wußte man nicht mehr so recht, ob die von den Kreuzzügen mitgebrachte Schlange lebendig war oder tot.

Die Jahre vergingen, der Wind zerbrach das Kirchenportal. Die Waldtiere machten im Kirchenschiff ihre Runde. Schlimme und teuflische Dinge geschahen dort, denn die Erinnerung an einen Bischof von Saint Bertrand de Comminges war wachgeblieben, der im vergangenen Jahrhundert allen Geistlichen bei Strafe der Exkommunikation untersagt hatte, die verfluchte Kirche zu betreten. Man erinnerte sich an dieses Verbot, aber nicht an den Grund, warum es ausgesprochen worden war.

Vor etwa fünfzig Jahren beschloß ein Großonkel der gegenwärtigen Herren von Barousse, ein eigentümlicher Mann wie alle Mitglieder dieser Familie, die Kirche seines Ahnen als Bildhauerwerkstatt zu benutzen. Mit dem Alter war er zum Menschenfeind geworden und sagte, daß er die Gesellschaft von Lehmfiguren der Gegenwart von Menschen aus Fleisch und Blut bei weitem vorziehen würde. Er war ein Begleiter von König Franz dem Ersten gewesen und hatte bei Cérisolles gekämpft; der Sieg dort war, seiner Meinung nach, ausschließlich seinen persönlichen Heldentaten zu verdanken. Doch dieser König hatte ihn nicht belohnt und war ihm gegenüber undankbar gewesen. Nun hatte er sich entschlossen, die Gefährten seiner Existenz in Stein zu hauen.

Da er ein ganzes Leben lang ein Krieger gewesen war, hatte er kaum Erfahrung im Umgang mit dem Meißel des Bildhauers. Doch er war stolz, wie alle Mitglieder seiner Familie und wie die Menschen im allgemeinen; er glaubte, da er sich entschieden hätte, Bildhauer zu werden, würde er auch ein großer

Meister darin sein: der größte von allen, die jemals den Stein behauen hatten.

Er ließ Ton und Marmor bringen, Werkzeuge und Eichenblöcke für die Postamente, und begann zu hauen und zu meißeln. Er fing an mit Jesus Christus, den zwölf Aposteln und den Figuren der Leidensgeschichte; er schuf Maria Magdalena, Joseph, Pilatus und die Soldaten, aber sie alle waren unförmige Geschöpfe und kaum voneinander zu unterscheiden. Nach kurzer Zeit war die Kirche voll, und der Herr von Barousse setzte seine Bildhauerei unter freiem Himmel fort. Er verfiel auf die Idee, eine lange Allee am Berghang mit den verschiedensten Wesen zu säumen: Ritter, Gelehrte, Richter oder Bauern. Es war jedoch vor allem König Franz der Erste, den er gern darstellte und dessen Gesicht er den schrecklichen Ausdruck von Undankbarkeit zu verleihen suchte.

Er arbeitete ohne Unterlaß, sang Hymnen, und selbst nachts hörte man noch in großer Entfernung den Lärm seines Hammers auf dem Stein, seiner Axt auf dem Holz. Schließlich begann er, Tiere darzustellen. Sie sahen fast genauso aus wie die Menschen und waren nur zu erkennen, weil sie vier Beine hatten; fast alle trugen einen Bart von der Form, wie Franz der Erste ihn trug.

Und auch er starb. Die Anwesenheit der monströsen Skulpturen verstärkte noch die unheilvolle Natur der Kirche. Die Zeit tat das ihre dazu: Pflanzen zernagten die Statuen, einige stürzten um, andere verschwanden zwischen jungen Tannen. Ein Rabenvolk erwählte den Kirchturm zu seiner Wohnstatt, und jeden Abend sah man am Himmel einen Schwarm dieser Vögel herumwirbeln — wie einen magischen Hinweis, der in die Natur gezeichnet war.

Domitien von Barousse

Im Tal von Barousse steht eine Burg von Bramevaque, die einem meiner Onkel gehört und wo mein Vater mich als Kind oft hingebracht hat. Soweit man auch zurückblickt in die Vergangenheit, stets hatten die Herren von Barousse und jene von Bramevaque Zwistigkeiten miteinander, auch wenn sie dem Anschein nach Beziehungen von feindseliger Höflichkeit pflegten. Die Bewohner der Gegend hatten für die eine oder die andere Seite Stellung bezogen. Als ich in der 'Herberge zum Weißen Schwert' am großen Platz von Saint Bertrand de Comminges abstieg, war ich daher froh zu erfahren, daß der Wirt, Paulin Couloumiès, durch das geheimnisvolle Band der Sympathie mit meiner Familie verbunden war.

»Nehmt Euch vor den Barousse in acht«, sagte er zu mir.

Als ich am Tag nach meiner Ankunft nach Ende des Gottesdienstes an der Basilika Saint Bertrand vorbeiging, löste sich ein Kind von zwei oder drei Jahren, das sich noch kaum auf seinen Beinen halten konnte und zudem ein sehr häßliches Gesicht hatte, von der Hand seiner in granatfarbenen Samt gekleideten Gouvernante, stürzte auf mich zu und stach mich mit einem winzigen Schwert ins Bein: einem Spielzeug, das viel zu spitz war, als daß es einem unbewußten Geschöpf überlassen werden konnte.

Die Gouvernante begnügte sich damit, hämisch zu lächeln. Ich gab vor, keinerlei Schmerz verspürt zu haben und hörte einen Vorübergehenden sagen:

»Da teilt der Sohn der Estelle von Barousse schon Schwerthiebe aus!«

Estelle von Barousse! Dieser Vorfall beschäftigte mich, und

ich konnte ihn kaum vergessen. Natürlich nicht wegen des Stichs — doch ich habe es mir zur Angewohnheit gemacht, alle Gedanken, die aus dem Untergrund meiner Seele aufsteigen, zu untersuchen und genau zu prüfen, um ihre dunklen Seiten umzuwandeln in edle. Ich hatte zunächst eine bittere Genugtuung dabei empfunden, solche Häßlichkeit auf dem Gesicht eines Kindes der Familie von Barousse zu entdecken, und sei es auch ein Kind von Estelle. Dann hatte ich einen Instinkt unterdrücken müssen, der mich dazu trieb, das feindselige menschliche Wesen mit einem Fußtritt umzustoßen, so wie man sich gegen einen bissigen Hund wehrt. Wenn schon die Erkenntnis schmerzhaft ist, daß die Menschen schlecht sind, so ist es noch viel unangenehmer, den Finger auf die eigenen bösen Gefühle zu legen. Der Letztgeborene der Barousse hatte unbewußt den Haß der Familie gegen mich gezeigt, und aus den Tiefen meines Wesens waren gemeine Reaktionen heraufgekommen, die von einer ganz gewöhnlichen Seele zeugten.

Die drei Brüder von Barousse — das Schicksal wollte, daß es drei waren, um meine Bürde noch schwerer zu machen — hegten gleichermaßen einen sinnlosen Haß gegen mich. Der Jüngste war Offizier gewesen in den königlichen Heeren und verbrachte sein Leben jetzt als Schürzenjäger. Der Mittlere war Mitglied des Toulouser Parlaments und galt als einer der strengsten Männer in dieser furchterregenden Versammlung. Der Älteste war ins Kloster eingetreten. Als junger Mann hatte er mystische Anfechtungen erlebt. Er hatte sich lange am Hof von Rom aufgehalten und noch länger in einem Kloster, wohin ihn, so hieß es, die kirchliche Autorität aufgrund von Glaubensverstößen verbannt hatte. Einmal hatte ich ihn am Dreifaltigkeitstag auf Altgriechisch mit einem Mönch disputieren hören, der eigens für dieses Wortgefecht aus Deutschland gekommen war. Er hatte Bewunderung bei den wenigen Hellenisten unter den Zuhörern hervorgerufen; Isaac Andréa hatte mir gesagt, er würde ebensogut Hebräisch sprechen wie er selbst und alle Geheimnisse der Kabbala beherrschen. Er war ein Mann von ungeheurer Intelligenz, aber seine Intelligenz war bitter und zerstörerisch.

Als ich eine schmale Treppe zur hochgelegenen Innenstadt von Saint Bertrand hinaufstieg, stand ich ihm plötzlich gegenüber. Seit unserer Jugend hatten wir kein Wort mehr miteinander gewechselt.

»Wie rasch Ihr diese Treppe heraufsteigt, Herr von Bramevaque«, sprach er mich an. »Ihr seid noch jung, sehr jung!«

Er spielte auf meine körperliche Frische an.

Ich antwortete ihm eilig, daß wir ungefähr gleichaltrig wären.

Domitien von Barousse trug das Ordensgewand der Dominikaner. Der Wind wehte seinen schwarzen Mantel empor wie einen unheildrohenden Flügel, dessen Falten mir das Sonnenlicht verdüsterten. Er war mager, mit einer großen Nase und einem Mund, in dem faulende Zähne sichtbar wurden. Er war von hoher Statur, und da er höher stand als ich, überragte er mich so sehr, daß ich, ohne es zu merken, eine Gefühl der Niederlage empfand. Der Klang seiner Stimme verriet, welche Überlegenheit er sich selbst zuschrieb. Außerdem wußte ich, daß er zu allen und jedem absichtlich mit einer Spur von Verachtung sprach.

»Gott führt zweifellos die Menschen zum rechten Zeitpunkt zueinander«, sagte er und schwächte seinen Ernst mit einem halben Lächeln ab, so als wollte er andeuten, daß er über der Gunst oder Ungunst einer Begegnung stand. »Ich muß Euch warnen.«

»Mich?« fragte ich, obwohl es sich um niemand anderen handeln konnte, denn wir waren allein auf diesen Steinstufen, über die der Herbstwind hinwegwehte. In dieser Sekunde ahnte ich voraus, was er mir sagen würde, und ich blieb sprachlos vor Staunen, daß er meine geheimen Gedanken erraten hatte.

»Glaubt mir. Geht nicht weiter. Werdet wieder, was Ihr wart, ein ehrlicher Toulouser Arzt. Widmet Euch der Aufgabe, die Körper zu retten; für die Seelen hat die Kirche die Wege vorgezeichnet, und es gibt keine anderen.«

Ich öffnete den Mund, um zu antworten, aber er unterbrach mich mit plötzlicher Heftigkeit:

»Vor allem aber, stolzer Mensch, gebt die Suche auf nach etwas, was Euch töten würde, wenn Ihr es findet, was Euch töten wird allein durch Eure Anmaßung, es erlangen zu wollen. Männer von anderem Schlag als Ihr sind auf der Jagd nach dem gleichen Trugbild um ihr Leben gekommen.«

»Ich habe nichts zu befürchten, von niemand. Weder die Ratsherren von Toulouse noch der Seneschall des Königs noch die katholische Kirche können mir etwas vorwerfen.«

»Die Ketzerei ist genauso deutlich sichtbar auf dem Gesicht eines Mannes wie das Geschwür auf dem eines Aussätzigen! Es braucht keine große Hellsichtigkeit, um sie wahrnehmen zu können. Ich brauche nur in Eure Augen zu blicken, um zu wissen, daß nicht Jesus Christus allein auf dem Thron Eures inneren Heiligtums sitzt. An seiner Seite sehe ich all Eure Wahnvorstellungen, die Träume der Albigenser von einst. Was weiß ich? Seid auf der Hut. Die Inquisitoren sind nicht mehr so mächtig wie einst, aber verlaßt Euch nicht darauf. Sie errichten noch immer Scheiterhaufen. Sie lassen noch immer Ketzer in den Gefängnissen verschwinden. Sie urteilen weiterhin nicht nach den Taten, sondern nach den Absichten. Und ich kenne

Eure Absichten. Sie sind Euch entschlüpft wie schlechtbewachte Vögel. Glaubt mir, kehrt zurück nach Toulouse, Michel von Bramevaque! Ihr habt nur das Zeug zu einem wohlmeinenden Menschen, der Gutes tut in seinem Viertel. Jedem seine Rolle im Leben. Kehrt zu Eurem Tor Arnaud Bernard zurück, guter Arzt. Ich rate Euch, es gleich zu tun, heute abend, vor Sonnenuntergang noch.«

Ich begann zu lachen, um ihm deutlich zu machen, daß ich diese übertriebene Aufforderung nicht ernst nahm.

»Seid Ihr nicht seinerzeit selbst der Ketzerei verdächtigt worden?«

Er zuckte nur mit den Schultern.

»Seid Ihr es, der mir den Befehl zum Aufbruch gibt?«

Er preßte die Lippen zusammen. Seine Augen funkelten.

»Ja, den Befehl. Genau das.«

Er senkte die Stimme.

»Ich gebe Euch diesen Befehl nicht im Namen eines Tribunals oder im Namen der Kirche, obwohl ich das könnte. Nein, ich persönlich gebe Euch diese Anordnung, und zwar in Eurem eigenen Interesse.«

Er war vor mich hingetreten mit dem toten Ausdruck, den der Blick annimmt bei jemand, der keinerlei Antwort hören will auf seine Worte. Bei seiner Bewegung war sein Gesicht wegen der engen Treppe ganz nahe an meines herangekommen. Für einen Augenblick atmete ich einen fauligen Hauch ein, den Geruch verwesender Leichen.

Er war drei Stufen hinabgestiegen, drehte sich um, und der Wind, der manchmal den theatralischen Aspekt der Dinge verstärkt, ließ wiederum seinen Mantel wehen. Seine Züge waren starr, wie in Stein gehauen, und drückten eine Härte aus, die geheimnisvoll wirkte, so unmenschlich war sie.

Ich wollte verstehen, mich mit ihm aussprechen. Doch ich empfand eine solche Erleichterung, als er sich entfernte, daß ich dem Drang nicht nachgab, hinter ihm herzueilen. Mir schien, daß ich einige Minuten am Rande eines grauenhaften Abgrunds gestanden hatte, aus dem der Atem seiner Brust und seiner Zähne wehte — derselbe Abgrund, aus dem ich kürzlich den Ruf der Wölfe gehört hatte, die den Tod anheulten.

Die schwarze Messe

Gibt es Geschöpfe des Abgrunds? Existiert der Abrund überhaupt? Gibt es eine Welt, in die uns böse Wesen hineinziehen wollen, weil sie selbst hineingestürzt sind? Die große Kraft des Untergangs entsteht aus dem Wunsch, jene zu zerstören, die hoch hinauswollen. Es heißt, daß man sich abends nicht in der Umgebung von Leprosorien aufhalten soll. Hin und wieder sind Vorübergehende von den Aussätzigen gepackt und mitgezerrt worden; sie wurden berührt und geküßt, damit auch sie von dem Übel angesteckt würden. Die Gleichheit, die von unten kommt, ist eine schreckliche Versuchung. Wer sich aus eigenem Willen zugrunde gerichtet hat, sehnt sich danach, jene unter seinen Brüdern ins Verderben zu locken, die der Anziehungskraft des Abstiegs widerstanden haben.

Ich kenne jetzt ein Geschöpf, das Böses tut um des Bösen willen. Es ist nicht der Wunsch, Leiden zuzufügen, der ihn treibt; Schmerz hat keine große Bedeutung.

Der Mensch, von dem ich spreche und der mich zu töten versucht hat, wäre vielleicht zufrieden, mich glücklich in geistiger Mittelmäßigkeit leben zu sehen. Was seinen Haß hervorruft, ist der Glaube, den er in mir spürt, selbst wenn dieser Glaube zu nichts führen und keinem nützen sollte. Es genügt schon, daß der Glaube in der Einsamkeit einer Seele entzündet wird, damit sich die Bösen zusammentun, um ihn zu ersticken.

Mein Gott! Beschütze mich vor ihren Fallen, ihren Zauberkünsten, ihren Giften! Ich weiß, daß um so mehr Dornen auf dem Weg wachsen, je weiter man vorankommt und daß irgendwann Gesicht und Hände zerrissen sind. Nimm mir nicht den Schild aus reinem Metall fort, den unveränderlichen Glauben an das Erhabene. Möge ich für immer, wenn ich die Augen schließe, im Leben und im Tod, das wahrnehmen und lieben, was die höhere Einsicht des Menschen ausmacht: den wunderbaren Körper einer Göttin, die Leuchtkraft des Morgensterns, das Blut von Christus.

★ ★
★

Tornebut, warum warst Du nicht da? Es ist immer besser, zu zweit zu sein. Allein hat der Mensch keinen Mut. Er fragt sich, ob sein Vorhaben nicht sinnlos ist. Er braucht das Augenzwinkern, das Kopfnicken, er braucht einen Zeugen.

Das folgende geschah in einer Vollmondnacht, und ich habe es gesehen aufgrund einer glücklichen Eingebung meiner Natur oder vielmehr durch den festen Willen meines unsichtbaren Beschützers; denn wer das Übel kennt, das sich gegen ihn richtet, kann mit der Kraft seiner Seele dagegen ankämpfen.

Am Vorabend dieser unheilvollen Nacht war ich außerhalb der Stadtmauern spazierengegangen und auf eine Anhöhe gestiegen, von wo aus zwischen den Tannen die Umrisse jener verbotenen Kirche sichtbar sind, die früher von einem Barousse erbaut worden war: diese Kirche, um die herum Geheimnis und Trostlosigkeit herrschen.

Der Mond ging gerade auf, und ich erkannte zwischen den Bäumen eine Art rötliches Auge von erstaunlicher Größe, das mich betrachtete. Was konnte das für ein einzelnes Auge sein? Es war ein Glasfenster der Kirche und wurde nicht vom Mond erleuchtet, sondern von einem Lichtschein aus dem Innern. Demnach hielt sich zu dieser nächtlichen Stunde jemand in der Kirche auf. Ich überlegte, daß es ein Mensch von großem

Mut sein müßte, den ein zwingender Grund dorthin geführt hatte. Seitdem der kirchliche Fluch auf ihr lastete, flößte die einsame Kirche jedem in der Gegend eine solche Furcht ein, daß niemand sich ihr näherte, noch nicht einmal bei Tage. Vor dreißig Jahren hatte sich eine Zigeunerfamilie, die aus Saint Bertrand verjagt worden war, an einem Gewitterabend dorthin geflüchtet. Am nächsten Tag hatte man die Familienmitglieder — es waren sechs — tot vor dem Kirchenportal gefunden. Zweifellos hatte der Blitz sie mit seiner natürlichen Kraft auf die übliche Art erschlagen. Dennoch hatte man diesen Tod unheimlicheren Ursachen zugeschrieben. Der Volksaberglaube ging sogar so weit, die alte Schlange wieder zum Leben zu erwecken, die einst der Mitstreiter des Raymond Saint-Gilles von den Kreuzzügen mitgebracht hatte.

Ich berichtete Paulin Couloumiès von meiner Beobachtung. Er war ein Freigeist, bauernschlau und kaum hinters Licht zu führen.

»Ich spreche sonst nicht darüber, denn es ist gefährlich, zuviel zu wissen. Bei Vollmond wird in der Kirche von Barousse die Schwarze Messe gelesen.«

»Wer hat das gesagt?«

»Ich weiß es nicht, und es ist besser, es nicht zu wissen. Doch in Wirklichkeit ist es leicht zu erraten. Um die Schwarze Messe zu zelebrieren, braucht es bekanntlich eine Vollmondnacht und eine mit dem Bann belegte Kirche. Nacht ist überall, aber wo sonst findet man eine solche Kirche, die einsamer liegt und wo man sicherer sein kann, nicht gestört zu werden? Und, welch ein Zufall! Zwei- oder dreimal im Jahr, stets bei Vollmond, kommen gewisse Reisende aus Toulouse, und ausgerechnet dann, wenn sie da sind, scheint dort oben ein schwaches Licht aus den Kirchenfenstern.«

Ich konnte ihn nicht dazu bringen, mir mehr zu sagen; aber von diesem Augenblick an fühlte ich eine brennende Versuchung, mit eigenen Augen die Gesichter dieser Menschen zu sehen, die sich freiwillig dem Geist des Bösen weihen, und die Riten kennenzulernen, mit deren Hilfe man diesen Geist des Bösen aus dem Schatten hervortreten läßt — wenn er überhaupt Gestalt annehmen kann, wenn er überhaupt existiert.

Ich wußte, daß meine Neugier selbst aus einer schlechten Quelle stammte, daß sie aus demselben Stoff wie ihr Gegenstand gemacht war. Ich wußte, daß sich das Böse zuerst als Lockung äußert, daß seine Präsenz eine Anziehungskraft darstellt, eine Leere, in die man sich hineinwerfen möchte und die einen aufsaugt. Ich schob jedoch altruistische Gründe vor: Es gibt Schwache, die bedroht sind und die ich retten könnte, sagte ich mir. Ich mußte aber die Gefahr kennen, um sie wirksam davor bewahren zu können.

Tagsüber erkundete ich das Gelände und merkte mir Anhaltspunkte, an denen ich mich nach Einbruch der Dunkelheit orientieren konnte. Der Abend überraschte mich am Beginn der seltsamen Steinallee, die von den Statuen des wahnsinnigen Bildhauers gesäumt wurde. Fast alle waren umgestürzt, und man konnte nur noch längliche Formen, undeutliche Klumpen erkennen. In der dämmrigen Kirche waren noch einige von ihnen aufrecht stehengeblieben, und ich bemerkte sofort, welchen Nutzen ich daraus ziehen konnte. Wenn ich auf einen Sockel kletterte und mit meinem Krummstab in den Armen reglos stehenblieb, so konnte ich im Schatten den Eindruck erwecken, daß ich einer der zwölf Apostel oder, warum nicht, sogar Christus selbst wäre. Ich wappnete mich mit Geduld. Das Bild der sechs verstorbenen Zigeuner, das Gespenst der Schlange und all die unbekannten

Geister, die an diesem Ort weilen mochten, verbannte ich und wartete.

Ich wartete lange. Der Mond ging auf, funkelte in den zerbrochenen Fensterscheiben, ließ die Schatten der Säulen länger werden, krümmte die Beugungen des Gewölbes, brachte die Umrisse eines großen Holzkreuzes über dem Altar zum Vorschein. Fledermäuse begannen im Kirchenschiff wild im Kreis herumzusegeln, und andere Vögel kamen hereingeflogen, schlugen mit den Flügeln und entfernten sich wieder, so als hätten sie eine Botschaft aus den nahen Wäldern zu überbringen.

Die Einsamkeit, das ermüdende Stehen und die furchterregende Umgebung wirkten allmählich auf meinen Geist ein. Ich sagte mir, daß die Lichter, die ich am Vortag gesehen hatte, vielleicht nur vom Spiel des Mondscheins in den Scheiben herrührten und daß ich den Vorstellungen von Paulin Couloumiès zuviel Glauben geschenkt hatte. Ich überlegte mir, meinen Holzsockel zu verlassen und den Rückweg nach Saint Bertrand anzutreten, als ich Schatten wahrnahm in dem Stückchen Helligkeit, welches das Portal und die Steinfliesen des Eingangs umfaßte.

Drei Gestalten waren es, die sich leise und flüsternd bewegten; ich konnte sie nicht genauer betrachten, da sie sogleich im finsteren Bereich der Kirche verschwanden.

Nach einigen Augenblicken leuchtete ein Lichtschein auf. Ich hörte, wie sich eine Männerstimme über die enge Öffnung eines Kerzenleuchters beschwerte, in den eine dicke Kerze nicht hineinpassen wollte. Dann erschienen zwei hellere Lichter, und ich sah, daß der Altar von zwei Kerzen beleuchtet wurde.

Undeutliche Worte wurden laut. Ich hörte das Rascheln von

Stoff, und plötzlich schlug mein Herz heftiger. Die Gestalt einer nackten Frau trat vor den Altar. Sie war schlank, und ich konnte ihre Gesichtszüge nicht erkennen. In einer unerwarteten Bewegung streckte sie sich auf dem Altar aus. Dann stützte sie sich auf ihren Unterarmen auf, ihr langes Haar fiel bis auf den Boden; sie hatte die Haltung von jemand, der wartet.

Die Steine dieser Kirche waren seit Jahrhunderten jeglicher Weihe beraubt. Sie war ein unbedeutendes Gebäude geworden, wo die Tiere des Waldes ein- und ausgingen. Trotz allem aber bewahrte sie die äußere Form des auserwählten Ortes, den die Menschen dem Gebet geweiht haben. Ich verspürte die mit Grauen gemischte Erschütterung, wie sie die Schändung des Geistigen durch die Berührung mit dem Niedrigen und Bösen wachruft.

Plötzlich streckte die Frau sich aus, und die Geste, mit der sie ihr Haar unter dem Kopf zusammenrollte, bewegte die Schatten im ganzen Kirchenschiff. Ein hochgewachsener Mann, den ich nur von hinten sah, las nun die Messe, während die dritte Person kniend die Rolle des Meßdieners übernahm.

Zunächst schien mir diese für mich nur zum Teil sichtbare Szene nicht sonderlich schrecklich. Ich achtete eher auf die lächerlichen Aspekte, vor allem, als ich die klangvolle Stimme der Frau mit einer Spur von Erheiterung sagen hörte:

»Gebt acht! Die Kröten sind ausgerissen!«, und als ich vermuten konnte, daß die Kröten, als notwendiges Zubehör des Ritus und der Schändung, in irgendeinem Behälter mitgebracht worden waren.

Allmählich aber gewöhnten sich meine Ohren an das Gemurmel, das von den Lippen desjenigen drang, der den Priester spielte, und ich konnte die gesprochenen Worte unterscheiden. Die Beschwörungsformeln waren Anrufungen des Geistes der Finsternis, der Kraft des Bösen in der Welt, und seine Hilfe wurde gebraucht für ein Werk des Todes.

Wessen Tod? Das konnte ich nicht wissen. Ich wußte jedoch genug über die Zauberei, um zu verstehen, daß die magische Meßfeier, die dem Menschen den Weg zum Göttlichen bahnen soll, eine wohldurchdachte, geordnete und wirksame Zeremonie, hier im Gegensinn benutzt wurde, um den Gegenpol Gottes zu erreichen und sich der Kraft seiner Ausstrahlung für ein Zerstörungswerk zu bedienen.

Nach und nach durchdrang mich, ohne mein Wissen, die Scheußlichkeit des Geschehens, das ich hier zu sehen bekam. Dieses Gefühl war so gewaltsam, daß der Ekel stärker war als die Neugier und ich viel darum gegeben hätte, mich fern von diesem abscheulichen Ort unter den Tannen der Berge von Barousse zu befinden.

Als der Augenblick der Wandlung kam, drehte sich mein Kopf wie ein Wetterhahn im Nordwind, und meine Seele stürzte sich in das Licht, das durch das Kirchenportal hereinsickerte — wie ein Taucher in einen stillen See. Nach dem weisen Glaubenssatz der Albigenser glaubte ich nicht, daß es eine wirkliche Gegenwart der Gottheit in der Hostie geben kann, vor allem nicht in den Händen eines unreinen Priesters. Doch ich erkannte die Absicht, die der Handlung zugrunde lag, so als hätte diese Absicht stoffliche Form angenommen.

Als die Glocke des Meßdieners mehrmals zu dem Augenblick erklungen war, der wohl durch den Ritus festgelegt ist, da hob der Priester in seiner Linken etwas empor, wahrscheinlich das Figürchen, das den Verhexten darstellen sollte, für den diese Totenmesse gehalten wurde. Seine rechte Hand hielt eine Klinge, die ich funkeln sah, seine Stimme schwoll plötzlich an, um die Sakramentsformel auszusprechen und Lilith und

Nahemach zu beschwören, die verfluchten Göttinnen des Abgrunds, deren Aufgabe es ist, die Gestalt ins Nichts zurückzuverwandeln. In diesem Augenblick erlangt die Zeremonie ihre Wirksamkeit und erfährt ihre Umsetzung im unsichtbaren Bereich, bevor sie sich in der Wirklichkeit erfüllt. Der Anrufung muß der Name des Opfers vorangehen, und der Mann rief ihn so laut aus, als würde sich damit seine Willenskraft verstärken.

Das Blut gefror mir in den Adern, denn dreimal hörte ich die Silben meines eigenen Namens: Michel von Bramevaque!

Doch so schnell wie die Eiseskälte meine Knochen durchzuckte, so rasch überkam mich die tatkräftige Wärme der Rettung, denn ein glücklicher Wesenszug hat es so gewollt, daß mir in der Gefahr die Geistesgegenwart, wie ein mit einem Schwert bewaffneter Läufer, zu Hilfe kommt.

Mir war bekannt, daß es in einem so seltenen Fall wie diesem möglich ist, die Wirkung der Beschwörung dadurch zu zerstören, daß man ihr einen Gegenspruch entgegenschleudert und ihn genauso hoch emporsteigen läßt durch eine gleichstarke Resonanz der Worte.

Laut und schallend stimmte ich gleichzeitig mit dem Priester des Bösen die Anrufung der wohltätigen Engel an.

»Conjuro vos!« rief ich mit einer Stimme, die an das stille Gewölbe des Kirchenschiffs rührte und die von der Zeit zermürbten Scheiben erzittern ließ.

Während der Priester jedoch das nutzlose Figürchen und den ohnmächtigen Dolch hochhielt und mit von Verblüffung und Angst geschwächter Stimme die Höllengeschöpfe anrief, die Töchter des Nichts, die abgründigen Gespenster des namenlosen Königreichs, sprach ich die heiligen Namen aus — Onelech, Zebaoth, Adonaï, die unaussprechlichen Beschwörungssilben der zweiundsiebzig Diener des Geistes, von Vehuiach bis Mumiah.

Wir kamen gleichzeitig zu den letzten Worten unser gegeneinander gerichteten Anrufungen, die identisch sind: *»Per omnia saecula!«* Die Stimme des bösen Priesters klang mekkernd und undeutlich, die meine schreckte Vögel auf, die vorher reglos verharrt hatten, und ließ sie im Gewölbe mit den Flügeln schlagen.

Unter Meßgewand und Stola hervor blickte der Mann forschend in die Schatten der Kirche, und auf einmal erkannte ich Domitien von Barousse, und ich erkannte auch Lucida von Domazan, die sich aufgesetzt hatte und mit einer Geste ihr Haar vor die Brust zog wie ein züchtiges Goldgewand.

Mit gemessenem Schritt ging ich zur Tür, wobei mein Stab auf den Fliesen dröhnte. Eine Fledermaus schnitt die Luft und schien die Kirche in zwei Hälften zu zerteilen. Auf der Schwelle hatte ich den Eindruck, daß sich das Licht einer Kerze von seinem Platz fortbewegte, doch ich sah mich nicht um. Ich verlangsamte sogar ein wenig meine Schritte, als ich zwischen den Figuren hinabging und versuchte, wie eine wandelnde Statue auszusehen. Am Fuß des Hangs bahnte ich mir einen Weg in den Tannenwald hinein und begann, sehr schnell zu gehen; ich war glücklich und auch verwundert, daß ich so glimpflich davongekommen war.

Als ich etwas später in Richtung der Kirche blickte, erschien mir aufgrund eines Phänomens, das ich mir nicht erklären konnte, ihre dunkle Masse wie eine große schwarze Rose: eine Rose, die der Nacht geöffnet war.

Die Stimme der toten Bäume

Dies alles war noch nicht lange her, als ein heftiger Sturm ausbrach. Er kam aus dem Norden, zog über das Land von Comminges hinweg, entfernte sich durch die Pyrenäentäler und folgte damit den Geschicken, von denen die Stürme gelenkt werden.

Als wieder Stille eingekehrt war, wanderte ich die Straße entlang, die nach Saint Martory führt, und betrachtete überrascht das Leiden, das die zerstörerische Kraft des Windes den Pflanzen zugefügt hatte. Auf einer Anhöhe waren eine ganze Reihe Tannen wild aufeinandergestürzt; ihre Zweige waren ineinander verwirrt, wie unerwartet erschlagene Soldaten, deren Körper in den lächerlichen oder tragischen Stellungen des Todes erstarrt sind. Am Straßenrand reckte eine Eiche ihre dicken gebrochenen Äste, die wie Stümpfe von Gliedmaßen aussahen, und in ihrer Geste lag schweigende Auflehnung gegen das Unrecht, das sie so verstümmelt hatte. Geschmeidigere Birken, die ein Feld säumten, hatten sich hinstürzen lassen in ihren Silbergewändern und konnten sich nicht wieder erheben. Auf diesem Feld wuchsen Obstbäume, die alle verletzt waren, und ich bemerkte einen Mann, der mit Hilfe eines Stützholzes, das er in die Erde getrieben hatte, einem jungem Pfirsichbaum seine aufrechte Haltung wiedergab.

Dieser Mann eilte auf mich zu. Es war Tornebut.

»Euch suche ich«, sprach er zu mir. »Gestern habe ich Saint Béat verlassen, und ich gehe nicht mehr dorthin zurück.«

Tornebut war abgemagert, seine Augen lagen tief in den Höhlen. Ich fragte ihn, ob die Ursache dafür nicht in der Suppe des Schreiners zu suchen wäre.

»Die Ursache ist das Böse, das ich getan habe«, antwortete er traurig.

»Wem hast Du Böses zugefügt?«

Er wies in die Richtung eines Berges bei Saint Béat.

»Den Bäumen, die dort oben gelebt haben.«

Ich bat ihn um eine Erklärung.

»Ich habe es selbst kaum verstanden. Zuerst habe ich nicht auf die innere Stimme gehört, aber nach und nach ist die Wahrheit zutage getreten.«

»Welche Wahrheit?«

»Daß man keine Bäume töten soll. Wie aber kann man als Schreiner arbeiten, ohne sich zuvor Bretter besorgt und dafür einen Baum getötet zu haben?«

»Der Mensch ist leider oft mit Gottes Mangel an Logik konfrontiert«, antwortete ich.

»Eines Nachts ist es mir klargeworden, denn die irdische Nacht begünstigt die Klarheit des Geistes. Ihr wißt, daß ich im Schuppen zwischen Stapeln von frischgefälltem Holz schlief. Kaum hatte ich mich auf meinem Strohsack ausgestreckt, so schlief ich gewöhnlich auch schon ein vor lauter Müdigkeit. In jener Nacht aber konnte ich nicht schlafen. Draußen rauschte das Wasser lauter als gewöhnlich, und die Sterne funkelten durch das Schuppendach. Die Lücken zwischen den Brettern ließen nicht wie sonst den Frost hereindringen, sondern die erste verfrühte laue Märzluft. Ein Seufzen ging durch den Schuppen, und da sah ich in den Jahresringen der zersägten Stämme runde, traurige Gesichter, die mich vorwurfsvoll ansahen, mit dem unbewußten Tadel, der wohl den Pflanzen zu eigen ist. Das wenige Licht, das vom Himmel in den Schuppen drang, ließ eine Feuchtigkeit schimmern, die an Tränen erinnerte, und plötzlich konnte ich undeutliche Worte verstehen.

'Wir haben dort gewohnt, wo die Gießbäche entspringen und wo die Wolken sich zur Ruhe niederlassen. Wir haben Vögeln, Insekten und noch kleineren Geschöpfen, die namenlos sind, Schutz gewährt. Durch uns konnte sich der Farn entfalten, konnte der Pilz anschwellen und seine lebendige, farbenfrohe Fäulnis leuchten lassen. Mit Deiner Axt hast Du uns das Geschenk des Lebens geraubt und uns unerbittlich getötet. Nun müssen unsere Wurzeln reglos unter dem Humus in ihrer schweigenden Ewigkeit bleiben. Jahrhunderte von Regen werden auf sie fallen, das Fleisch der Erde wegwaschen und den kahlen Fels freilegen. Die Wurzeln können niemals endgültig sterben, nur das verzweigte Geflecht der Haarwurzeln löst sich auf. Die unterirdische Masse des Baums behält die Kraft der ewigen Trauer einer Mutter, die nicht mehr gebären kann. Die Zeugen Deiner Baummorde sind unsichtbar, begraben, körperlos und ohne Gesicht, doch sie beweinen in der Nacht der Erde den Tod des Baumsohns, der niemals mehr seine Blätter in den Himmel streuen wird'.«

Tornebut hielt inne. Schweiß lief von seiner Stirn.

»Ich war reif, das zu hören, und ich habe gehört. Wer solche Dinge vernommen hat, kann sie nicht mehr vergessen. Ich bin aufgestanden, bin aus dem Haus geflohen, in dem es Sägen und Beile gibt, und habe ein Gelübde abgelegt. Ich werde so vielen Bäumen das Leben zurückgeben, wie ich habe sterben lassen. Darum habe ich diese vom Wind gebeugten Aprikosen- und Pfirsichbäume aufgerichtet, und so werde ich es mit allen Bäumen tun, die es nötig haben. Jede Pflanze braucht diese Spannung zur Sonne hin, die ihr die aufrechte Haltung gibt.«

Von diesem Tag an wurde Tornebut wieder mein Weggefährte, und von diesem Tag an verlangsamte sich meine Reise ganz erheblich, denn Tornebut rief in jedem Augenblick:

»Dort ist eine Birke, die meine Hilfe braucht! Diesem Kastanienbaum ist ein Unglück zugestoßen! Hier fehlt ein Stützholz! Der Apfelbaum hier muß von der Last seiner Äpfel befreit werden!«

»Wie viele Bäume hast Du mit Deiner Axt gefällt?« fragte ich ihn einmal, als ich an die Unbequemlichkeit eines so langsamen Vorankommens dachte und auf die baldige Erfüllung seines Gelübdes hoffte.

»Das weiß ich leider nicht. Aber es waren viele.«

»Und wie willst Du wissen, wann Du so viele Bäume gerettet wie gefällt hast?«

Tornebut kratzte sich am Kopf. Er war ratlos.

»Es wird sicherlich ein Zeichen geben, ein Zeichen, das ein Baum mir gibt. Es wird sich zum Beispiel eine Pappel vor mir verbeugen, oder der biegsame Zweig einer Trauerweide, die am Ufer eines Sumpfes wächst, wird sich um meinen Hals schlingen.«

Wir gingen gerade einen pappelgesäumten Weg entlang, und zu unserer Rechten tauchte eine Trauerweide ihre mandelfarbenen Blätter in das rostige Wasser eines Sumpfs. Aufmerksam und mit vager Hoffnung betrachtete ich diese Bäume. Die Zweige der Trauerweide regten sich nicht. Die Pappeln verharrten bewegungslos.

»O Tornebut, so selten sind die Zeichen! Doch wie leer wäre das Leben, wenn wir nicht ohne Unterlaß auf sie warten würden!«

Das Wunder des Feigenbaums

»Ich weiß nicht, woran es liegt«, sagte Tornebut, »aber mir scheint, daß solch ein Licht wie heute in der Luft gelegen haben muß, als die Heiligen Wunder wirkten.«

»Ganz bestimmt, man muß Wunder tun, Wunder sind notwendig«, antwortete ich ihm.

Wir stiegen einen Hügel des Lauragais hinab. Die Luft hatte eine natürliche Färbung, die Bäume standen reglos und schienen über ihr Baumschicksal zu meditieren. Manche Blätter waren golden, die anderen blau. Wenn wir die Stimme erhoben, schallte sie bis in weite Ferne.

Plötzlich wußte ich, daß der Tag gekommen war, und ich fühlte mich wie ein Mann, der einen köstlichen, aber gefährlichen Trank zu sich genommen hat.

»Tornebut, wenn man nichts wagt, geschieht nie etwas. Unglück über die Lauen! Man muß Wagnisse eingehen! Wer das kann und den Glauben hat, kann mit Leichtigkeit Wunder tun. Wunder lassen sich ganz ohne Schwierigkeit vollbringen, denn die Natur gehorcht dem Menschen, und in jeder Minute könnte ein Wunder geschehen. Jesus Christus hat sicherlich viel mehr von ihnen vollbracht, als überliefert wurde, aber die Evangelisten, ängstliche Menschen, haben sie nicht aufzuzeichnen gewagt, um den gewöhnlichen Verstand nicht zu erschrecken.«

Tornebut betrachtete mich aus den Augenwinkeln.

»Ich fühle einen solchen Glauben in mir«, nahm ich meinen Faden wieder auf, »daß ich ein Wunder tun könnte, denn hilfreiche Kräfte würden mir Beistand gewähren.«

Wir hatten ein Dorf durchquert, dessen Kirche sehr klein

war und wie ein Provisorium aussah, so als wäre sie dorthin gestellt worden, um schneller zu wachsen. Hinter den letzten Häusern stand eine Gruppe von Männern und Frauen um einen Feigenbaum versammelt; sie schienen über ihn zu sprechen.

Wir näherten uns, und ich fragte die Leute, warum sie sich Gedanken über diesen Feigenbaum machten.

»Im letzten Jahr, und alle Jahre zuvor, haben wir Feigen gegessen, wenn wir von unserer Arbeit zurückkehrten«, antwortete einer der Männer, wohl der Besitzer des Baumes. »Sie waren groß und köstlich. Doch seht, der September geht dem Ende zu, und die Feigen sind trocken und kümmerlich, eher wie Walnüsse als wie Feigen. Wir haben uns gefragt, ob da nicht eine Zauberei am Werke ist, denn es gibt schlechte Menschen, die Bäume verwünschen.«

»Muß man nicht noch ein paar Tage abwarten«, fragte Tornebut, »und ist es nicht vielleicht ein zurückgebliebener Baum, so wie manche Kinder, die ihre Schullektionen erst verstehen, wenn ihnen schon der Bart wächst?«

»Das kann nicht sein«, antwortete ein dicker Mann und lächelte über eine solche Vermutung. Er sprach mit erhobener Stimme, wie um zu betonen, daß er sich mit dem Verhalten von Obstbäumen sehr gut auskannte. »Die Feigen fallen ab, sobald man sie berührt. Sie sind nur Haut, ohne etwas darin. Der Saft ist nicht in die Feigen ausgetreten. Meiner Meinung nach ist der Baum von der Anlage her schlecht.«

»Es gibt immerhin hier und da einige Früchte, die man essen könnte«, sagte eine gepflegte Frau, die offenbar der Idee abgeneigt war, daß die Ordnung der Natur gestört sein könnte.

Sie pflückte eine sorgfältig ausgewählte Feige und gab sie einem Kind, das sie an der Hand hielt. Das Kind hielt sich offenbar für das Opfer einer Täuschung, denn es gab vor zu weinen und stimmte ein lautes Geschrei an — ein Ausdruck launischer Wut, wie er nur Kindern zu eigen ist.

Der Fachmann führte seinen Gedankengang zu Ende und fügte hinzu:

»Ein Wunder müßte geschehen, damit diese Feigen eßbar würden . . .«

Da wurde mir klar, daß man nicht mit den Göttern sein Spiel treiben darf, sondern sich kopfüber ins Wasser stürzen muß. In manchen Situationen darf man sich keine Hintertür offenhalten und muß alle Vorsicht über Bord werfen.

»Wollt Ihr, daß ich dieses Wunder vollbringe?« fragte ich, schlicht, aber mit Autorität.

Die Leute glaubten, nicht recht gehört zu haben.

»Ich werde dieses Wunder tun. Ich werde dem Baum seine gewohnte Lebenskraft wiedergeben. Die Feigen werden auf der Stelle so saftig, fleischig und köstlich sein wie ihre Schwestern, die Feigen der früheren Jahre.«

Es gab ein Gemurmel, und auf den Gesichtern las ich Erstaunen darüber, daß ein Mann, den sie für ernst und verständig gehalten hatten, plötzlich sinnloses Zeug redete. Ein junges Mädchen trat rasch ein paar Schritte zurück, so als könnte ich gleich in gefährliche Tänze oder Gestikulationen verfallen. Ein älterer Mann, der sich auf einen Stock stützte, kam dagegen nahe heran und betrachtete mich mit äußerster Aufmerksamkein aus seinen kleinen grauen Äuglein, die fast unter seinen dichten Brauen versteckt waren.

»Er kann dieses Wunder tun«, sagte Tornebut. »Er ist ein großer Mann, ein Mann, der alles weiß.«

Er senkte seine Stimme und fügte hinzu:

»Ein Mann, der manchmal mit Gott spricht.«

»Die Feigen sollen also mit einem Schlag dick und saftig werden?« fragte ein skeptischer Mann mit spöttischem Lachen.

»Mein Gott! Alles ist möglich, er ist vielleicht ein Heiliger«, sagte eine alte Frau und faltete ihre Hände.

Ihr zahnloses Gesicht, das durch die Länge der Nase ein wenig lächerlich wirkte, nahm einen verzückten Ausdruck an, während sie wiederholte:

»Es gibt Heilige! Es gibt große Heilige! Ein großer Heiliger weilt unter uns!«

Diese Worte verliehen mir plötzlich Kraft. Ich fühlte, wie meine Seele emporgehoben wurde. Ich öffnete die Hände, wie um den herabsteigenden Geist zu empfangen. Alle traten unwillkürlich vor mir zurück, und ich sah, wie Tornebut, einen Finger auf dem Mund, mit Strenge dem spöttischen Mann Schweigen gebot. Alle Augen waren auf mich gerichtet. Ich verspürte eine einzigartige Verständigung mit den Menschen um mich herum. Ich war freudig, leicht und hatte den Eindruck, daß ich mit einem Sprung und ohne Schwierigkeit den benachbarten Hügel erreichen könnte. Ich machte jedoch nicht den Versuch.

»Läßt die Weltmutter, die Erde und Himmel ist, nicht nach ihrem Willen den Wind wehen und den Fluß fließen? Kann sie nicht alles tun, weil sie alles ist?«

Ich fragte mit meinen Blicken die am nächsten Stehenden, und sie bestätigten diese einfache Wahrheit.

»Die Göttliche Mutter, die Allmächtige Mutter, gibt den Bäumen Blüten und später Früchte. Von ihr bekommt Ihr Trauben, Äpfel und Feigen, nicht wahr?«

Die Köpfe neigten sich zustimmend.

»Einer Mutter, die viele Kinder hat, kann es geschehen, daß sie abends beim Verteilen der Suppe eines vergißt. Was tut das

Kind? Es verlangt seinen Teil. Nun hat die Göttliche Mutter einen Feigenbaum vergessen. Was bedeutet ihr schon ein Feigenbaum in ihrem unermeßlichen irdischen Haushalt! Der Baum muß seine Stimme erheben und seinen Anteil erbitten.«

Ich bemerkte, daß der alte Mann sehr aufmerksam war und daß auf dem Gesicht des Spötters ein Ausdruck von dummem Staunen lag, der ihn einem Ochsen ähneln ließ. Tornebut betete.

Plötzlich konnte ich die Gestalten um mich herum nicht mehr unterscheiden, und mir schien, als würde ich ganz allein auf einem hohen Berg stehen und unsichtbare Mächte sich mir entgegenneigen.

»O Mutter der Welt«, rief ich mit einer Stimme, die ich nicht wiedererkannte, »ich bin der vergessene Feigenbaum. Ich bin der Baum am Wegesrand, der treu seine Pflicht erfüllt hat. Du hast mich an diesen Platz gestellt zur Freude der müden Menschen, die abends von einem langen Arbeitstag zurückkehren. Und nun kann ich meine Aufgabe nicht mehr erfüllen. Mutter, erhöre meine Bitte: Gib mir Saft, gib mir das köstliche Fruchtfleisch, gib mir Feuchtigkeit. Laß mit Hilfe Deiner machtvollen irdischen Kräfte den Saft in mir fließen. Schicke die Geister alles Stofflichen, damit sie meine Wurzeln befruchten und in meinen Holzadern die dickflüssigen Säfte steigen lassen, den die Früchte brauchen. O Weltmutter, ich biete Dir meine Äste und meine Blätter dar. Erwecke mich aus dem Schlaf der Trockenheit. Gib mir mein natürliches Baumleben wieder.«

Während ich so die himmlische Mutter und die Geister des Stofflichen anflehte, war ich um den Baum herumgeschritten, hatte mich mit ihm identifiziert und war selbst zum Baum geworden. Ich entfaltete mich im Blattwerk, ich spendete

Schatten, Tropfen von Harz rannen anstelle des Schweißes von meiner Stirn.

Noch immer stand ich auf dem Gipfel eines hohen Berges, gestikulierte und sprach noch viele beschwörende Worte. Ich weiß nicht, wie lange es dauerte, aber es kam ein Augenblick, da tauchten die Hügel des Lauragais wieder auf, das kleine Dorf, die Kirche am Beginn ihres Wachstums und die Menschen um mich herum. Ich bemerkte, daß sie in verschiedenen Stellungen verharrten.

Die meisten lagen auf den Knien. Ich sah zum Himmel erhobene Augen, gefaltete Hände. Der skeptische Mann hatte seinen Hut abgenommen und stand da wie jemand, der das Allerheiligste vorbeiziehen sieht.

»Schaut«, sprach ich. »Das Wunder ist geschehen!«

Eine Frau rief, ohne sich den Baum überhaupt anzusehen: »Das Wunder ist geschehen!«

Sie war aufgestanden, fiel aber sofort wieder zu meinen Füßen nieder und küßte den Stoff meines Mantels.

Die verschiedensten Rufe wurden laut. Die Feigen wanderten von Hand zu Hand.

»Kein Zweifel! Es ist ein Wunder!«

»Schaut, diese hier! Seht, wie dick sie ist!«

Der Mann, der sich auf seinen Stock stützte, ging im Kreis um den Baum herum und betrachtete die Feigen mit seinen scharfen Augen. Ich hörte ihn sagen:

»Nicht alle natürlich! Aber einige sind dicker, als sie vorhin waren.«

»Bist Du nun überzeugt?« fragte eine Frau den Skeptiker, während sie ihm eine Feige hinhielt.

»Diese hier ist noch etwas trocken, aber schau Dir die dort oben an.«

»Tatsächlich, die Feigen, die oben hängen, sind ungeheuer groß geworden.«

Mit diesen Worten setzte der Skeptiker seinen Hut wieder auf, wie um anzudeuten, daß die Angelegenheit erledigt wäre. Das rief neue Bewunderungsrufe hervor.

Nur das Kind, das offenbar eine schlecht gewählte Feige bekommen hatte, fing wieder an, durchdringende Schreie auszustoßen.

Tornebut zog mich am Ärmel.

»Es wird Zeit, daß wir aufbrechen, wenn wir noch vor der Nacht in Baziège sein wollen.«

Alle umringten uns, jeder bat uns zu bleiben. Der eine bot ein Zimmer an, der nächste sein Haus, und ein dritter versprach ein gutes Abendessen. Ein dicker Mann bat dringender als die anderen, denn in seinem Garten stand ein ehemals hervorragender Birnbaum, der jetzt abgestorben war und den ich mit Leichtigkeit hätte zum Leben erwecken können.

Um ein Haar kam ich in Versuchung, dorthin zu gehen, aber ich überlegte mir, daß man nicht zuviel von Gott verlangen dürfe. Tornebut versicherte, völlig ohne Grund, daß wir in Baziège übernachten müßten.

»Meister«, sagte er zu mir, als wir eine gewisse Strecke zurückgelegt hatten, »Ihr habt ein großes Wunder vollbracht.«

Und er blickte starr auf seine Füße.

Die Sonne war verschwunden. Ein leichter Wind wehte, der mich wieder nüchtern machte.

»Bist Du sicher?« frage ich. »Sie haben so laut gerufen und mich derart bedrängt, daß ich den Feigenbaum kaum näher untersucht habe.«

»Es war ein großes Wunder«, wiederholte Tornebut nur.

Er drehte sich häufig um und zeigte sogar Anzeichen von

Besorgnis. Wir konnten hinter uns noch undeutlich die Gruppe erkennen, die unter dem Feigenbaum hin- und herlief.

»Was hast Du, Tornebut?«

»Wir werden in Baziège übernachten oder sogar noch weiter fort. Das Nachdenken ist gefährlich. Es kann geschehen, daß die Menschen auch die offenkundigsten Wunder zu leugnen beginnen, sobald sie nachdenken.«

Gebet vor der Daurade

Es gibt in Toulouse zwei magische Orte, an denen Gottes Atem weht. Vielleicht gibt es noch mehr, aber ich kenne keine anderen. Der eine ist die Stelle, wo die Basilika von Saint Sernin errichtet wurde, und der Einfluß dieser geheimnisvollen Kraft ist vor allem um die Gräber der drei Grafen herum spürbar.

Der andere Ort ist der Platz vor der Kirche, die Maria der Goldenen geweiht ist und die früher ein Apollo-Tempel war, was sie in meinen Augen auch geblieben ist. In noch weiter zurückliegenden Zeiten waren die Druiden, die keine Monumente bauten, an diesen Ort gekommen, um sich der Weisheit der Natur zu öffnen. Sie wußten, daß der Erdboden an der Stelle einer Flußbiegung eine mystische Eigenschaft besitzt, die sich auf die Flußrichtung des Wassers auswirkt. Vor den Steinsäulen der Daurade scheint sich die Garonne zu entschließen, westwärts zu fließen, so als hätte sie an diesem Punkt ihrer Reise plötzlich den Ruf des fernen Ozeans gehört.

Ich sagte mir, daß vielleicht auch ich, mit gefalteten Händen und wachem Geist, vor der Daurade ein Zeichen erhalten würde – selbst wenn ein Mensch nicht die Fähigkeiten eines Flusses besitzt.

Ich wartete ab, bis die Nachtwächter zum letztenmal gerufen, die Wachsoldaten ihre letzte Runde gedreht und die verspäteten Diebe sich in die Rue de la Hache oder in die Umgebung von Saint Nicolas zurückbegeben hatten. Dann schlich ich bis zum Platz der Daurade, wo die Kirche hinter ihren weißen Säulen stand wie ein steinerner Genius, der von Marmorengeln bewacht war.

Es war nicht mehr lange bis zum Sonnenaufgang, die

Garonne schien mir entgegenzuströmen, und es enthüllte sich mir die Schönheit der Welt, die seit ungezählten Zeitaltern an diesen Ort gebunden und nur für jene sichtbar war, die ihre leblosen Hieroglyphen entziffern konnten.

»O Toulouse«, rief ich, »zum erstenmal lese ich in dem Buch aus Steinen, Wasser und Himmel, das in Deinen Stadtmauern aufgeschlagen liegt. Bis heute war ich wie ein unwissender Gelehrter, der über die verschlungenen Schriftzeichen der Pergamente gebeugt sitzt und die Buchstaben kennt, ohne den Geist zu verstehen. Ich war wie der schlichte Mönch, der Gott in den Skulpturen zu erkennen glaubt und nichts vom Göttlichen weiß. Ehre sei den hochragenden Türmen, den Straßen, die sich die Hand reichen und eine Kette bilden, den einladenden Torbögen, wo metallene Türklopfer glänzen, den halbkreisförmig gewölbten Brückenbogen! Ich sehe alles, was von Menschenleben zu Menschenleben dazu nötig war, diese Stadt aus Sonnenziegeln an der Flußbiegung zu erbauen. Wie mag er gewesen sein, jener erste Mensch, der mit seiner Barke hier an der Stelle, wo ich stehe, am Ufersand anlegte und sich entschloß, zwischen einer Pappel und einem wilden Weinstock seine Hütte zu bauen. Mein Gott, wie gern möchte ich ihm ähnlich sein, diesem mageren Tektosagen, der sich von Fisch ernährte! Gewiß waren ihm in den Pyrenäentälern die Tage zu kurz, die Berghänge zu schmucklos erschienen. Sicherlich sehnte er sich nach einem Land, wo sich der Sonnenschein über weite Strecken ungehindert ausbreiten kann. Er wollte am Horizont das Erscheinen und Sterben der Sonne erleben. Er stieß sein Ruder tief in den wildbewachsenen Ufergrund, und damit war Toulouse geboren.

O Toulouse! Ich sehe die freundlichen Hügel sich neigen, die Platanen mit ihrem schönen Blattwerk sich zu Deinen wohlgebauten Toren hinrecken. Ich sehe sie vorbeiziehen, die Druiden mit weißem Bart und hellen Gewändern, die römischen Priester mit rasiertem Schädel, die christlichen Heiligen in groben braunen Wollkutten, die westgotischen Könige in ihrem Mantel aus Fuchspelz und ihrer achteckigen Kappe. Sie bauen Tempel und Basiliken, schießen Türme wie Pfeile ab, und die Ziegel atmen die Sonne ein unter freiem Himmel. Da entsteht 'Château Narbonnais', ein Schloß, das so mächtig gebaut ist wie eine Festung. Von ihm aus dehnen sich in großem Kreis die Schießscharten der Stadtmauer aus, und die Wachsoldaten wirken in ihrer Rüstung wie Metalltropfen auf einem granitenen Halsband. Die Kirchen Saint Sernin und La Dalbade sind im Norden und im Osten in die Höhe gewachsen, die Klöster spannen ihre Säulenvierecke aus, Steinmetze verzieren die Innenhöfe der Herrenhäuser und lassen sie so schön werden wie byzantische Geschmeide. Aber es ist anders als in anderen Städten. Hier herrschen eine Ordnung und eine Schönheit, die aus der Erde hervorgehen und deren Essenz vielleicht von der Garonne stammt, die sie aus dem Innersten der Pyrenäen mitgebracht hat, wo ihre Wasser entspringen. So scheinen die Säulen der Wohnhäuser feierlich eine Botschaft zu vermitteln, so verkündet die einfache Straßenbiegung eine Wahrheit, so liegt in der Lebendigkeit der Gebäude, der Öffnung der Torbögen, der Geste der Türmchen eine Gesetzmäßigkeit, deren innerer Sinn ein geistiger ist und die Seele nach Vollkommenheit streben läßt.

Toulouse, auf Dir ruht die Liebe der Götter, das Wohlwollen jener unsichtbaren Geister, die vor den umherwandernden Volksstämmen herziehen und über den Bau der Städte wachen.

Du Großherzige! Freundlich empfängst Du den Reisenden. Du Fromme! Wenn alle Deine Glocken läuten, hört man sie bis nach Bordeaux und Perpignan. Du Gelehrte! Du hast die sieben Poeten hervorgebracht, die sich am Allerseelentag in einem Park von Saint Etienne zu versammeln pflegten, von wo aus ihre Verse noch weiter als der Klang Deiner Glocken davonflogen. Du Mutige! Du trägst Deine lebendige Kraft in dem Feuer, das die Elemente Deiner Ziegel verschmolzen hat. Du Ewige! Du mischst die okzitanischen Rassen, um aus ihrer Verbindung Menschen mit großem Herzen und schöner Gestalt zu erschaffen.

Und so knie ich, der bescheidenste Deiner Diener, im Licht der aufgehenden Sonne am Ufer der vorüberziehenden Garonne und küsse den sonnverbrannten Stein der Daurade.«

Die Madonna der Barmherzigkeit

»Wir werden um den alten Friedhof von Saint Sernin herumgehen, wo die Gräber so alt sind, daß niemand mehr die Namen der Toten kennt«, sagte Tornebut, »dann an der Klostermauer entlang und in der Weberstraße in die abschüssige Gasse hinein, die bis zu den Stadtwällen führt. Dort können wir der Madonna der Barmherzigkeit begegnen, vorausgesetzt, es ist eine mondlose Nacht oder nur eine schmale Mondsichel zu sehen.«

Tornebuts Augen leuchteten – wie immer, wenn er von der Madonna der Barmherzigkeit sprach. Er hatte mir schon oft von ihr erzählt, aber ich hatte gedacht, daß er nur irgendeine Legende nachplapperte, mit der man sich nicht aufhalten mußte.

»Ihr werdet sie sehen, so wie ich«, sagte er zu mir, »wir werden den frühlingsfrischen Rosenduft einatmen, der von ihrem Gewand ausgeht. Sie wird Euch vielleicht zu dem göttlichen Gegenstand führen, den Ihr sucht. So wie ich weiß, wo in meiner Werkstatt der Hobel liegt, so müssen wohl die übernatürlichen Wesen alle Dinge der höheren Welt kennen und vertraut mit ihnen umgehen.«

In einer mondlosen, aber sternblauen Nacht verneigten wir uns daher vor den großen Steingrüften mit den Gebeinen der Grafen von Toulouse, Raymond Bertrand, Pons und Guillaume Taillefer, und gingen um den alten Friedhof von Saint Sernin herum, auf dem die nackten Stelen und die schiefen Holzkreuze vom Vergessen der Lebenden zeugen.

Hinter dem Kloster erstreckt sich ein Viertel, wo Elend und Vergnügen Seite an Seite wohnen. Dort leben die Bettler, die tagsüber die Stadttore bevölkern, die Armen, die man für schlecht hielt, nur weil sie Waisen waren, die Hausierer aus fernen Städten. Eine Gasse ist den Freudenhäusern vorbehalten. Die Dirnen gehen mit lüstern-einladenden Gesten auf und ab. Manche tragen, zum Spott und auch, um sich kenntlich zu machen, ein Wollmützchen, das sie in früheren Zeiten auf Anordnung der Ratsherren tragen mußten. In manchen Wirtshäusern findet man nur maurische Frauen, und der Klang der Guzla begleitet unverständliche, todtraurige Lieder.

Schmerzliche Freude herrschte in diesem Viertel, als wir dort ankamen. Tanzgeräusche erklangen hinter den Mauern. Einem Christus aus Stein, der in der Mitte eines kleinen Platzes stand, hatte jemand zum Spott einen breitrandigen Filzhut auf den Kopf gesetzt und ein Samtcape mit granatfarbenem Kragen um die Schultern gelegt, so daß er wie die Karikatur eines Spaniers aussah. Ein junger Mann mit wachsbleichem Gesicht begleitete den eigenen Gesang auf der Gitarre; doch seine Stimme klang so falsch, daß die Zuhörer, die an ihren Fenstern oder vor ihren Türen standen, Schreie ausstießen oder zu pfeifen anfingen, wann immer er zu singen begann. Ein mißgestaltetes Kind, mit einem zu großen und schweren Kopf, zog ihn an einer Falte seines Gewands. Er aber blickte zum Himmel und folgte wie in Ekstase seinem inneren Gesang.

Plötzlich griff Tornebut lebhaft nach meinem Arm, und ich sah, daß er ein triumphierendes Lächeln auf dem Gesicht trug.

»Die Madonna der Barmherzigkeit! Schaut! Da ist sie«, sagte er.

»Wo denn?«

Er wies auf die gepflasterte Straße vor uns, wo eine Laterne ihr rötliches Licht warf.

Ich antwortete nicht, denn wer nur unvollkommene Sinne

besitzt, braucht seine Unterlegenheit nicht noch laut zu verkünden.

»Wir wollen ihr folgen!« sagte er. »Sie hebt ihre linke Hand, und ich sehe, daß ihr kleiner Finger außerordentlich winzig ist.«

Wir gingen bis zu den Stadtwällen und bogen dann in Gäßchen ein, die so schmal waren, daß zwei Menschen nur mit Mühe nebeneinandergehen konnten.

»Schaut, sie berührt im Vorübergehen all jene, die am unglücklichsten aussehen, und ihre Gesichter bleiben verklärt. Gerade ist eine Frau auf die Knie gefallen.«

Ich sah tatsächlich eine Frau, die kniend ihren Kopf in den Händen hielt, aber mir schien, daß sie schon seit längerem in dieser Stellung verharrte.

»Nehmt Ihr diesen zarten Rosenduft wahr, gemischt mit leichtem Veilchenaroma?«

Ich atmete mehrmals kräftig ein, aber manche Düfte haben die Eigenart, flüchtig zu sein und rasch zu verfliegen.

Über einen langen Umweg waren wir zurückgekommen an den kleinen Platz, wo der steinerne Christus im spanischen Kostüm stand. Der Sänger hatte sein Lied beendet und hielt seine Gitarre hoch. Hier und da hörte ich noch lustige Bemerkungen über seine letzte stimmliche Glanzleistung.

»Die Madonna der Barmherzigkeit ist jetzt für alle sichtbar«, murmelte Tornebut leise. »Jeder empfängt etwas von ihrer wunderbaren Güte und bleibt getröstet zurück.«

Seine Hände waren gefaltet und sein Blick in Anbetung auf die Stelle gerichtet, wo die wundertätige Jungfrau stand.

Ich berührte einen alten Mann an der Schulter, dessen Augen in dieselbe Richtung zu blicken schienen.

»Wen seht Ihr dort?« fragte ich ihn.

»Das ist Laurent aus Minimes. Er kommt fast jeden Abend her. Schade, daß er so schlecht singt.«

»Und sonst ist dort niemand?«

»Doch, ein Kind, sein Adoptivsohn.«

»Und sonst niemand?«

Der Mann sah mich erstaunt an.

»Ihr seht doch selbst, daß dort niemand sonst ist.«

Tornebut zupfte mich am Ärmel und zog mich in die Gasse, die zu Saint Sernin hinaufführt.

»Wer die Madonna der Barmherzigkeit sieht, spricht nicht gern darüber, das ist bekannt. Oft ist es mit der Gnade vorbei, wenn man sie in Worte faßt.«

»Tornebut, für mich wird diese Gnade erst wirklich, wenn ich die ganz gewöhnliche Bestätigung meiner Sinne dafür erhalte. Beeilen wir uns, wenn Du einverstanden bist, damit ich das Gewand der Gottesmutter der Barmherzigkeit berühren und ihren winzigen kleinen Finger erblicken kann, den Du selbst gesehen hast.«

»Nichts leichter als das«, sagte Tornebut. »Wenn Ihr sie berührt, werdet Ihr in der Hand eine sanfte Wärme verspüren und köstlichen Trost im Herzen.«

Wir beschleunigten unsere Schritte, und ich atmete tief, um den Duft von Rosen und Veilchen wahrzunehmen.

Vielleicht hielt uns das auf; wir gingen schon um den alten Friedhof herum und waren der Madonna der Barmherzigkeit noch nicht begegnet, als Tornebut mir plötzlich sagte:

»Gerade ist sie in der Mauer der Basilika verschwunden, an einer Stelle, wo es keine Tür gibt. Seht, die leuchtende Spur, die sie rechts vom Grab der drei Grafen auf den Backsteinen hinterlassen hat. Sie ist so zart, daß ich nicht sagen könnte, ob sie weiß oder blau ist.«

»Ich könnte es auch nicht sagen, Tornebut.«

Heftige Traurigkeit überkam mich, weil ich mich in so stumpfe Sinne eingehüllt fühlte, und es kostete mich große Mühe, nicht der Sünde des Neids nachzugeben.

Die lachende Ehefrau

»Tornebut, hast Du nicht ein Gelächter gehört, das an zusammenklingende Kristallgläser erinnert? Ein gewisses leichtes Lachen durchquert ungehinderter die Mauern als eines, das schwer ist und keine Flügel besitzt. Dieses Lachen kommt von meiner geliebten Gattin mit den langen, nachtschwarzen Flechten. Doch so lieblich ein Lachen auch sein mag, es verliert an Wert, wenn es sich zu oft wiederholt. Da ertönt es schon wieder.

Zu meiner Zeit wurden die Fensterläden beim Einbruch der Dämmerung geschlossen. Diese Sitte muß wohl verlorengegangen sein, wie so viele andere auch. Die Lampen brennen, und wir, die wir wohlgemerkt nur einfache Passanten sind, können die Silhouetten hinter den Scheiben hin- und hergehen sehen. Was bedeuten Deiner Meinung nach diese weit offenen Fensterläden? Sie sind Zeichen für die Freude, die im Haus herrscht, und scheinen zu sagen: Es gibt nichts zu verbergen. Die Seelen der Menschen, die hinter diesen Mauern wohnen, sind glücklich. Wer im Unglück lebt, will lieber ungesehen bleiben: Angesicht in Angesicht mit dem Schatten, der aus ihm selbst hervorkommt.

Dieses Haus hat übrigens immer eine Neigung zur Fröhlichkeit gehabt. Die beiden Steinsäulen, die den Eingang umrahmen, sehen aus wie zwei stille Freunde. Die Fenster sind einladend. Die Ziegel haben die Eigenart, die Sonnenwärme zu speichern und nur ganz langsam wieder entweichen zu lassen. Mich wundert, daß ich die wohltuenden Absichten dieses Ortes nicht erkannt habe, als ich noch darin wohnte. Ich muß sogar zugeben, wenn ich ehrlich bin, daß ich ihn sogar verlassen wollte.

Mein Vater hatte dieses Haus gekauft, und seiner Meinung nach war es nicht sehr solide. Aber sind die Häuser nicht immer von größerer Dauer als die Menschen? 'Im Garten liegt ein Schatz verborgen', sagte mir mein Vater; doch als ich ihn fragte, unter welchem Baum ich danach graben sollte, antwortete er mir, dies wäre unwichtig: 'Die Erde ist voll von verborgenen Schätzen, und wenn man auf gut Glück irgendwo gräbt, hat man große Chancen, erstaunliche Dinge zu entdecken.' Er sagte mir auch, daß ein musikalischer Genius im Wetterhahn wohnte, denn dieser Wetterhahn sang in windigen Nächten die verschiedensten fremdartigen Melodien.

Als ich fortging, habe ich noch nicht einmal den Haustürschlüssel mitgenommen. Wozu könnte der Schlüssel eines Hauses dienen, in das man nicht mehr zurückkehren wird? Ich bin ein Vorübergehender, der im Mondlicht ein Haus betrachtet.

Was für vergnügte Stimmen da erklingen, die von Gelächter unterbrochen werden. Gerade habe ich das stolze Profil des Herrn von Montanagol gesehen, dessen Herkunft niemand kennt und der behauptet, große Ländereien in Gegenden zu besitzen, wo niemand je hinkommen wird. Ich glaube, ich habe auch die eingebildete Catherine von Carraton erkannt, die die Stammbäume aller königlichen Familien Europas fließend hersagen kann. Der Bischof von Toulouse duzt sie, und man sieht sie bei jeder Messe in Saint Etienne. Diese Catherine von Carraton ist das liederlichste Frauenzimmer von Toulouse und die beste Freundin meiner braven Gattin.

Gerade sind die großen Silberleuchter angezündet worden, die die Spiegel hell aufblitzen lassen. Mir scheint, im ersten Stock spielt ein kleines Orchester. Ist das nicht der junge Ritter von Polastron, der gerade die Treppe herunterkommt? Er ist im ganzen Languedoc für seine zügellose Moral bekannt. Die Frauen fragen ihn, wie sie ihr Haar färben sollen, und die Männer lassen sich von ihm wegen der Farbe ihrer Gürtel beraten. Und immer wieder der Gesang dieses Lachens, wie ein Wasserfall auf Kieselsteinen.

Was muß Timotheus denken, der alte Diener, der mir beim Einräumen meiner Bücher und Manuskripte in der Bibliothek half, wenn er jetzt all jene bei mir versammelt sieht, denen ich damals das Haus verbot? Er ist sicher entrüstet. Aber wer weiß? Er schätzte gutes Essen, und sein Gesicht wurde länger, wenn ich aus Liebe zur Enthaltsamkeit nur magere Kost von ihm zubereiten ließ. Ich habe mir gern vorgestellt, daß er mich vermißt. Ich habe ihm bestimmt gefehlt. Doch heute abend blitzt seine Küche, der Bratspieß dreht sich, die Flaschen stehen gekühlt. Sein Gesicht strahlt vor Freude. Heute abend vermißt er mich nicht.

Ach, Tornebut, wer vermißt einen überhaupt? Ich glaube, keiner vermißt uns jemals. Es gibt Abschiedsgesten, bewegende Worte, Trugbilder der Trauer; aber man kann nach China oder noch weiter reisen, in Gegenden, aus denen die Schiffe niemals zurückkommen, und doch läßt man kein wahres, kein ehrliches, kein herzzerreißendes Bedauern zurück. Ob Du nun ein guter Ehemann, ein guter oder schlechter Vater, ein guter oder schlechter Sohn gewesen bist: das Bedauern ist gleich oder mindestens fast gleich. Ich muß sogar sagen, daß es noch etwas lebhafter sein wird, wenn Du ein schlechter Ehemann, ein schlechter Vater oder Sohn gewesen bist. So ist es, Tornebut, und daran läßt sich nichts ändern. Es ist gut so. Wie groß wären meine Gewissensbisse heute abend, wenn mein Haus in Trauer wäre!

Doch es ist alles in Ordnung, ich bin zufrieden. Tornebut,

laß uns weitergehen! Diese erleuchteten Fensterscheiben sind wie Rückblicke in die Vergangenheit. Sie erscheinen mir fröhlich, weil sie ins Zauberland der Erinnerung eingetreten sind. Die Formen, die das Glück annimmt, verwandeln sich ständig. Wie traurig wäre es für mich, wenn ich an dieser Tür läuten und wie ein Fremder eingelassen würde. Wie traurig wäre es für alle Anwesenden, und für welch einen Spielverderber müßte man mich halten! Habe ich nicht freiwillig die Rolle des Missionars gewählt, des wandernden Propheten, oder was weiß ich? Diese Rolle läßt keine Rückkehr mehr zu. Tornebut, ich bin sehr zufrieden über die Freude, die man in, oder vielleicht gerade wegen, meiner Abwesenheit erlebt.

Das kleine Orchester hat soeben eine Tanzweise angestimmt, sicherlich, um den Appetit der Gäste anzuregen. Ich glaube, Du hast unser Abendessen im Rucksack. Wir werden es am Ufer der Garonne verzehren, im Sternenlicht. Das wird ein vorzügliches Mahl sein: Wir werden auf einem harten Stein sitzen und eine große Flasche Garonne-Wasser dazu trinken. Ich freue mich schon im voraus darauf. Wir müssen gehen, Tornebut!

Da, hinter der letzten Scheibe rechts, habe ich gerade das Gesicht meiner Frau gesehen. Was hat sie auf der Straße erblickt? Hatte sie eine Vorahnung? Sie war, alles in allem, eine reizende Ehefrau. Wie schade, daß sie immer Lust zum Lachen hat! Und schade, daß sie nie an etwas geglaubt hat! Der Glaube ist nicht jedem gegeben, und oft bedeutet er eine schwere Last. Hat nicht jeder schließlich seine Fehler? Zieh mich am Arm, Tornebut! Es ist Zeit, weiterzugehen. Ich bin sehr zufrieden!«

Die Entführung der Marie Cose

Als wir an jenem Tag in die Nähe der Alten Brücke kamen, sahen wir eine Menschenmenge in dieselbe Richtung streben.

»Der Bischof von Saint Bertrand ist vielleicht in Toulouse«, sagte Tornebut.

Wenn Urbain von Saint-Gelais, der Bischof von Comminges, nach Toulouse kam, gab es dort regelmäßig irgendeinen kriegerischen Zusammenstoß. Sein hohes Alter hatte seine Intoleranz noch verstärkt. Einige Jahre zuvor hatte ich ihn gesehen, wie er, mit dem Ordensprovinzial von Minimes zu seiner Rechten, dreihundert Mönche durch Toulouse führte, die alle ein Schwert am Gürtel und eine Armbrust auf der Schulter trugen. Er trauerte den schönen Zeiten nach, als Katholiken und Hugenotten sich mit Begeisterung gegenseitig niedermetzelten.

Ich fragte einen schüchtern aussehenden Mann (denn diese geben am bereitwilligsten Auskunft), welche Ursache dieser Andrang der Bewohner von San Subra in Richtung der Garonne hätte.

»Der Bischof von Saint Bertrand ist in Toulouse«, antwortete er. »Er findet, daß die Sitten zu locker werden, und die Unmoral dehnt sich anscheinend von Toulouse bis in die Gegend von Comminges aus. Er hat die Parlamentsmitglieder und Ratsherren soweit gebracht, für die Dirnen eine Strafe wiedereinzuführen, die man nur noch auf die Gotteslästerer angewendet hat. Jene Mädchen, die wegen ihres losen Lebenswandels verurteilt werden, sollen von nun an dreimal in die Garonne getaucht werden, bevor man sie einsperrt.«

Eine dickleibige Frau mit lüsternen Augen blieb stehen.

»Dreimal ist nicht genug, um den Schmutz abzuwaschen. Man sollte sie unten lassen, bis der Fluß all den Aussatz von ihrem Körper weggespült hat.«

»Die Zeit muß kurz genug sein, damit sie nicht sterben, aber lang genug, daß sie leiden«, meinte der schüchterne Mann.

Er schwieg einen Augenblick, schaute auf seine Füße und sagte langsam:

»Es ist gut zu leiden. Man leidet nie genug«, und er entfernte sich in Richtung der Brücke.

An der Ecke der Schafsgasse überholte uns eine Schar lachender und schreiender Kinder. Mönche traten aus dem St. Johannis-Haus. Einer von ihnen war beleibt und jovial; er sprach sehr laut, und in seiner Redelust wandte er sich an mich:

»Sie kommen gerade rechtzeitig zum Sonnenuntergang an. Die Zeremonie der öffentlichen Abbitte dauert sehr lange. Die alten Bräuche sind die besten. Es muß ein Exempel statuiert werden. Was würde aus uns, wenn es keine Exempel gäbe!«

Eine Frau neben uns bekreuzigte sich, um zu zeigen, daß sie diese Meinung unterstützte.

Ein großer magerer Mann sagte ernst:

»Es ist ein Mädchen, das einen jungen Mann verführt hat.«

»Und die Jugend muß man beschützen«, fügte der joviale Mönch lachend hinzu.

Auf einmal wurden wir durch Menschenmassen voneinander getrennt; wie Wellen brachen sie aus allen Straßen, die zur Brücke führten, über uns herein. Jetzt konnte ich erkennen, daß die Flußufer und die Brücke selbst von einer ungeheuren Menge überzogen waren, die hin- und herwogte und aus der alle möglichen Rufe und fröhlichen Schreie emporschallten. Tornebut war mitgerissen worden, und ich sah ihn weit von mir entfernt.

Ich nahm teil an der rohen Neugier des Volkes bis zu dem Augenblick, als ich vor mir den Polizeihauptmann Mauric entdeckte. Ich kannte diesen Mann und verachtete ihn. Ich wußte, daß er den Armen gegenüber unverschämt und hart war, aber duckmäuserisch vor den Machthabenden. Er kam nur mühsam vorwärts und schob die Menge mit den Armen auseinander; sein Gesicht zeigte ein falsches Lächeln. Hin und wieder warf er einen Blick auf sein Gefolge, das hinter ihm ging, und schien zu bedauern, daß er nicht über einen stärkeren Trupp verfügte, um diese unerwartete Menschenmasse zu bändigen.

Etwa zwanzig Männer der Maynade folgten ihm. Die Sonne spiegelte sich im Metall ihrer Helme und dem Eisen ihrer Spieße, und sie waren darauf bedacht, ihre Schwerter auf dem Straßenpflaster klingen zu lassen. Unter ihnen befand sich ein barhäuptiger Mann mit zerzaustem rötlichem Haarschopf, den jeder kannte und auf den die Leute mit dem Finger zeigten. Das war Anselme Isnard, der Henker. Neben ihm ging sein Sohn, ein junger Mann mit ebenso zerzaustem rotem Haar, der sein genaues Ebenbild, nur schmaler und jünger war. Einer seiner Gehilfen trug auf dem Rücken eine lange Stange, um die herum Seile und eine Art Netz aus Metallstäben gerollt waren, die an einem Stützbrett befestigt werden sollten.

Unter einem schwarzen Schleier, der dicht genug war, ihre Gesichtszüge zu verbergen, ging die Verurteilte. Eine Kette, die wohl an ihrem Handgelenk befestigt war, kam unter ihrem Schleier hervor; ein Mann der Maynade hielt sie fest und zog sie nervös und ruckartig weiter, obwohl die ganze Gruppe nur äußerst langsam vorankam. Das schwarze Tuch fiel bis auf ihre Füße herab, aber jeder wußte, daß sie unter dem Tuch nur ein Hemd trug, denn in diesem Aufzug, und mit einer Kerze in der Hand, hatte sie gerade in der Kathedrale von Saint Etienne

Gott um Verzeihung gebeten. Der Gedanke an den nackten Körper unter diesem schauerlichen Schleier erfüllte die Menge mit einer hämischen Schadenfreude.

Die Frau war allen bekannt, denn sie wurde bei ihrem Namen gerufen: Marie! Von allen Seiten wurden vergnügte Scherze über die Strafe laut, die sie erleiden würde: 'Trink die Garonne nicht leer!' 'Bring mir einen Fisch mit herauf!' Gelächter erhob sich. Neben mir beschwerte sich eine Frau darüber, daß man ihr Kind nichts sehen ließe und hob es in ihren Armen hoch, bis es in die Hände zu klatschen begann.

Der Hauptmann Mauric war in der Mitte der Brücke stehengeblieben und ans Geländer getreten. Er beugte sich über das Wasser, wie um nachzusehen, ob die Stelle geeignet wäre. Dann richtete er sich auf, und ich sah von weitem die tiefe Falte auf seiner Stirn; er war ärgerlich über diesen Volksauflauf, der seine Bewegungen hinderte. Die Menge war in wohlwollender Stimmung. Sie schien ihm für das Spektakel dankbar zu sein, das er ihr bieten würde. Es gab sogar Rufe: »Mauric lebe hoch!«

Ich beobachtete das Geschehen vom Ende der Brücke aus, wo ich mich befand, und ich drehte den Kopf nach rechts und links in der Hoffnung, diesem Spektakel ausweichen zu können. Meine Zähne klapperten, und es fror mich sehr im Rücken. Wäre ich nicht von allen Seiten umdrängt gewesen, hätte ich mich auf den Boden gesetzt. Ich hatte Angst. Die boshaften und jeglicher Vernunft beraubten Mächte um mich herum wirkten auf mich ein, und einen Augenblick lang schien es mir, als würde mein Bewußtsein von einer bösen Macht zermalmt und ich könnte nie wieder der sein, der ich vorher gewesen war.

Und da spürte ich ganz deutlich, daß in die Ordnung der Dinge manchmal etwas eingreift, dessen Ursprung unbekannt bleibt, was aber außerhalb des Menschen liegt. Durch dieses Eingreifen entstand plötzlich eine Bewegung in der Tiefe der Menge, und diese Strömung trug mich bis zum Eingang der Brücke genau neben den Hauptmann Mauric, so als wäre ich der wichtigste Zeuge, der an dem Untertauchen des Mädchens Marie teilnehmen und sich dafür in der vordersten Reihe befinden sollte.

Gleichzeitig erweiterte sich mein Verständnis für die Menschen um mich herum. Ich hatte eine einzigartige Fähigkeit, in den Seelen zu lesen. Ich erkannte das Fehlen von Mitleid in ihnen, ihre angeborene Härte, die schlimmen Gefühle, von denen sie beherrscht waren. Ich verspürte unaussprechliches Grauen vor dem hochgewachsenen Hauptmann Mauric, dem rothaarigen Henker Anselme Isnard und vor all ihren geharnischten, mit Piken bewaffneten Spießgesellen, die aussahen wie unheilvolle metallene Marionetten. Hinter ihnen, über ihnen sah ich, in der Wolke eines Traums, den Seneschall des Königs, Jean de la Vallette Cornusson, mit seinem gebeugten Rücken, seinem Schnurrbart, den hängenden Armen und dem ewig gelangweilten Gesichtsausdruck; ich sah die acht Ratsherren in ihrem wehenden Gewand mit großem Kragen und ihrer Samtkappe, in ihrer gewollten Wichtigkeit und affektierten Würde; ich sah die Mitglieder des Parlaments, an ihrer Spitze als Präsident den stolzen de Paulo, sie alle vom Haß auf die Hugenotten erfüllt; ich sah Antoine von Chalabre, den Toulouser Bischof, und Urbain von Saint-Gelais, den Bischof von Saint Bertrand, in den Gewändern ihres Amtes, mit ihrem Hirtenstab und der übergroßen Mitra. Von allen Seiten drängten sich die Mönchsbruderschaften herbei, die gleichzeitig Kriegsorden waren und Banner, Kreuze, Schwerter trugen; die schwarzen Büßer aus der Rue Peyras, die grauen Büßer von der

Dreifaltigkeitskirche, die Mönche des Augustinerklosters und aus Minimes. Ich sah Zellen, Klöster, Betstühle, auf denen manche Eremiten so lange knieten, bis ihre Knie sich nicht mehr bewegen ließen; Kapellen, wo man Heilige tot auf den Steinfliesen gefunden hatte, die in der Ekstase des Gebets gestorben waren. Darüber spannten sich die Schatten des Turms vom Heiligen Dominikus und des Hauses der Inquisition, des Adlerturms und des Château Narbonnais, der Dalbade und Saint Sernins, von wo aus Geistervögel emporflatterten. Die Schatten dieser Türme neigten sich, die Bruderschaften zogen Straßen der Finsternis entlang, die Banner knallten im Wind, die Schwerter blitzten. Diese bewegte Vision voller Menschenscharen, durch die Ritter hindurchzogen, Verfassungsgremien, Zünfte mit ihren Abzeichen und Mönchsgemeinschaften, wurde eins mit der Stadt Toulouse, ihren alten Straßen mit Säulengängen und Türmchen, ihren Dächern aus Ziegeln oder Schiefer, der Stadt, die von der azurblauen Garonne in zwei Teile geteilt wird. Und in der Ferne, am Ende nebliger Straßen, standen weitere Städte, von Stadtmauern umgeben, mit anderen Parlamenten und Bruderschaften; dies alles war das Universum der Menschen — reich, grausam, voll Kraft und Blut, voll Liebe und Hoffnung, voll von einem Drang nach Gerechtigkeit, jener Gerechtigkeit, welche die Priester von ihrer Kanzel herab predigten, die von den Buchmalern in den Handschriften symbolisch dargestellt wurde und die zu dem führte, was ich hier sah: eine unglückliche Frau unter schwarzem Schleier, die gefoltert werden sollte, um das Toulouser Volk vor Freude tanzen zu lassen.

Ich hatte Mühe, die dunkle Gestalt dieser Frau zu erkennen, so viel wirklicher als die Realität war diese Vision, die meine Augen erfüllte. Ich machte eine Anstrengung, mich mitten auf der Alten Brücke wieder zurechtzufinden. Die Vision zog sich zurück, löste sich auf. Es herrschte eine tiefe, erdrückende Stille, und es schien mir, als wären wir allein auf der Welt — diese Frau und ich.

Vielleicht dauerte es nur eine Sekunde, vielleicht eine lange Zeit. Das Leben hatte angehalten. Die Menge stand regungslos und schwieg. Alle Gesichter waren starr. Die Garonne zwischen den Brückenpfeilern hatte aufgehört zu fließen, und ihr Wasser war in Marmor verwandelt.

Plötzlich erschallte ein Gelächter; es klang bis zur Sonnenkugel hinauf, die gerade jenseits des Bazacle verschwand, und schien ihr Untergehen zu beschleunigen. Dieses seltsame, unsinnige Lachen kam von Anselme Isnard, dem Henker. Warum lachte er? Sein Gelächter wirkte auf mich wie das Gelächter des Bösen, das über seinen Triumph lacht, und es brachte mich mit einem Schlag in die Wirklichkeit zurück. Gleichzeitig begann die Menge, sich wieder zu bewegen, tausend Geräusche wurden hörbar, und die Garonne floß weiter. Anselme Isnard hatte zweifellos über das gelacht, was er nun tun würde. Mit einer heftigen Bewegung riß er das Tuch herunter, das die Verurteilte bedeckte.

Kaum hatte er diese Geste gemacht, kaum war das Gesicht eines unglückseligen Geschöpfes mit blinzelnden Augen und fahler Haut am Tageslicht erschienen, da warf ich mich zwischen sie, so als hätte ich unsichtbare Flügel und wäre von einer inneren Kraft, wie von der Gewißheit getrieben, auserwählt zu sein; ich stieß den Mann mit einer solchen Kraft zurück, daß er taumelte und bis zum Geländer zurückstürzte.

Die Überraschung ließ jeden wie angewurzelt dastehen; der erste, der Miene machte, sich auf mich zu stürzen, war der Sohn des Henkers. Er war gerade mit einem Helfer beschäftigt, am Ende der Stange, die sie getragen hatten, das Netz zu befestigen, in dem die Frau festgebunden werden sollte. Er ließ das Netz fallen, machte einen Schritt auf mich zu und wurde von meinem Blick mitten in der Bewegung gebremst. Ich glaube sogar, daß er zurückwich mit einer Gebärde, so als hätte er sich verbrannt.

Schreie ertönten von allen Seiten. Was wollte ich? Wer war dieser Mensch, der dem Volksvergnügen in die Quere zu kommen versuchte?

Der Hauptmann Mauric hatte mich erkannt, und sein Gesicht drückte Verblüffung aus. Für ihn war ich ein angesehener Toulouser Bürger, und ich las in seinem Blick, daß er meine Handlung einem Anfall von Wahnsinn zuschrieb.

Doch ich war wie von einem Gott besessen. Eine fremde Kraft hatte von mir Besitz ergriffen, und ich war nichts als ihr Werkzeug. Meine Stimme hatte einen mir unbekannten Tonfall, als ich dem Hauptmann Mauric befahl, die Frau freizulassen, die neben mir stand und vor der ich zum Zeichen des Schutzes meinen Arm ausgestreckt hielt. Mein Befehl war gleichzeitig auch an die Polizeisoldaten gerichtet, die mich umgaben.

Der Gott, von dem ich erfüllt war, wußte wohl, daß von diesen Geschöpfen mit verschlossener Seele nichts zu erhoffen war; denn bevor sie auch nur eine Bewegung hätten machen können, wandte ich mich unmittelbar an die Menge.

Ich weiß nicht, was ich sagte, und Worte waren auch nur von geringer Bedeutung. Ich glaube sogar, was ich da wiederholte, hatte so gut wie keinen Sinn. Was zählte, war die aktive Vorstellungskraft, die aus mir hervorbrach. Ich war vorgetreten, hatte einen hochgewachsenen Mann am Kragen gepackt und stieß meinen Blick wie eine Klinge in seine Augen. Meine Ermahnungen waren mitreißend und feurig. Die Macht, die ich besaß, war nur dem Feuer vergleichbar: Das Feuer meiner Rede entflammte die Zuhörer; Worte wie 'Liebe', 'Leiden', 'Jesus Christus' kehrten unablässig wieder und zerbarsten wie Explosionen.

Mir fiel auf, daß die Leute auf der Brücke zumeist Galgenvogel- und Spitzbubengesichter hatten. Dies war nicht das Toulouser Volk, sondern die zwielichtige Bevölkerung aus San Subra, vom Pré Montardy und aus der Rue de la Hache. Da waren viele Dirnen und ihre Zuhälter. Da waren Goldsandwäscher von der Insel Tounis, Mauren von niederem Stand mit bleifarbener Haut und fast schwarze Zigeuner mit zu Flechten zusammengebundenem Haar, das ihnen bis auf die Brust fiel. Sie waren um des Vergnügens willen gekommen, die Folterung einer Frau mitzuerleben. Ich bot ihnen ein anderes Vergnügen: die Rettung dieser Frau.

Ereignisse, die nicht abgesprochen sind, spielen sich mit einer Geschwindigkeit ab, die jede Voraussicht über den Haufen wirft. Ein Mann, der sich vor Lachen bog, trat aus der Menge hervor und stieß, wie ein Schafbock, den Hauptmann Mauric in den Magen. Die Soldaten senkten ihre Spieße. Die Menge, vom Feuer der Befreiung ergriffen, wogte nach vorn, und die Welle warf mich mit allen in der vordersten Reihe Stehenden gegen diese gesenkten Speere. Schmerzensschreie erschollen. Man hörte das Geräusch eines Körpers, der über die Brüstung gestürzt und in die Garonne gefallen war. Im Tumult wirkte das aufspritzende Wasser wie ein kühler Trunk. Die Menschenwoge überschwemmte die Soldaten, trampelte über sie hinweg, strömte dann zurück, nahm mich mit sich und erfaßte auch die Frau im Hemd, die sich an meine Schultern klammerte wie eine Ertrinkende im Sturm. Zu meiner Bestürzung hörte ich sie meinen Namen wiederholen: 'Michel!' – und zwar in einem Tonfall, so als würde sie mich seit langem kennen.

Als ich um mich blickte, sah ich einen riesigen Mann mit fleischigen Lippen und platter Nase, der gestikulierte und Befehle gab. Ich erkannte Mérigon Combres, der in der Toulouser Unterwelt große Popularität genoß. Er besaß eine berühmte Spelunke in der Rue des Moulins und hatte Gefallen am Volksaufruhr.

Ich hatte keine Zeit, mich zurechtzufinden. Arme hatten mich gepackt und auf einen Schild gehoben, der aus dem Bodenbrett des Käfigs bestand, der in den Fluß hätte getaucht werden sollen. Die Frau, die sich immer noch an mich klammerte, war neben mich gehoben worden. Ihr Hemd war entzweigerissen. Das Haar fiel ihr auf die welken Schultern. Ich hörte meinen Namen mit leiser Stimme wiederholen, mit einer Betonung, der die Aufregung einen Klang von Verliebtheit gab.

Man jubelte uns zu, und während es ringsum ertönte: »Tötet Mauric! Nieder mit der Maynade! Ins Wasser!«, sah ich dankbare Gesichter mir zugewandt und hörte:

»Er ist ein Bischof, seht seinen Stab! Nein, er ist ein Heiliger!«

Ich hatte meinen gebogenen Stab in der Hand behalten und spürte, daß er mir, im Verein mit einer halbnackten Sünderin an meiner Seite, das Aussehen eines grotesken Königs, des Hirten einer heruntergekommenen und verrückten Herde gab. Ich hielt verzweifelt nach Tornebut Ausschau, sah ihn aber nirgends.

In der Ferne sah ich Menschen flüchten. Manche sprangen in eine Barke und glitten in der hereinbrechenden Nacht den

Fluß hinab. Andere eilten mit Waffen herbei. Eine ganze Horde finsterer, hochgewachsener Männer strömte auf das unbebaute Gelände, das bei San Subra die Garonne säumt. Große Stützbalken lagen dort aufgeschichtet für irgendein Bauvorhaben. Die Männer ergriffen sie und errichteten daraus eine Barrikade am Ende der Brücke. Es war, als würde ich Riesen ein Werk des Bösen ausführen sehen, das ich selbst entfesselt hatte.

Die Nacht brach herein, hier und da wurden Fackeln angezündet. Das weithin schallende Geschrei schuf eine Atmosphäre, wie sie bei einer Katastrophe herrscht. Ich versuchte, von dem Brett herunterzuspringen, um mich in der Menge zu verlieren.

»Nein! Nein!« rief Mérigon Combres, der plötzlich an meiner Seite auftauchte. »Laßt ihn nicht fort. Tragt ihn nach Saint Nicolas. Er hat es sich redlich verdient.«

Er wandte mir sein riesiges, heiteres Gesicht zu, dem er einen brüderlichen Ausdruck zu geben versuchte.

»Du sollst sie haben, die Du Dir wünschst. Du hast sie Dir redlich verdient mit Deinem Mut. Marie Cose soll Dir gehören.«

Seine Stimme schwoll zu einem Schreien an.

»Wir werden sie verheiraten. Wir verheiraten Marie Cose und ihren Liebhaber.«

Ich konnte nicht antworten. Die Männer, die mich auf ihren Schultern trugen, durchquerten im Laufschritt und mit lauten Rufen die Straßen der Vorstadt von San Subra.

Ein Name hatte mich durchbohrt, tiefer als der Pfeil eines Bogenschützen: Marie Cose! Die Magie der Silben holte aus dem Schatten meiner Erinnerung das junge Gesicht derjenigen hervor, die vor zwanzig Jahren meine Freundin gewesen war, die ich geliebt hatte oder zu lieben glaubte. Eine Sekunde lang hörte ich ihr Lachen von damals, das klang wie der Ruf der Spottdrossel im Wald von Bouconne. Aber welche Veränderung! Welches Elend hatten die Zeit und ein ausschweifender Lebenswandel angerichtet! Hätte ich nur noch einen Schatten von Zweifel verspürt, so würde die Stimme der Marie Cose ihn vertrieben haben: eine rauhe, schmerzliche Stimme, lächerlich wegen ihres falschen Klangs.

»Du hast mich also nicht vergessen! Du liebst mich immer noch!«

Eine Art von innerem Grauen erfaßte mich. Was ich aus Mitleid für ein Menschenwesen getan hatte, aus Liebe für ein leidendes Geschöpf, wurde von der Geretteten und von der Menge, die mir dabei geholfen hatte, so ausgelegt, als hätte ich aus der ganz gewöhnlichen Begierde heraus gehandelt, eine Frau zu besitzen! Große Mutlosigkeit ergriff meine Seele. Wegen mir kämpften Menschen gegeneinander. Ich wurde, mit spöttischen Ehren, vom Abschaum der Toulouser Bevölkerung im Triumphzug getragen! Ich fühlte etwas Feuchtes, Fettiges an meiner Wange. Es war Marie Coses Haar, das sie wie eine Krone um ihre Stirn zu winden versuchte.

Die Kirche von Saint Nicolas lag im Herzen von San Subra. Ringsherum liefen die Sträßchen der Vorstadt wie schmutzige Flüsse zusammen. Nach Sonnenuntergang wagten sich die Soldaten der Maynade niemals zwischen die Bevölkerung aus Zigeunern, bekehrten Mauren und Gaunern, die sich dicht an dicht in den zerfallenen Häusern drängten. Der Pfarrer von Saint Nicolas, der inzwischen neunzig Jahre alt war und als Heiliger galt, war der einzige, der irgendwelche Macht hatte über dieses eigentümliche Volk; angeblich stammte sein Einfluß daher, daß er bei seinen Pfarrkindern ein zur Hälfte heidnisches Christentum duldete. Der Toulouser Klerus forderte einen Kreuzzug gegen San Subra unter dem Vorwand, nachts würden Teufelszeremonien in Saint Nicolas stattfinden. Doch der Schrecken schützte das Viertel, denn vor fünfzig Jahren war von dort die Pest ausgegangen, die in Toulouse und einem Teil des Languedoc gewütet hatte. Ein großer Häuserblock, der auf den Kirchplatz mündete, war mit Balken zugesperrt worden, und man hatte die Fenster vernagelt. Es hieß, daß die Pestkranken, die einst dort eingesperrt waren, immer noch in ihren alten Wohnstätten umgingen und daß man sie nachts dort herumwandern und jammern hörte. Wer besser auf dem laufenden war, vermutete, daß die zur Zeit sehr zahlreichen Diebe sich dort einen Schlupfwinkel eingerichtet hatten.

Der Schild, auf dem Marie Cose und ich uns befanden, wurde unvermittelt auf den Stufen von Saint Nicolas abgesetzt. Eine Kette klirrte, denn das Metallnetz, das am Brett befestigt war, schleifte hinter uns auf dem Boden. Ich fand mich stehend wieder, aber Marie Cose fiel auf die Hände, und als sie sich wieder aufrichtete, kreuzte sie diese hastig über ihren nackten Brüsten und versuchte, sich mit den Fetzen ihres Hemdes zu bedecken. Mit atemberaubender Geschwindigkeit bildete sich ein großer Kreis um uns herum, und ein freudiges Gejohle wurde laut, das durch Marie Coses Nacktheit ausgelöst worden war. Sie schämte sich zweifellos, denn sie hob eine Hand vor ihre Augen. Diese Geste ließ die Kette sichtbar werden, die sie noch immer um ihr Handgelenk trug, und ein neuerliches Geschrei erhob sich auf allen Seiten, gemischt aus Mitleid und Entrüstung.

Ich blickte in die Gesichter um mich herum, die tölpelhaft, verwirrt oder schrecklich wirkten. Die Ereignisse auf der Brücke waren von Mund zu Mund geeilt. Die einen fragten, die anderen berichteten. Eine Frau, die beinahe auf den Knien rutschte, ergriff mein Gewand und küßte es. Nie gesehene Menschenmengen waren aus dem Untergrund des Vororts aufgetaucht, wie Rattenscharen nach einer Überschwemmung. So wie man sich wundert, daß derart große und gefährliche Tiere unbemerkt in der Nähe hausen konnten, so fragte ich mich jetzt, wie dieses wilde, unmenschliche Volk in derselben Stadt leben konnte, ohne daß ich etwas davon gewußt hatte.

Vergeblich versuchte ich, mir Gehör zu verschaffen. Als ich den Kopf hob, bemerkte ich über mir die acht Mumien von Saint Nicolas. Aus einem Sims über dem Portal, das die gesamte Breite der Kirche einnahm, waren ihre Grimassen zu erkennen; das schwache Licht einer Fackel ließ sie täuschend lebendig aussehen. Dies war eine der Kuriositäten der Vorstadt, die die meisten Toulouser Bürger nur vom Hörensagen kannten, weil das Viertel einen solchen Abscheu einflößte. Acht menschliche Gestalten, die noch einige Zähne im Mund hatten und deren Gesichter ein gräßliches Grinsen trugen, waren über dem Portalvorbau von Saint Nicolas hinter ein Gitter gesetzt worden. Niemand kannte die Herkunft dieser Mumien. Mir schien, daß sie sich ironisch zu mir hinwandten, um die Nichtigkeit meiner Unternehmung zu bezeugen.

Ich dachte an nichts anderes als an Flucht aus dieser Hölle, in die ich derart unvorsichtig eingedrungen war. Ich wollte mich geradewegs aus dem Staub machen in der Hoffnung, zu irgendeiner Gasse zu gelangen. Doch Marie Cose klammerte sich verzweifelt an meine Schulter und wiederholte leidenschaftliche Versprechen von ewiger Treue. Gleichzeitig baute sich Mérigon Combres wie ein gigantisches Standbild vor mir auf, breitete die Arme aus und rief: »Der Wein kommt! Geduld! Wir werden trinken, soviel wir wollen!«

Und er tat so, als wollte er mit dieser Geste meine Sucht nach Alkohol beschwichtigen und mir versichern, daß Wein geholt würde.

Männer rollten Weinfässer auf die Kirchenstufen und machten sich daran, sie anzuzapfen. Meine Stimme verlor sich in dem allgemeinen Getöse, als Mérigon Combres, die Menge übertönend, rief:

»Jetzt feiern wir die Hochzeit!«

Er wandte sich zu den Mumien um und fügte hinzu: »Im Namen der acht Ratsherren hier, im Namen von Gonnedrille und Fillandas!«

Er deutete auf die beiden Mumien am Rand des Sims. Ich wußte, daß das Volk den acht Mumien groteske Namen gegeben hatte und daß man sie zum Spott mit den acht Ratsherren gleichsetzte. Ich erinnerte mich auch daran, daß man vor ihnen Zeremonien abhielt, die wie ein Zerrbild von allem Heiligen waren.

Gewaltiges Geschrei antwortete Mérigon Combres, das, wie mir schien, von fernen Schüssen gefolgt wurde.

»Bringt Licht!« rief der Meister dieser Menschenmasse, »und die Königin soll sich beeilen.«

»Da ist sie! Es lebe die Königin! Hoch lebe die Mérigone!«

In der Gasse, die an den Häusern der Pestkranken vorbeiführte, war gerade ein beleibtes Weib erschienen, die Frau von Mérigon Combres, die man auch 'Königin der Kupplerinnen' nannte. Ein Chorrock bedeckte ihren Bauch, und auf dem Kopf trug sie eine Pappmitra, die mit einem Totenkopf und obszönen Emblemen bemalt war. Um sie herum tummelten sich mehrere Mädchen, die Laternen in den Händen hielten und auf Besenstielen herumtänzelten; ohne Zweifel sollten sie Hexen darstellen, die sich für den Flug zum Sabbat bereithielten.

»Ich werde die Braut bekränzen«, sagte die Königin, ging auf Marie Cose zu und hielt ihr eine Papierkrone hin.

Diese vermutete offenbar irgendeine Falle; sie hatte wohl den Sinn des Geschehens nicht verstanden. Sie stieß gellende Schreie aus, warf sich nieder und umschlang meine Knie.

Das Gelächter hatte sich verdoppelt. Plötzlich sah ich, wie sich alle Augen auf die niedrige Tür eines schmalen Hauses richteten, das sich an die rechte Seite der Kirche von Saint Nicolas schmiegte.

Nach und nach breitete sich Schweigen aus.

Diese Tür hatte sich langsam geöffnet. Auf der Schwelle stand ein Priester, ganz klein, mit faltigem Gesicht und langen weißen Haaren, die ihm auf die Schultern fielen. Er fröstelte wohl leicht, denn er hatte sich eine Pelerine umgehängt, wie Bergbewohner sie tragen. Hinter ihm erschien der Kopf einer alten Frau, die eine rötlich schimmernde Lampe hochhielt und ihm leuchtete. Er lächelte. Er sah sehr gütig aus. Ich erriet, daß es sich um den alten Pfarrer von Saint Nicolas handelte.

»Meine Kinderchen! Was haben meine Kinderchen denn heute abend!« murmelte er.

Der Arm der Königin erstarrte in der Bewegung. Die Mädchen auf ihren Besen drängten sich rückwärts, wie Teufelinnen, die vor einem Regen von Weihwasser zurückwichen. Die Menge stand da mit offenem Mund.

Ich hatte jedoch keine Zeit, die friedvolle Schönheit zu bewundern, die von dem Greis ausstrahlte. Ein Ruf ertönte:

»Mérigon! Sie kommen!«

Ein Mann, der einen Stock schwang und dem Blut übers Gesicht floß, erreichte die Kirchentreppe; er rief, gleichzeitig an die Menge und an Mérigon Combres gewandt:

»Das sind Mörder! Der Ratsherr von der Daurade ist angekommen mit zwei Peitschenträgern und mit Büchsenschützen, und er hat die Brücke leergefegt. Sie werden versuchen, die Kirche zu umzingeln.«

Mérigon Combres zog seinen Kopf zwischen die Schultern, machte ein paar Schritte nach vorn, breitete die Arme aus und sagte:

»Mit dem Ratsherrn von der Daurade werde ich machen, was ich mit dem Ratsherrn Jean Madron gemacht habe. Ich breche ihm die Nase.«

Tatsächlich hatte er vor fünfzehn Jahren Jean Madron bei einem Aufstand die Nase gebrochen.

Büchsenschüsse knallten in der Nähe des Kirchplatzes.

»Macht die Lichter aus«, rief jemand.

Mit einem Schlag wurden alle Laternen gelöscht. Stöhnen und Flüche wurden laut, und die Menge wogte im Lärm der Waffen.

Eine kräftige Hand ergriff mich und zog mich fort, zwang mich, ins Dunkel zu laufen. Ich erkannte Tornebut, als er zu mir sagte:

»Biegt nach rechts ab. Wir verstecken uns bei mir.«

Nur einmal drehte ich mich noch um und sah von weitem den alten lächelnden Priester wie ein zartes Miniaturbild unter den acht scheußlichen Mumien von Saint Nicolas, zwischen den von Feuerstößen durchzuckten Schatten stehen. Mit zitternder Hand machte er eine Geste, um seine Kinderchen zu besänftigen.

»Jeder Rückschlag soll die Entschlossenheit stärken«, sagte ich zu Tornebut, »wenn man eine wirklich gefestigte Seele hat. Ich gebe die Hoffnung nicht auf, den Menschen zur Rettung zu verhelfen. Ich werde den Gral finden und die Herzen verwandeln, so wie ein Alchimist Blei in Gold verwandelt.«

Tornebut wandte sich besorgt um und antwortete:

»Wenn wir bloß die Reiter, die dort am Rand des Horizonts auftauchen, in friedliche Bauern verwandeln könnten, die von der Arbeit heimkehren! Sie sehen ganz so aus wie Feldjäger, die von den Ratsherren zu unserer Verfolgung ausgeschickt wurden.«

Wir waren an einer Wegkreuzung angekommen. Strohballen lagen aufgeschichtet am Rande eines Feldes. Ein Brunnen ließ sein Wasser in einen ausgehöhlten Baumstamm rinnen. In einiger Entfernung waren die ersten Häuser von Pamiers sichtbar, wo die Ariège hindurchfließt und die Pyrenäen ihre Schatten werfen. Das Land war von einer jener schweigenden Mächte erfüllt, die sich kurz vor dem Abend einschleichen und ihn anzukündigen scheinen.

»Die Reiter sind noch zu weit fort, als daß sie uns gesehen haben«, sagte Tornebut. »Legen wir uns zwischen die Strohballen und lassen sie vorbeireiten.«

Das taten wir, doch hatten wir nicht vorhergesehen, welche Anziehungskraft ein Brunnen auf müde Reiter ausüben kann. Die Reiter – sie waren zu fünft – stiegen ab und setzten sich unweit von uns nieder, während ihre Pferde tranken. Einer von ihnen, dessen joviales Gesicht ich wiedererkannte, stand gleich wieder auf, um sein schweißnasses Gesicht ins Wasser zu tauchen. Gleichzeitig setzte er mit seinen Gefährten ein unterwegs begonnenes Gespräch fort.

»Seine Frau hat die Gelegenheit genutzt, mit dem Ritter von Polastron durchzubrennen.«

»Das kann ihr auch niemand übelnehmen«, antwortete der Mann, der mir am nächsten saß. »Eine Frau, die jung und hübsch ist, hat es nicht gern, wenn man ihr ein alterndes Mädchen wie diese Marie Cose vorzieht.«

»Er ist schon seit langem nicht mehr ganz zurechnungsfähig«, sagte ein anderer. »Ich habe Verwandte in Avignonet. Na! und ich weiß, daß er sich dort die Zeit damit vertrieben hat, Gehenkte vom Galgen zu nehmen und sie in ein Grab zu legen.«

»Aber warum hat er das getan?«

»Aus Verrücktheit.«

»Der Sohn eines Ratsherren aus dem Viertel Peyrou!«

Die Männer sprachen noch über andere Dinge und ritten schließlich fort.

Als der Pferdelärm in Richtung Pamiers verklungen war, befreite ich mich aus dem Stroh, das mich zudeckte.

»Hast Du gehört, was diese Feldjäger gesagt haben, Tornebut?«

»Mein Kopf steckte so tief im Stroh, daß ich ihr Gerede nicht habe verstehen können«, sagte Tornebut, der meines Wissens ein feines Gehör besaß. »Aber ich habe immer sagen hören, daß Feldjäger schlechte Zungen haben und kaum Vertrauen verdienen.«

Wir schlugen einen kleinen Pfad ein, der uns von Pamiers wegführte, aber über einen Umweg wieder in Richtung der Berge leiten würde.

Als wir schweigend dahinwanderten, fragte ich meinen Gefährten:

»Kennst Du einen Mann, der Ritter von Polastron heißt?«

»Es gab eine Familie Polastron in der Rue d'Astorg, wie mir scheint.« Tornebut machte eine Geste, die andeuten sollte, daß wir ein Gespräch über diese Familie besser vermeiden sollten.

Doch ich nahm hartnäckig meinen Faden wieder auf:

»Alle Polastrons haben eine Besonderheit. Wegen der Form ihres Gesichts, und besonders wegen ihrer vorgewölbten Augen, sehen sie aus wie Frösche.«

Tornebut begann zu lachen, aber viel lauter, als es der Komik dieses Vergleichs entsprochen hätte.

In diesem Augenblick begannen am Rand eines Teichs Frösche zu quaken. Tornebut lachte noch lauter, und ich wurde mir der sinnlosen Boshaftigkeit meiner Worte bewußt. Denn der Gesang der Tiere ist wie ein Licht in der Seele.

Das Dorf Camors

Hinter Lavelanet im Ariège liegt in einem kleinen Tal ein Dorf, das Camors heißt. Dort sind seit undenklichen Zeiten die Menschen unglücklicher gewesen als anderswo, und die Kirche, die sie gebaut haben im Gedenken an ihre Leiden, ist 'Unserer lieben Frau der Schmerzen' geweiht.

Im Tal von Camors hat die Erde aufgrund einer verborgenen Bosheit kaum etwas anderes hervorgebracht als Dornengewächse und Farn — alles Pflanzen, die keine eßbaren Früchte tragen. Es gab zwar einen Bach, der zwischen den Felsen floß, aber sein Wasser färbte sich bisweilen rötlich und nahm einen eigentümlichen Geschmack an, so als hätte ein Berggeist irgendein Gift hineingegossen. Die Kinder wurden fast alle mit einem Kropf geboren, und Fremde mit schlankem Hals, die durch einen unglücklichen Zufall nach Camors verschlagen wurden, stellten ebenfalls fest, daß ihnen in kurzer Zeit ein Kropf wuchs. Durch das Tal wehte ein übler und immer kalter Wind. Die Tiere in den Höfen starben an unbekannten Krankheiten. Das nächtliche Heulen der Hunde klang verzweifelt, und selbst über dem Gesang der Grillen im Tal von Camors lag etwas Klagendes.

Ich hatte erfahren, daß der Dorfpfarrer Poitevin hieß. Die Familie Poitevin hatte schon so lange dort gewohnt, wie sich die dunklen Linien der Stammbäume zurückverfolgen lassen. Poitevin! Einer der vier heldenhaften Männer der Nacht von Montségur.

Wir gingen durch den Regen, und ich war nicht ganz sicher, ob wir uns auf dem richtigen Weg befanden. Ein Holzfäller kam uns entgegen, und ich fragte ihn, ob Camors noch weit entfernt sei. Er schien überrascht und gab mir zur Antwort:

»Sehr weit! Wenn Ihr an der Baumgruppe dort ankommt, seht Ihr Camors.«

Wir folgten den ansteigenden Windungen des Weges; er führte zu mehreren Tannen, die anscheinend große Mühe hatten, ihre Äste ausgestreckt zu halten. Als wir bei diesen Tannen ankamen, erblickten wir vor uns ein unaussprechlich trauriges Tal, an dessen Grunde ein See lag; mitten aus seinen trüben Wassern ragte die Spitze eines Glockenturms empor. Hier und da waren die Wipfel einiger Bäume sichtbar, und an den steilen Hängen, die von dem unbeweglichem Wasser durchschnitten wurden, erkannte man abgebrochene Pfade, die wohl zu den Schwellen von versunkenen Häusern führen mußten. Ein See hatte die Stelle des Dorfes Camors eingenommen. Ich bemerkte zwei weiße Vögel, die sich, nachdem sie ein paar Kreise in die Luft gezeichnet hatten, ganz vertraut auf den Überresten des Kirchturms niederließen, so als hätten sie dort ihre Niststelle.

Als ich verblüfft vor diesem unerwarteten Anblick stand, sah ich einen Reiter einen Rundweg entlangkommen, von dem aus das Tal überschaubar war; er fiel mir sogleich durch die forschende Art auf, wie er mich betrachtete. Er trug ein Mönchsgewand und ein ungewöhnlich langes Schwert. Entgegen der Gewohnheit der Mönche, die, wenn sie bewaffnet sind, ihre Waffen unter ihrer Robe tragen, trug er sein Schwert offen sichtbar. Auch die Länge seiner Sporen war auffällig. Regentropfen schimmerten in seinem schwarzen Bart, und sein durchdringender Blick heftete sich voll Neugier auf meine und Tornebuts Kleidung.

Auf meinen Wink hin zog er die Zügel seines Pferdes, und ich fragte ihn nach dem Schicksal von Camors.

»Dem Anschein nach sind nur ganz natürliche Dinge geschehen. Die wunderbarsten Ereignisse sind stets unter dem äußeren Schein der Alltäglichkeit verborgen. Als Folge der unterirdischen Tätigkeit des Wassers hat sich ein See aus einem über Camors gelegenen Tal nach unten verlagert. Nach den Gesetzen von Ursache und Wirkung, die für die Elemente gelten, ist das Dorf Camors überflutet worden. Es war das Wechselspiel von übereinandergelegenen Seen, wird einer sagen, der Wasser und Erde studiert. Doch ich, der ich der Vertraute und Freund von Julien Poitevin war, weiß, daß sich das Drama in seiner Seele abgespielt hat. Er war es, der das Wasser rief, und das Wasser ist gekommen, ihn zu verschlingen.«

»Julien Poitevin war der Pfarrer von Camors?« fragte ich.

»Seit Jahren. Ich bin im gleichen Kloster erzogen worden wie er. Er war ein frommer Mann und ist es lange Zeit hindurch geblieben — bis zu dem Tag, als er von einer Idee besessen wurde. Welche, habe ich nie erfahren. Er besaß ein Geheimnis, das er nie enthüllt hat. Welchem geheimnisvollen Weg mag die Seele eines Heiligen folgen, um in das Reich des Bösen zu gelangen? Julien Poitevin hatte von der Kraft des Unglücks gehört, das immer wieder das Tal von Camors heimsuchte. Er wollte die Bewohner gegen das Schicksal verteidigen, das sie traf, und erhielt ohne Schwierigkeiten die Stelle als Pfarrer von Camors. Er kämpfte nicht sehr lange: Bald schon erfaßte auch ihn der Sog des Unglücks. Es existiert eine enge Beziehung zwischen dem Übel einer Seele und der Schwere ihrer Prüfungen. Als ich ihn das letzte Mal besuchen kam, wußte ich, daß er verloren war. Und doch betete er ohne Unterlaß, nur wandte er sich nicht mehr an Gott. In Lavelanet wird man es Euch erzählen. Nachts streckte er sich auf einem Dolmen aus, dort unten, auf der anderen Seite des Sees, wo Ihr einen Weg ins Wasser führen seht. Er rief die Poudoueros, die Hexen, die im Dickicht leben. Er war stets in eine Art rötliches Halstuch gewickelt, denn ihm war ein Kropf gewachsen. Das lag am Wasser. Trinkt nur ja nicht davon. Zunächst schämte er sich deswegen, aber später ließ er ihn unbedeckt und prahlte sogar damit. Mir hat er gesagt, der Kropf sei das Zeichen der Bruderschaft mit dem Gebirge. Er hörte auf, die Messe zu lesen, und vertraute mir an, daß er eine andere Messe las, inmitten der Felsen. Er wollte, daß ich ihn nachts begleitete, wenn er zu wilden Orten ging.

'Du wirst Bassa Jaon kennenlernen', sagte er zu mir.

Das war ein Mann, der in die Wildnis zurückgekehrt war und auf den Höhen lebte. Eines Abends stieg ich mit ihm bis zum Rand jener Wälder, dort ganz oben. Er zeigte mir die Umrisse eines übernatürlich großen Wesens.

'Dort ist er! Er erwartet mich', murmelte er.

Ich bin geflohen, doch hinter mir hörte ich den Pfarrer von Camors heulen wie ein wildes Tier. Er hat das Wasser gerufen, und es ist gekommen. Es war keine Strafe des Himmels, wie man glauben könnte, sondern die Antwort auf ein Gebet, vielleicht auf einen Befehl.«

Der Mönch hielt inne und betrachtete nachdenklich den See vor uns.

»Sind diese weißen Vögel über dem Glockenturm nicht ein Zeichen dafür, daß der Lebensgeist aus den Kräften der Tiefe entweicht?« fragte ich ihn.

Er jedoch hatte den Kopf gehoben, wie jemand, der sich plötzlich mit anderen Dingen beschäftigt. Er streckte die Hand aus und befühlte den Stoff meines Gewandes.

»Das ist gute Qualität«, bemerkte er.

Er schien zu zögern, hob dann leicht die Schultern und ließ seinem Pferd die Zügel locker.

»Darf ich Euch fragen, zu welchem Orden Ihr gehört?« fragte ich ihn.

»Ich war Kapuziner. Jetzt bin ich Bettelmönch, aber auf eigene Faust.«

Er hob stolz den Kopf und schüttelte seinen Bart.

»Ich habe noch nie einen Bettler zu Pferde gesehen.«

»So kann ich häufiger um Almosen bitten.«

»Und noch nie einen Bettler mit solchen Sporen.«

»Und so kann ich schneller fliehen, wenn Flucht nötig wird.«

»Und noch nie einen Bettler mit einem so langen Schwert.«

»So kann ich die strafen, die keine Nächstenliebe üben.«

Ich fragte mich, ob er mich zu dieser Kategorie zählte, aber er hatte sich schon mit einer vagen Abschiedsgeste entfernt.

Die gelbe Sänfte

Die Zeit war vergangen. In Toulouse gab es wieder andere Ratsherren. Zweifellos hatte man mich vergessen. Zudem übt die Stadt mit den hundert Kirchen eine Anziehungskraft aus, der sich schlecht widerstehen läßt.

»Es ist Karneval, und niemand wird an uns denken«, sagte Tornebut.

Es war ein milder Nachmittag. Wir saßen am Straßenrand, hatten unsere Mahlzeit verzehrt, die Tornebut in seinem Rucksack getragen hatte, und wollten eben wieder aufbrechen. In der Ferne sah man die Türme der Stadt.

Stimmenlärm überraschte uns, und wir sahen, wie sich ein merkwürdiger Zug auf der Straße näherte, die wir gerade entlanggekommen waren.

Dieser Zug bestand hauptsächlich aus Frauen. Die meisten gingen zu Fuß, und das mit Mühe. Manche ritten auf Maultieren oder Eseln. Von den lebhaften Farben ihrer Kleider wurde man fast geblendet. Eine schwarzgekleidete Gestalt mit großem Hut ging voran und entlockte einer arabischen Guzla klagende Klänge. Ein weißhaariger Zwerg, der sich auf einen Stab stützte, hob hin und wieder die Arme und schien der einen oder anderen ermutigend zuzureden.

Auf meiner Höhe kam die Gruppe wie von selbst zum Stehen. Ich erkannte, daß all diese reisenden Frauen zu einer bestimmten Gattung zählten, nämlich zu den Dirnen.

Schreie und Seufzer erklangen. Jede ließ das Gepäck fallen, das sie trug. Ich sah die Spuren von Erschöpfung und Unglück auf diesen mit verwaschener Schminke bedeckten Gesichtern. Doch ich brauchte mich nicht lange zu fragen, welche Katastrophe über diese Geschöpfe hereingebrochen war und sie alle zusammen auf die Straße getrieben hatte, denn ich entnahm es sofort ihren Verwünschungen und Klagen. Der alte, langhaarige Zwerg gab mir bereitwilligst Auskunft.

Die Konsuln von Pamiers, Hugenotten von großer Strenge, hatten vor drei Tagen den Entschluß gefaßt, alle Dirnen aus ihrer Stadt zu vertreiben. Sicherlich hatten sie die Ausschweifungen vermeiden wollen, die sich im vorigen Jahr beim Karneval ereignet hatten. Doch diese Konsuln mit ihrem Herz aus Stein, die insgeheim zügelloser waren als alle anderen (das konnte der Zwerg persönlich bestätigen), hatten den Unglücklichen nur ein paar Stunden gegönnt, um ihre Habseligkeiten einzupacken und das Stadtgebiet zu verlassen. Der Name Raymond Pellipar kehrte unablässig in den Flüchen wieder, die sich gegen die Konsuln erhoben. Er hatte schon in seiner Jugend die Einwohner von Pamiers aufgewiegelt und die Plünderung des Jesuitenhauses angestiftet. Jetzt war er alt und verjagte hilflose Frauen! Ob ich nicht auch glaubte, daß die Jesuiten, würde man sie jetzt in Toulouse aufsuchen und ihnen sagen: 'Schaut, hier sind die neuen Opfer von Raymond Pellipar!', bewaffnete Männer schicken würden, um Pamiers zu belagern und die Frauen in ihre Häuser zurückzubringen?

Nein, das glaubte ich keinesfalls. Die Toulouser Jesuiten kümmerten sich kaum um das Schicksal von Frauen. Sie dachten auch nicht mehr daran, in ihr zerstörtes Kolleg von Pamiers zurückzukehren, obwohl ein Edikt des Königs vor kurzem einen vorläufigen Frieden zwischen Katholiken und Hugenotten geschaffen hatte.

Der Zwerg kannte dieses Edikt und rief den unwissenden Frauen zu, sie sollten Ruhe geben.

Ich beugte mich sogar hinab, um diesem kleinen Mann, der

mir vernünftig zu sein schien, meine Zweifel ins Ohr zu flüstern, welchen Empfang die Toulouser Torwächter den Mädchen aus Pamiers bereiten würden. Fremden war der Zugang zur Stadt verwehrt — ich wagte ihm nicht zu sagen, daß dies für Bettler und Leute mit lockerem Lebenswandel galt.

Ich hatte zu laut gesprochen; die Frauen in der Nähe hatten mich verstanden. Verzweiflungs- und Protestschreie wurden laut.

Demnach würden sie überall verjagt werden! Es gab keinen Platz für sie auf Erden! War Toulouse nicht eine katholische Stadt? Ich verstand, daß sie in ihren Gedanken eine eigentümliche Verbindung schufen zwischen dem katholischen Glauben und ihrem Gewerbe. Sie hatten all ihre Hoffnung auf Toulouse gesetzt. Würden sie dort nicht eingelassen, so war ihnen der Tod sicher.

Ein großes, rotgekleidetes Mädchen, deren Zöpfe fast die gleiche Farbe hatten wir ihr Kleid, begann vor mir zu gestikulieren.

»Ich bin Bonice, die Provenzalin. Alle Welt kennt mich in Toulouse. Ihr habt sicher von Cornusson gehört, dem ehemaligen Seneschall des Königs. Er tut alles, was ich will. Sobald er mich sieht, wird er mich in einem Palast unterbringen.«

Eine ältere Frau, die in ein braunes Cape gehüllt war und sich auf einen Stock stützte, kam auf mich zu und schob mich ein wenig fort, um abseits mit mir zu reden, so wie es zwei Kumpane tun, welche dieselben Geschäfte betreiben und sich darum ohne Schwierigkeiten verstehen. Ihr gehörte ein Freudenhaus.

»Meine Schwester Honorine Rouziès besitzt ein Haus in der Rue de la Hache. Sie würde mindestens vier dieser armen Frauen beschäftigen. Zeugt das nicht von großem Mitleid?

Und wohlgemerkt, sie will die ältesten, die es am schwersten haben, für ihren Lebensunterhalt zu sorgen. Sorgt dafür, daß ich mit den vieren dort nach Toulouse hineinkomme, und ich gebe Euch fünfundzwanzig Taler.«

Sie machte sogar eine Bewegung, wie um das Geld aus ihrem Gewand zu holen. Unter den Frauen, die sie mir zeigte, bemerkte ich eine kleine, stille Alte, die behutsam einen mit einem Tuch bedeckten Korb unter dem Arm hielt.

Tornebut schüttelte den Kopf. Die Tore von Toulouse waren in den letzten Jahre strenger bewacht worden. Ich erinnerte mich daran, daß man vor nicht allzu langer Zeit, aus Angst vor der Pest, Bettler aus dem Lauragais und aus der Gegend von Narbonne hinter den Stadtwällen hatte sterben lassen. Es war Sommer, und die unbegrabenen Leichen hätten um ein Haar eine Pestepidemie, die man dadurch gerade vermeiden wollte, herbeigeführt. Außerdem waren die Überfälle der Räuberbanden gefürchtet, die durch die Lande streiften, oder ein plötzlicher Angriff der Hugenotten. Es stimmte zwar, daß der kürzlich geschlossene Frieden die Wachsamkeit geschwächt haben dürfte, jedoch wußte ich nicht, in welchem Ausmaß.

Alle standen im Kreis um mich herum. Ich wurde als Retter in der Not betrachtet. Ich sah Frauen, die hastig die Falten ihres Schultertuches zurechtzupften. Andere warfen mir flehende Blicke zu. Eine Braune mit großen traurigen Augen, deren Gesicht zur Hälfte unter einem Umhang verborgen war und die abseits auf einem Maultier gesessen hatte, stieg ab und näherte sich mir. Mir schien, daß der Guzla-Spieler nicht ganz Herr seiner Sinne war, denn trotz der ernsten Beratschlagung spielte er weiter, und seine mageren Beine bewegten sich ab und zu in einem ganz ungewöhnlichen Tanzschritt.

Der Zwerg tippte sich an die Stirn, wie um mir ein Zeichen zu geben, nachsichtig mit jenem zu sein.

»Die Nächte der roten Laterne haben ihm den Verstand geraubt.«

»Vielleicht«, sagte ich zu Tornebut, »bewacht immer noch Antoine von Peyrolade das Tor Saint Etienne. Wenn wir ihm das Schicksal dieser Geschöpfe schildern, läßt er sie vielleicht nach Toulouse hinein.«

Ich gab der Truppe ein Zeichen, mir zu folgen und schlug einen schmalen Weg ein, der um die Stadtmauer herumführte und mich zum Tor Saint Etienne bringen würde. Der Zwerg hielt sich zu meiner Rechte. Der Guzla-Spieler ging an meiner linken Seite und unterbrach von Zeit zu Zeit sein Spiel, um einen merkwürdigen Hüpfer zu vollführen. Die Frauen und auch einige Männer mit Galgenvogelgesichtern folgten uns.

Wir waren nicht mehr sehr weit vom Tor Saint Etienne entfernt, als wir uns plötzlich einer anderen Gruppe gegenüberfanden, die aus nicht minder seltsamen Gestalten bestand und auf einem anderen Weg heranzog. Auch sie bewegte sich auf das Tor Saint Etienne zu. An ihrer Kleidung erkannte ich, daß es Mauren waren.

Sie waren vor kurzem aus Spanien ausgewiesen worden und hatten sich in großer Zahl über Frankreich verteilt. Die meisten waren in die Provence dirigiert worden, von wo aus man sie nach Marokko eingeschifft hatte; doch kleine Gruppen waren der Aufsicht entgangen und versuchten, mit Hilfe der kargen Nächstenliebe der Menschen zu überleben. Sie wurden mit Steinwürfen verjagt, und manchmal gewährte man ihnen auch Einlaß, nur um sie auszurauben, denn das Gerücht ging um, daß sie in ihren Gürteln spanische Dublonen versteckt hielten.

Diese hier wurden von einem großen Mann angeführt, der so mager war, daß er wie ein Skelett aussah. Er trug ein gewaltig großes Buch unter dem Arm, und ein junges Mädchen, wohl seine Tochter, war mit weiteren Büchern beladen, die eine Schnur zusammenhielt.

Er näherte sich mir, und ich hatte den Eindruck, daß sich sein Gesicht bei meinem Anblick aufhellte. Mit seiner Fingerspitze berührte er rasch die Stelle meines Herzens. Erst glaubte ich, daß er mich schlagen wollte, doch ich besaß genug Selbstbeherrschung, um keine Bewegung zu machen. Er begann in äußerster Geschwindigkeit zu sprechen, wenn auch in seiner Sprache, die ich nicht verstand. Von Zeit zu Zeit wies er auf sein Buch.

Glücklicherweise kam eine der Frauen aus Pamiers heran, die maurischer Herkunft war, und übersetzte mir seine Worte.

Er hatte in mir seinen Bruder erkannt und vertraute darauf, daß dieses Band zwischen uns ihm und den ihn begleitenden Mauren den Zugang nach Toulouse ermöglichen würde. Er hatte die Absicht, öffentliche Vorträge in arabischer Sprache zu halten, da er in Anbetracht des Ansehens, das Toulouse besaß, nicht daran zweifelte, daß alle Studenten diese Sprache verstanden. Er hatte versucht, durch ein Tor in der Nähe einer großen Burg in die Stadt zu gelangen, aber die Soldaten hatten ihn abgewiesen.

Wenn er und seine Gefährten am Tor des Château Narbonnais nicht gefangengenommen worden waren, wo der furchtbare d'Astorg befehligte, so verdankte er es, dachte ich mir, nur seinem guten Stern, der ihn an einem Karnevalsdienstag nach Toulouse geführt hatte.

Ich warf einen Blick auf die Leute in ihren buntscheckigen, elenden Kleidern, die mich umgaben, und fragte mich, aufgrund welcher seltsamen Fügung sie so unvorsichtig waren, Vertrauen in mich zu setzen. Aber nun konnte ich nicht mehr zurück. Ich beschwor innerlich das Gesetz, das alle Ereignisse lenkt, und bat es, meine Bemühungen in eine günstige Richtung zu leiten. Ich dachte an Antoine von Peyrolade, nahm einen jovialen Gesichtsausdruck an, wie ihn die Begegnung mit einem alten Freund verleiht, den man seit langem nicht gesehen hat, und schritt entschlossen in Richtung des Tors Saint Etienne.

Es war geschlossen, aber die kleine Tür an der Seite stand offen, und mit großer Befriedigung entdeckte ich Antoine von Peyrolade, der auf einer kleinen, in den Stein der Stadtmauer gehauenen Bank saß. Sein Gürtel war geöffnet, sein rotes Gesicht leuchtete, und er saß hinter seinem Bauch, so als würde dieser nicht zu ihm gehören.

Ich brauchte die Sätze nicht auszusprechen, die ich vorbereitet hatte. Die kleinen, leuchtenden Augen des Antoine von Peyrolade richteten sich abwechselnd auf die Mauren und auf die Frauen aus Pamiers. Doch die Überraschung verschwand sogleich von seinem Gesicht. Er hatte verstanden. Ich habe nie erfahren, was er genau dachte. Hielt er es für einen Karnevalsscherz, den ich den Toulouser Bürgern bereiten wollte und der außerhalb der Stadtmauern vorbereitet worden war, damit die Überraschung größer sei? Man hörte das Glockengeläut des Gottesdienstes, den der Erzbischof am Karnevalsdienstag für die verkleideten Studenten und Zünfte in der Kirche von Saint Etienne hielt. Zweifellos vermutete er, daß wir dorthin zogen. Er konnte dem Vergnügen nicht widerstehen, eine Rolle in diesem wunderbaren Spiel einzunehmen, das mit soviel Sorgfalt vorbereitet worden sein mußte.

»Öffnet das große Tor«, rief er mit schallender Stimme den Wachposten zu.

Ich beeilte mich, ihm lustig zuzuwinken.

Gern hätte ich meinem Gefolge ein Zeichen gegeben, sie sollten fröhliche Gesichter machen. Statt dessen setzten sie noch traurigere Mienen auf, um Mitleid zu erregen; doch der joviale Antoine von Peyrolade glaubte wohl, daß dies zur Rolle der Schauspieler gehörte.

»Ihr habt aber Glück gehabt, daß Ihr Euch diesen hier habt besorgen können«, sagte er und legte dem Zwerg dabei die Hand auf die Schulter.

Glücklicherweise hatte der schlaue Alte verstanden; er schnitt Gesichter und fuchtelte mit den Armen herum. Er hielt sogar den Guzla-Spieler zurück und tanzte mit ihm.

Antoine von Peyrolade platzte fast vor Lachen.

»Das maurische Gerippe mit dem Buch ist köstlich«, sagte er.

Alle beeilten sich. Die Toulouser Luft war von Glockenmusik erfüllt. Die Sonne, die einen Augenblick lang hinter Wolken verschleiert gewesen war, erleuchtete die Szene. Ich bemerkte, daß ein ganzer Schwarm Tauben, der auf der Mauer aufgereiht gesessen hatte, ohne erkennbaren Grund mit wildem Flügelschlag davonflog.

Und genau in diesem Augenblick geschah es, daß ich in einiger Entfernung auf dem Weg, den wir gekommen waren, eine gelbe Sänfte sich in Richtung auf das Tor Saint Etienne zubewegen sah. In einiger Entfernung, sage ich, doch ich hatte es wohl falsch eingeschätzt. Sie mußte ganz nahe gewesen sein, als ich sie zum erstenmal erblickte, denn nach wenigen Augenblicken, ich hatte kaum den Kopf gewandt, befand sich die Sänfte schon mitten unter den letzten Frauen aus Pamiers, die sich beeilten, in die gelobte Stadt zu gelangen.

Es war in der Tat eine ungewöhnliche Sänfte, wie ich sie noch nie gesehen hatte: schmaler und vor allem höher als üblich, aus einem Holz, dessen gelbe Farbe Angst machte: ein selten gesehenes Gelb, dessen Farbton vage Bilder von Verzweiflung wachrief. Vielleicht waren die Vorhänge schwarz, aber da bin ich nicht sicher. Die beiden Träger, deren Gesichter wächsern wirkten unter ihren Dreispitzen, die ebenso gelb waren wie die Sänfte, sahen den gewohnten Trägern, den Angehörigen der Toulouser Sänftenträgerzunft, gar nicht ähnlich. Ich könnte nicht sagen, worin sie sich von ihnen unterschieden — vielleicht durch eine dumpfe Gleichgültigkeit, die mechanischen Bewegungen, etwas Leeres und Starres in ihrem Blick. Und während ich verdutzt diese rätselhafte Sänfte betrachtete, hob sich einer der gelben oder schwarzen Vorhänge, und für eine Sekunde sah ich ein verzerrtes Frauengesicht, geisterhaft und dennoch von einem Totengrinsen gespalten, das die Zähne eines Leichnams zeigte. Gleichzeitig machte eine elfenbeinerne Hand, die ich für tot gehalten hätte, wenn sie sich nicht in meine Richtung bewegt hätte, eine rasche Dankesgeste, die etwas herablassend, wie von einer Königin war. Dann senkte sich der Vorhang.

Alle waren auseinandergewichen. Die beiden Träger fielen in einen leichten Laufschritt. Ich sah, daß das Lachen auf dem Gesicht des Antoine von Peyrolade erstarrt war. Er griff nach meinem Arm.

»Dieses Gelb! Habt Ihr diesen gelben Farbton wiedererkannt?«

»Nein, aber . . .«

»Das ist das Gelb der Uniform, die der Sanitätshauptmann und all jene trugen, die vor fünfundzwanzig Jahren bei der großen Pestepidemie die Toten auflesen mußten. Keiner wagt es, dieses Gelb zu tragen, damit nicht das Unglück herbeigelockt wird.«

Die Masken von Saint Etienne

Ich ging in Richtung des Platzes von Saint Etienne und fühlte mich wie erdrückt unter dem Gewicht meiner guten Tat. Keiner von denen, die ich in das Toulouser Stadtgebiet hereingeführt hatte, wollte mich verlassen; sie alle liefen hinter mir her.

Eine große Menschenmenge drängte sich auf dem Platz Saint Etienne, und in der Mitte, vor der Kathedrale, blieb ein großer freier Raum. Dort fand ich mich wieder, von hinten vorangedrängt und von der vagen Hoffnung bestimmt, durch eine schnelle Gangart meine Freiheit wiederzugewinnen.

Schwindel ergriff mich. Auf der rechten Seite der Kathedrale standen die sechzig Parlamentsmitglieder, die ich kaum wiedererkannte, so übergroß und geometrisch erschienen mir ihre quadratischen Mützen. Zur Linken stützte sich der Seneschall des Königs feierlich auf einen Stab mit goldenem Knauf; seine Berater standen dort, seine Offiziere, seine Junker und auch die acht Ratsherren mit der Schärpe von seltsam leuchtendem Rot als Zeichen für ihren Rang. Ein wenig weiter hinten standen in Gruppen die Vertreter aller religiösen Orden und der verschiedenen Klöster, mit ihren Fahnen und Kreuzen, den Reliquienschreinen und den hölzernen Truhen mit den Gebeinen der Heiligen. Ich erkannte das Kapitel von Saint Sernin, das der Daurade, die blauen Büßer und einen Orden, dessen Namen ich nicht kannte und dessen Mitglieder silberne Heiliggeist-Embleme auf der Brust und weiße Stäbe in der rechten Hand trugen. Auf allen Seiten sah ich goldene Kreuze, Reliquiarien, Hellebarden glänzen. Zwölf Männer in violetten Uniformen hoben übergroße Trompeten zum Himmel.

Erst als ich in der Mitte des Platzes stand, wurde mir meine

Unbesonnenheit bewußt. Zu spät! Ungeheurer Jubel brach los. Überrascht sah ich, wie sich die Gruppe der Parlamentsmitglieder auflöste; die meisten eilten auf mich zu. Der Seneschall des Königs begann einen grotesken Tanz, und die Ratsherren ahmten ihn nach. Gleichzeitig schickten die Trompeter eine schallende Fanfare gen Himmel.

Jetzt erst bemerkte ich die Übergröße der Trompeten, das unnatürliche Glitzern der Reliquiarien und Schreine, die Komik der Heiliggeist-Embleme und der Totenköpfe auf der Brust der Mönche. Ich sah, daß der Präsident des Parlaments sein Gewand ausgestopft hatte, um größer zu erscheinen; daß der Abt von Saint Sernin eine falsche Nase trug, die er mit Hilfe einer Schnur hin- und herbewegte; daß der Schnurrbart des Seneschalls aus einer ausgestopften Schlangenhaut bestand.

An einer anderen Ecke des Platzes erblickte ich einen Kaiser Karl den Großen, der einen so langen Bart trug, daß er von zwei Pagen gehalten werden mußte, und einen Ritter Roland, dessen gezücktes Pappschwert so breit war wie er selbst. Daneben standen allegorische Figuren, mythologische Götter und die gesamte Dynastie der spanischen Könige, dargestellt von der Bruderschaft spanischer Studenten, deren Anführer ich wiedererkannte — einen alten, immer noch unwissenden Studenten, der in ganz Toulouse berühmt war. Mehrere Götter und einige Könige stürzten in meine Richtung.

Doch nicht ich war es, der solche Bewegung in das Maskenvolk gebracht hatte. Die junge Braune auf ihrem Maultier hatte ihren Umhang abgelegt; ihre Traurigkeit war verschwunden, sie ließ amüsierte Blicke über die Menge schweifen und wirkte wie eine Königin, die von einem ungeschliffenen und vergnügungssüchtigen Hofstaat umgeben wurde. Das Aussehen der Frauen aus Pamiers hatte sich plötzlich gewandelt. Ich sah eine, die auf ihren spärlich behaarten Schädel den Inhalt eines Parfümfläschchens goß, das sie wohl für den Fall einer Verführung im Ärmel verborgen gehalten hatte. Hier und da blitzten mehrere Spiegel auf; ungebändigte Haarschöpfe waren in ein paar Sekunden zu glänzenden, sorgfältig gescheitelten Frisuren geworden. Hoffnung lebte in den Blicken, eine berufsmäßige Freude wölbte die Brüste und streckte die Körper. Der Guzla-Spieler drehte einige Pirouetten. Nur die alte Frau mit dem Korb zeigte einen geheimnisvoll überirdischen Gesichtsausdruck.

Ein ungeheures Durcheinander brach aus. Hätte Tornebut mich nicht in seinen Armen festgehalten, wäre ich zu Boden gestürzt.

»Ich, der Olympische Jupiter, biete Euch diese unbekannten Frauen zum Geschenk an«, rief mit schallender Stimme ein Mann, der das Kostüm des Götterkönigs trug. Die Frauen stießen Schreie aus und gaben vor, Widerstand zu leisten. Die junge Königin hatte mit einem provozierenden Lachen ihr Maultier steigen lassen, so daß sich ihr keiner nähern konnte. Studenten mit Turbanen, als Prinzen von Granada kostümiert, mischten sich unter die wirklichen Mauren, die ihnen wohl weniger geschickt verkleidet erschienen als sie selbst.

»Wir haben alles getan, was wir konnten, für jene, die uns die Vorsehung geschickt hat«, sagte ich zu Tornebut. »Nutzen wir die Gelegenheit, ihnen zu entkommen.«

Nicht ohne Mühe zwängten wir uns durch die Menge, überquerten den Platz und eilten in Richtung der Rue de la Croix Baragnon.

Ich kann es nicht beschwören, aber ich glaube, daß vor uns, in einer gewissen Entfernung, wo sich die Rue de la Croix Baragnon und die Rue Tolosane kreuzen, die gelbe Sänfte rasch vorbeiglitt, fast ohne den Boden zu berühren, und lautlos wieder verschwand.

Hinter uns aber erklangen Schritte. Offenbar besaßen die Leute eine hohe Meinung von meiner Macht, nachdem ich ihnen das Tor von Saint Etienne geöffnet hatte. Der Mann mit dem Buch und seine maurischen Gefährten hatten mich ebensowenig verlassen wollen wie der Guzla-Spieler und mehrere reizlose Frauen, die von den Masken nicht zurückgehalten worden waren.

Ich legte einen Schritt zu — sie auch. Die Straßen waren sehr bevölkert, aber mir wurde klar, daß ich sie nicht würde abschütteln können. In der Rue Saint Rome wandte ich mich an einige Bürger und mahnte sie zur Nächstenliebe. Konnten sie nicht ein paar arme Leute bei sich aufnehmen? Doch ich erntete nichts anderes als Entrüstung. Diese Armen waren schließlich nur Heiden und leichte Mädchen, und für beide hatten die Ratsherren harte Gesetze erlassen. Ich konnte von Glück reden, daß heute ein Festtag war!

Lange Zeit irrten wir durch die Straßen, und ich spürte, daß meine Begleiter von der Müdigkeit übermannt wurden. Ich dachte nicht mehr daran, sie zu verlassen. Ich empfand Mitleid mit ihnen und stützte sogar mit einem Arm den Buchträger. Alle Türen schlossen sich vor uns. In der Rue du Taur kam es beinahe zu Gewalttätigkeiten, denn die Leuten griffen zu Stöcken. Ein Weib erkannte mich wieder und brach in wütende Schmähreden aus.

»Wißt Ihr nicht, daß ich zwei Töchter habe! Und Ihr wollt, daß ich so etwas bei mir aufnehme!«

Voller Verachtung deutete sie auf die unglücklichen Kreaturen aus Pamiers, die sich erschöpft gegen die Wand hatten sinken lassen.

Der Ehemann dieser Frau erschien am Fenster. Er besaß einen beißenden Humor.

»Wie ich sehe, habt Ihr den Beruf gewechselt, der vorige ist ehrenhafter gewesen.«

»Warum führt er sie eigentlich nicht zu sich nach Hause?« fragte ein Nachbar. »Er hat doch ein schönes Haus im Viertel Arnaud Bernard.«

Das war eine Idee. Mir fiel ein, daß meine Frau mit dem Ritter von Polastron auf und davon gegangen war.

»Kommt«, sagte ich. »Eure Mühen haben ein Ende.«

Der Abend brach herein, als wir zum Tor Arnaud Bernard gelangten; nicht weit davon stand mein Haus. Zu unser aller Glück fanden wir Timotheus in seinem Häuschen, das an meinen Garten grenzte.

»Es ist nicht mehr viel da«, sagte er, »aber Möbel gibt es noch.«

Im Nu waren alle Räume belegt. Nur wegen des Zimmers im Erdgeschoß, dessen Fenster auf die Straße gingen, kam es zu einem kleinen Zwischenfall. Es mußte den Frauen wohl bequemer als die anderen erscheinen, und es entstand ein Streit darüber, wer es haben sollte.

»Wir verbringen die Nacht bei Dir«, sagte ich zu Tornebut.

Als wir fortgingen, warf ich noch einen Blick zurück. Timotheus hatte gerade eine Laterne angezündet. Durch ein Fenster im ersten Stock sah ich den alten Mauren mit dem Buch, der in einem Sessel eingeschlafen war. Irgendwo musizierte immer noch der Guzla-Spieler, und vielleicht tanzte er auch dazu. Im Erdgeschoß kämmte sich eine Frau und spähte dabei bereits auf die Straße.

Wir mußten wieder nach Saint Cyprien zurückgehen. Wir waren sehr müde, Tornebut und ich. Erneut sah ich die gelbe

Sänfte an der Garonne entlang in die Richtung von Tounis gleiten, und als sie vor der Laterne der Alten Brücke vorbeikam, warf sie plötzlich einen riesigen Schatten, einen schmalen Schatten, der wie mit einem Schwert aus der Finsternis die Stadt mitten durchzuschneiden schien.

Die Pest in Toulouse

»Die Pest ist in Toulouse«, sagte ein rücksichtsloser Mensch zu der alten Gräfin Adelaïde von Montpezat, die eine Wohltäterin der Stadt war und berühmt für ihre hochgewachsene Gestalt und ihren Mut.

»Ihr lügt«, antwortete sie mit ihrer gewohnten Energie, erhob sich und fiel tot um. So tötet die Angst mit größerer Gewißheit als die Krankheit. Seit Jahren war es in vielen Toulouser Kreisen nicht erlaubt, das Wort Pest auszusprechen, und wenn sie ausbrach, so herrschte unter den Gebildeten die Übereinkunft, ihre Existenz zu leugnen, um das Volk zu beruhigen. Die Bescheid wußten, verteilten sich in der Stadt, sie verkündeten, ja schworen, daß es keine Pest gebe und daß niemand Angst haben müsse; so erfuhren alle, die es noch nicht wußten, daß in Toulouse die Pest herrschte, und sie säten die Angst, wie man Feuer mit einer Fackel verbreitet.

Genau in dieser Zeit wurde ich von Melancholie befallen. Die Melancholie hatte sich in mich herabgesenkt wie ein schwarzer Vogel in ein Weizenfeld. Ohne Grund hatte sie mich ergriffen, und zweifellos wurde ich durch sie vor der Pest bewahrt; denn wer von vollkommener Trauer oder Freude erfüllt ist, gleicht einem Gefäß, in dem sich auch nicht mehr der kleinste leere Fleck für einen Krankheitskeim findet. Es gab kein von der Krankheit heimgesuchtes Haus, in das ich nicht eintrat; ich besuchte und pflegte fast alle Kranken von Toulouse. Je schlimmer ihr Leiden war, desto stärker hatte ich das Gefühl, als wäre es die Folge aus einer unverzichtbaren Kraft, gegen deren Ausbreitung ich vielleicht nicht hätte ankämpfen dürfen. Leiden und Tod waren Reaktionen der niederen Bereiche, die der Seelenaktivität zuträglich waren. Ich tat mein Bestes, um gegen sie anzugehen, doch war nicht sicher, ob ich damit im Recht war und nicht etwa gegen die göttliche Ordnung verstieß. Denn die einzig wirksame Handlung zum Nutzen unserer Mitmenschen ist eine, die Einfluß auf den geistigen Bereich nimmt.

»Wie ist die Pest nach Toulouse gekommen?« fragte man sich, und jeder dachte insgeheim an das Schicksal der Jeanne von Saint-Pé, die vor einem Jahrhundert vom Parlament zum Feuertod verurteilt worden war, weil jemand sie, ohne jeglichen Beweis, beschuldigt hatte, das ansteckende Faulfieber weitergegeben zu haben.

Die Franziskaner zogen in feierlichen Prozessionen an den Stadtmauern entlang, besonders in der Nähe des Tores Montolieu, wo die Bettler aus der Gegend von Narbonne, denen die Angst vor der Pest den Zugang nach Toulouse verwehrt hatte, elend umgekommen waren. Einer ihrer Brüder mit visionären Fähigkeiten hatte die zornigen Seelen dieser Bettler um die mitleidlose Stadt herumschweben sehen; er hatte sogar mit ihnen gesprochen, und sie hatten ihm versichert, daß die Strafe dafür nicht lange auf sich warten ließe. Von da an rechnete der Franziskanerorden, der diesem heiligen Manne vertraute, mit dem Schlimmsten.

Die Krankheit wütete vor allem in den Freudenhäusern der Rue de la Hache und auf der Insel Tounis. Der Ratsherr von Saint Barthélémy, dessen Beichtvater ein Franziskanermönch war, befürchtete, die zornigen Seelen der Bettler aus dem Lauragais könnten auch sein Viertel bestrafen, das an den betroffenen Stadtteil grenzte. Er stellte Bogenschützen an, deren Aufgabe es war, Pfeile in den Himmel zu schießen. Der Franziskaner, der sein geistlicher Berater war, versicherte ihm, daß die

Seelen selbstverständlich nicht durchbohrt würden, da sie körperlos wären; die ungewohnte Gegenwart der Pfeile würde ihnen jedoch lästig werden und sie zum Rückzug veranlassen. Die herabfallenden Pfeile verletzten mehrere Bürger, und nur auf Drängen der versammelten Ratsherren konnte ihr Kollege von dieser Verteidigungsstrategie abgebracht werden.

Viele meinten, die Pest sei nicht ohne Grund zuerst in der Rue de la Hache ausgebrochen. Was war die Krankheit denn anderes als ein Ausdruck für den inneren Unrat der Wesen? Diese schwärzlichen Beulen, die auf den Körpern erschienen, standen in Beziehung zu einem ausschweifenden Lebenswandel, der das Blut und die Seele verdarb. Man war den Dirnen gegenüber zu nachsichtig gewesen. Man hatte die Peitschenstrafe für jene abgeschafft, die in zu unzüchtigen Kleidern auf die Straße gingen. Man hatte, ohne daß feststand, wer die Verantwortung dafür trug, die Frauen hereingelassen, die von den hugenottischen Konsuln aus Pamiers verjagt worden waren. Herrschte in Pamiers etwa die Pest?

Manchmal stellte ich mir Fragen zu diesem Thema. War ich nicht unbewußt ein Werkzeug des Schicksals gewesen? Hatte sich nicht eine Trägerin der Krankheit zwischen jene geschlichen, denen ich das Tor Saint Etienne hatte öffnen lassen? Und diese merkwürdige Sänfte, die ich an jenem Tag gesehen hatte und der ich seither nie wieder begegnet war! Es gab da ein Geheimnis, das zu klären mir nicht gelang.

Ich muß bekennen, daß fast alle Frauen aus Pamiers von Anfang an krank waren. Die Rue de la Hache mit ihren Soldatenkneipen hatte sie aufgenommen. Man hatte eine Wache auf der Brücke zur Insel Tounis aufgestellt und mit Ketten die beiden Enden der Rue de la Hache versperrt. Bestimmte Männer, die mutiger oder weniger empfindlich waren als die anderen, hatten sich der Pest angenommen. Sie wurden 'Fayssiers' genannt und trugen, niemand weiß warum, ebenso wie der Sanitätshauptmann eine Uniform in einem unheimlichen Gelb, dazu eine gleichfarbige Mütze, und auf ihre Brust war ein heiliger Sebastian in Rot gestickt.

Nicolas von Tolentin, der Sanitätshauptmann, war ein rätselhafter Mensch. Ihm fehlte jegliches Mitleid; nie sah ich ihn bei einem Toten beten, und dennoch erfüllte er fast ohne jede Bezahlung seine furchtbare Aufgabe. Er schlief kaum, drang gewaltsam in die Häuser ein, half selbst, die Kranken ins Hospital von Saint Cyprien zu bringen. Ich fragte ihn einmal nach dem geheimen Motiv für eine solche Aufopferung, und er antwortete: »Ich liebe den Tod.«

★ ★
★

Honorine Rouziès leitete in der Rue de la Hache unter dem Namen 'Blumenkorb' das größte Frauenhaus von Toulouse. Sie hatte ihre Schwester Marianne bei sich aufgenommen und mit ihr die vier Frauen, die diese in ihrem bescheideneren Haus in Pamiers beschäftigt hatte. Ich ging jeden Tag zum 'Blumenkorb'. Man hatte mir vor allem die Rue de la Hache anvertraut; die anderen Ärzte kümmerten sich um die Insel Tounis, die Rue des Paradoux und mehrere Klöster, in denen ohne erkennbaren Grund die Pest ausgebrochen war.

Ich hatte bemerkt, daß alle Medikamente, ob sie nun von den Ärzten oder den Scharlatanen verteilt wurden, den Krankheitsverlauf beschleunigten und zum Tode führten. Meines Wissens ließ sich die Pest nur heilen, wenn sich plötzlich eine hohe Tugend in der Seele des Kranken entwickelte. Doch das

Aufbrechen eitriger Beulen in der Leistengegend und unter den Achseln läßt den, der mit einem so schrecklichen Leiden geschlagen ist, eher zu Mutlosigkeit und Gotteslästerung neigen. Ich tat mein Bestes, um dieser Schwierigkeit zu begegnen. Und es geschah tatsächlich, wenn plötzlich die Liebe zu Gott, die Loslösung von irdischen Gütern, die Seele des Kranken erfaßte, daß er sich dann in kurzer Zeit geheilt fand, so als hätte die Seele einen Lichtschein auf das Leiden des Körpers geworfen und es auf diese Weise umgewandelt.

Mehrere Frauen im 'Blumenkorb' waren gestorben. Zwei waren kürzlich befallen worden, und Marianne Rouziès hatte sich mit heftigen Schmerzen in der Leistengegend hingelegt. Verzweiflung herrschte im Haus.

Eines Morgens kam ich zur Rue de la Hache und traf Honorine Rouziès, die das Gemüse holte, das die Gärtner am Eingang der Straße für die Bewohner zurückließen. In ihrer Haltung lag etwas Wachsames, fast Freudiges.

»Geht es den Kranken besser?« fragte ich.

»Es geht ihnen schlechter.«

»Also?«

»Marie Seli hat einen Traum gehabt.«

Marie Seli war jene ältere Frau, die mir unter den Begleiterinnen von Marianne Rouziès aufgefallen war, weil sie einen Korb unter dem Arm trug und ein friedvolles Gesicht hatte.

In dieser Nacht, erzählte mir Honorine, war sie nicht schlafen gegangen. Im Morgengrauen hatte man sie kniend gefunden. Sie war im Beten eingeschlafen, und in dieser Stellung hatte sie den Traum gehabt.

Dem Traum waren die Worte einer Stimme vorausgegangen, die deutlich gesprochen hatte:

»Marie Seli, erhebe Dich. Geh zur Kirche von Saint Sernin, und bete dort zu Christus und dem heiligen Saturninus am Rande des Sees, der unter der Erde liegt.

Aus dem restlichen Traum, von dem ich nur einen undeutlichen Bericht erhielt, ging hervor, daß es mit der Pest vorbei wäre, wenn Marie Seli auf die vorgeschriebene Weise zu Christus und dem heiligen Saturninus betete.

Das Verschwommene an dieser Erzählung hätte mich auf den Gedanken bringen müssen, daß es um noch etwas anderes ging bei der Geschichte, die mir Honorine Rouziès hier mitteilte. Doch ich kümmerte mich nur um die Stimme, die erklungen war, und ließ mir zehnmal die genauen Worte wiederholen, die Marie Seli gehört hatte.

Denn diese Stimme glich jener, die mich selbst einst angerufen und auf die Suche nach dem heiligen Gral geschickt hatte. Ich bemerkte, und bat dabei innerlich die unsichtbaren Mächte um Vergebung, daß der Wortschatz der übernatürlichen Stimme begrenzt war. Es war dieselbe Wendung, mit der sie mich angesprochen hatte:

»Michel von Bramevaque, erhebe Dich!«

In beiden Fällen handelte es sich um die dringende Aufforderung, die eigene Einstellung zu verändern, aufzustehen und eine schwierige Aufgabe zu erfüllen.

Ich ging zum 'Blumenkorb' und besuchte Marie Seli, doch war nicht viel von ihr zu erfahren. Mich hatte bisher ihre Ruhe und ihr vollkommen heiterer Gleichmut erstaunt. Jetzt wunderte ich mich, sie in noch größerer Stille, einem der religiösen Ekstase ähnlichen Zustand zu finden. Sie verließ ihn nur mit Mühe und nur deshalb, um mir Fragen zu stellen über die eigentümlichen Worte, die sie gehört hatte, und die Schwierigkeit, ihre Anweisung zu befolgen. Wo soll man einen unterirdischen See finden? Was war das für ein wunderbarer See, und wie sollte sie dorthin gelangen?

Da kehrte mir die Erinnerung an eine uralte Legende wieder. Die Kirche von Saint Sernin soll einst an der Stelle eines heiligen Sees errichtet worden sein. An diesem See hatte sich früher die Macht der alten Götter manifestiert. Die Druiden hatten dort bestimmte Riten des Wasser ausgeführt. In diesen See hatten die bei Delphi besiegten Gallier das Gold geworfen, das sie von ihrer Expedition aus weiter Ferne mitgebracht hatten. Der Bischof Sylve legte ihn trocken, als die Fundamente der Großen Basilika von Saint Sernin entstanden. Zu diesem Zweck ließ er einen Brunnenschacht graben, in den das Wasser hineinstürzte und dann einen See bildete, um den herum sich die Grundsteine der Basilika befinden. Arrusus, im achten Jahrhundert Bischof von Toulouse, ließ eine Treppe bis zu diesem See graben. Er beschäftigte sich mit Magie und behauptete, daß es unter der Erde feindliche Kräfte gebe, gegen die man ankämpfen müsse. Er wurde tot am Fuße dieser Treppe aufgefunden. Sein Nachfolger Mancio ließ deshalb die Tür zu der Treppe zumauern. Im folgenden Jahrhundert öffnete sie sich von selbst wieder, wie es in der Chronik heißt. Es wurde nicht mehr daran gerührt, aber bei den Äbten von Saint Sernin blieb es Tradition, das Hinabsteigen dieser Treppe zu verbieten oder sogar ihre Existenz zu leugnen.

Es war sicherlich dieser geheimnisvolle unterirdische See, an dem Marie Seli beten sollte.

Der See von Saint Sernin

Mehrmals hatte ich Mönche des Klosters von Saint Sernin gepflegt. Ich kannte den Abt des Kapitels, einen großen und dicken, furchterregenden Mann, der stets mit aller Welt im Streit lag. Er litt unter seiner Fettleibigkeit, die durch übermäßige Nahrungsaufnahme verursacht wurde, und er litt um so mehr darunter, als sein Idealbild das eines Asketen war — ein Ideal, dem er sicherlich niemals genügen würde. Er hatte mich um ein Mittel gebeten, mit dessen Hilfe er weiterhin reichlich essen und gleichzeitig abnehmen könnte. Er betrachtete mich als heimlichen Ketzer, verdächtigte mich der Magie und hatte diese Bitte mit einem Augenzwinkern an mich gerichtet, das andeuten sollte, daß er sich sich gegebenenfalls auch irgendeiner Art von Hexerei unterziehen würde. Ich hatte ihn nicht zufriedenstellen können, er war immer noch fettleibig und hatte mir das nie vergeben.

Der Abt des Klosterkapitels von Saint Sernin war einer der mächtigsten Männer in Toulouse, und es war nicht leicht, ihn zu sprechen. Er war stets von einem Hofstaat von Mönchen umgeben, mit denen er endlose Mahlzeiten genoß.

Ich ging zu seinem Haus in der Nähe von Saint Sernin, und es gelang mir, bei ihm gemeldet und vorgelassen zu werden, als er gerade mit Essen fertig war. Doch ich kam nicht weiter als bis zur Tür seines Speisesaals. Ich hörte ein Gemurmel, als mein Name genannt wurde, und die Worte 'Pest' und 'Ansteckung' wurden mehrmals wiederholt. Die kräftige Stimme des Abtes Bernard erhob sich hinter der ein wenig geöffneten Tür.

Ich besuchte täglich Pestkranke, und die elementarste Vorsicht würde gebieten, mir nicht zu nahe zu kommen. Er beglückwünschte mich zu meinem Mut. Was ich denn wollte? Er bat darum, mich kurz zu fassen. Es fiel mehr sehr schwer, mein Anliegen durch eine Tür hindurch zu erklären, doch ich versuchte es trotzdem.

»Macht's kurz«, rief die Stimme des Abtes. Als ich von dem Traum sprach, hörte ich, wie er lachte und mit leiser Stimme zu einem Domherrn sagte:

»Er ist gekommen, uns den Traum eines Freudenmädchens zu erzählen.« Doch als ich die Worte 'unterirdischer See' aussprach, trat einige Sekunden lang Schweigen ein; dann erklang das Gelächter des Abtes, aber weitaus übertriebener, als es der Komik dieses Sees entsprochen hätte.

»Es gibt keinen See«, sagte er mir durch die fast schon geschlossene Tür. »Denkt doch nach. Wie könnte ein Bauwerk wie Saint Sernin auf einem See errichtet sein? Diese Geschichte ist des 'Blumenkorbs' würdig. Auf Wiedersehen. Ich habe hochbetagte Domherren bei mir, denen der allergeringste Hauch von Ansteckung sehr schaden könnte.«

Und damit schloß er die Tür.

Ich wußte, wer nachts mit der Wache über Saint Sernin betraut war. Ein Nachtwächter, der tagsüber schlief, schritt unablässig in den kreisförmig angeordneten Kapellen der Basilika und vor dem Eingang der Krypten hin und her, wo die Reliquien und unermeßlichen Schätze der Kirche lagen. Er war ein Laie, ein ehemaliger Soldat im besten Alter, der mit dem nackten Schwert in der Hand Wache hielt. Antarès Libona galt als ein Mann von unbedingter Ehrlichkeit.

Er war ein Schlächter der Hugenotten. Vor dreißig Jahren hatte er sich während der sechs Tage, in denen die Reformierten als Herren von Toulouse Saint Sernin zerstören wollten, bei dessen Verteidigung hervorgetan. Es hieß sogar, daß er mehrere eigenhändig von ihm abgeschlagene Köpfe in den Klosterbereich gebracht hätte. Seitdem hatte er keinen anderen Beruf ergreifen können, als Saint Sernin zu verteidigen — selbst in Zeiten der größten Sicherheit.

Ich will nicht näher auf das Gespräch eingehen, das ich mit Antarès Libona führte. Er lachte genauso wie der Abt Bernard, als ich vom unterirdischen See sprach. Die Unbestechlichkeit der Seele steht jedoch in enger Beziehung zur der Höhe, in der das Angebot gemacht wird. Je länger ich mit Antarès sprach, desto wirklicher wurde der See für ihn und bestätigte mir damit seine Existenz, die ich nur vermutet hatte. Es gab einen See, und er besaß den Schlüssel zu der Treppe, die dorthin führte. Hätte ich nicht an den hehren Zweck geglaubt, der mein Handeln motivierte, so hätte ich Antarès Libona niemals in Versuchung führen können. Mein Angebot wurde übrigens viel rascher angenommen, als ich gedacht hatte — und zudem mit sichtbarer Freude.

Im Hinblick auf Ereignisse dieser Art hatte ich im Keller meines Hauses eine bedeutende Summe in Gold zurückgelassen. Es gibt Probleme, die sich nur durch dieses Metall mit seiner verführerischen Beschaffenheit lösen lassen. Ich ging, dieses Gold auszugraben, und brachte dem Wächter von Saint Sernin die vereinbarte Summe. Ich will den Betrag nicht niederschreiben, denn es ist schlecht, auf irgendeine Weise den Preis festzulegen, mit dem man einen Menschen von seiner Pflicht abbringt. Wir einigten uns, daß Antarès Libona uns drei Stunden nach Mitternacht durch die Pforte der sieben Todsünden nach Saint Sernin einlassen würde, denn zu so später Stunde würden alle schlafen.

Da die Schwestern Rouziès es gewohnt waren, mich die Probleme ihres Lebens lösen zu sehen, wunderten sie sich kaum über das Gelingen meiner Unternehmungen. Nun mußte Marie Seli noch trotz der Wachen, die an den beiden Enden der Straße standen, aus der Rue de la Hache herauskommen; doch die kannten mich zu gut, als daß es die geringste Schwierigkeit gegeben hätte.

Wir vereinbarten, daß Marie Seli, da sie schon einmal der Hölle der Rue de la Hache entrinnen konnte, nicht mehr dorthin zurückkehren sollte. Sie bekam frische Wäsche, ihr Kleid wurde gewaschen und vor einem großen, eigens angezündeten Feuer getrocknet. Dies geschah weniger, damit sie nicht die ansteckende Pest an einen anderen Ort weitertrug, sondern um sich vielmehr in reinen Kleider bei dem geheimnisvollen Heiligtum einzufinden, wohin sie ein nicht weniger geheimnisvoller Befehl führte. Ich dachte im stillen:

»Eigentlich war es vielleicht ein Fehler von mir, nicht nach Pamiers zu gehen und dort zu leben. Dort bringen sich die Menschen zwar bereitwilliger als anderswo aus religiösen Gründen um; doch es gibt keine andere Stadt in Frankreich, ja nicht einmal auf der ganzen Welt, wo es solche Bordellwirtinnen oder eine solche Frau wie Marie Seli gibt.«

⋆ ⋆
⋆

Der Nachtwächter hatte soeben die dritte Stunde nach Mitternacht ausgerufen. Er ging durch die Rue de Taur davon. Wir standen unbeweglich vor der Pforte der sieben Todsünden, Marie Seli und ich.

Sie hatte kein Wort gesprochen, seit wir von der Rue de la Hache aufgebrochen waren. Sie ging mit kleinen, ruhigen

Schritten und schien von einer inneren Gewißheit erfüllt. Ihren Korb trug sie unter dem Arm.

»Etwas Wäsche und ein paar Vorräte«, hatte sie im Weggehen gemurmelt. Sie würde zu Fuß, in kleinen Tagesetappen, in ihr Heimatdorf in den Pyrenäen zurückkehren.

Das Tor von Saint Sernin öffnete sich ein wenig, und ich erblickte die hohe Gestalt von Antarès.

»Ist das die Dame, die ihr Gebet beim See sprechen soll?« fragte er.

»Sie ist es.«

Die Kirche war erhellt von Kerzen, die in den Kapellen und vor manchen Gräbern brannten. Sie schien riesig groß und ließ mich aus unerfindlichen Gründen an ein verlassenes Fegefeuer denken. Antarès sprach mit leiser Stimme und zeigte sich wegen seiner ungewohnten Handlungsweise besorgt.

»Noch nie ist jemand in der Nacht hierhergekommen«, sagte er.

Zuerst ließ er uns in die Krypta hinabsteigen.

Er hatte jedem von uns eine brennende Kerze gegeben. Es roch nach totem Gestein und altem Weihrauch. Ich dachte an die unermeßlichen Schätze, die sich im Laufe von Jahrhunderten in diesen Krypten angesammelt hatten. Auf einer Platte aus massivem Gold war ein Stück weiße Seide befestigt, das die Umrisse eines menschlichen Schädels erkennen ließ: Das war der Schädel des heiligen Saturninus, der an den hohen Feiertagen im Chor ausgestellt wurde. Etwas weiter erkannte ich das Kreuz des Dominikus, mit dem er die Seelen der Kreuzfahrer für das Massaker an den heiligen Albigensern begeistert hatte. Dahinter befanden sich goldene und silberne Gewänder aus der Frühzeit des Christentums, wertvolle Truhen, in denen sich Schmuckstücke häuften, Spenden von reuigen Sündern, die sich von ihren Verfehlungen durch einen Edelstein, den sie in der Krypta niederlegten, loszukaufen hofften; bunt zusammengewürfelte Objekte aller Art, Krummstäbe, Bischofshüte, Rüstungsteile von längst verstorbenen Heiligen.

Eine schmale Tür, die von vielen Meßgewändern zugehangen war, ließ sich nur mühsam öffnen; sofort stieg ein kraftvoller, eisiger, schrecklicher Atem aus unbekannter Tiefe herauf und löschte unsere Kerzen. Wir mußten sie wieder anzünden.

»Das ist nur der erste Hauch«, stammelte der Wächter. »Ich habe einst sagen hören, dies sei der Atem der Toten. Es gibt nämlich Tote dort. Der letzte ist vor fünfzehn Jahren hineingelegt worden.«

»Welche Toten?« fragte ich.

»Ich muß Euch warnen, damit Ihr keine Angst bekommt. Fast schon am Fuß der Treppe, bevor man zum See gelangt, gibt es einen langen, schmalen Saal. Sein Boden hat die Eigenschaft, die Leichen zu konservieren. Die Zönobiten, die niemals ihre Klosterzelle verlassen und zu keinem sprechen, haben auf Wunsch das Vorrecht, dort hineingelegt zu werden, damit ihr Körper erhalten bleibt. Manche glauben nämlich, dadurch bevorzugt zu sein für den Tag der Auferstehung des Fleisches und ganz und gar bereit, wenn die Posaunen erschallen.«

Er wollte vorangehen, änderte jedoch seinen Entschluß.

»Ich werde hier auf Euch warten. Die Treppe ist lang, und Ihr braucht sie nur hinabzusteigen. Die Toten liegen rechts, aber es ist besser, sie nicht anzuschauen.«

Ich ging vor Marie Seli her, deren Gesichtszüge die vollkommenste Ruhe ausstrahlten, und wir stiegen hinab. Die Stufen waren ausgetreten, obwohl nur wenige menschliche Füße sie benutzt hatten. Doch die Zeit arbeitet an aller Materie und zerstört ihre Grundsubstanz, selbst in der schweigenden Reglosigkeit der Nacht. Die Luft war dumpf und drückend; trotzdem herrschte ein leichter Luftzug, dessen Ursprung unbekannt war. Ich vergaß, die Stufen zu zählen, aber der Abstieg dauerte so lang, daß ich vermutete, die Tiefe würde der Höhe des Glockenturms entsprechen.

Ich stützte mich an das Mauerwerk zu meiner Rechten, dessen Stärke beruhigend wirkte. Plötzlich fühlte meine Hand ins Leere. Ich hob die Kerze in meiner Linken, streckte sie vor, und da erschienen die Toten, wie eine Offenbarung der Ruhe und des Schweigens im Leben jenseits des Grabes. Sie waren weder furchterregend noch schrecklich. Es waren menschliche Bäume, die ausgetrocknet waren: ein Dutzend trauriger Mumien, ordentlich aufgereiht, ihre Hände auf der Brust gekreuzt, mit Ausnahme eines einzigen, der wohl nur einen Arm gehabt hatte und dessen eine, sehr große Hand so lange Fingernägel besaß, daß man annehmen mußte, sie wären nach seinem Tode weitergewachsen — ein recht häufiges, aber doch beeindruckendes Phänomen. Diese aufgereihten verblichenen Zönobiten hatten außerdem etwas Beruhigendes an sich, denn man konnte meinen, daß sie noch genauso dalagen, wie sie nach ihrem Tod dorthin gelegt worden waren, und daß sie, als die Lebenden sich wieder entfernt hatten, nicht aufgestanden waren, um ihre Knochen zu strecken, die Treppe hinaufzusteigen und Geisterklagen auszutauschen. Aus diesem Grabsaal stieg ein unerklärliches Parfüm auf, gar nicht grauenvoll, ein mineralischer Duft, rein wie das Wesen der ewigen Substanz.

»Sie sind tot«, sagte Marie Seli einfach und hob etwas die Stimme, als sie sagte:

»Ich sehe das Wasser.«

Tatsächlich, einige Stufen tiefer dehnte sich das Wasser aus. Es war ohne Bewegung; der Wasserspiegel lag dort, tiefblau, ohne Widerschein, wie ein Saphir, dessen innerer Geist gestorben war. Und doch war es nicht der Tod, der sich aus diesem furchtbaren, stummen Wasser erhob. Meine Kerze beleuchtete das Oval eines übernatürlichen Spiegels, der unbegrenzt schien und unerhört tief und der mich an einen Wassertrichter erinnerte, der bis zum Mittelpunkt der Erde hinabführte.

Über dieser unermeßlichen Tiefe zeichnete sich für mich, eine Sekunde lang, die Umrisse eines Gesichtes ab, das sogleich wieder verschwand — ein Gesicht, das überlebensgroß war und nicht mit Worten zu beschreiben. Ein Rätsel über den unbewegten Wassern ... das Lächeln einer Erscheinung ... ein Blick ohne Freude, ohne Traurigkeit, unter unbewegten Augenlidern ...

Ob nicht eine Seele, die einer höheren Hierarchie als die Menschen angehörte, in diesen unberührten Tiefen ihren geheimen Aufenthalt hatte, unter den hochgetürmten byzantinischen Bauformen der antiken Basilika? Vielleicht hatte sich in einer vergangenen Epoche dieses geheimnisvolle Wesen, das die Seele einer Stadt ausmacht, die Seele von Toulouse, sein Heim hier gebaut: ein Heim aus unterirdischen Steinen, gefärbt von Salpeter- und Schwefelglanz, ein Heim aus blauschwarzem Wasser, das sich nie erneuert und wo nie ein Sonnenstrahl hineinfällt, Wasser, das endlos hinabführt in den Körper der physischen Welt, wie unvergänglicher Stahl.

Der Widerschein der Kerze wurde zurückgeworfen, weggestoßen, so als könnte dieses Wasser von unterirdischer Natur von keinem menschlichen Licht durchdrungen werden. Ich sah, daß zwischen den glatten Mauern und dem toten Zinn des Wassers nur ein schmaler grauer Sandstreifen lag, der gerade breit genug war für einen mutigen Mann, der am Rande einer vollkommen undurchsichtigen Wasserfläche, unter einem unerbittlich niedrigen Gewölbe, nicht vom Schwindel ergriffen würde.

Ich verspürte plötzlich eine unerklärliche Anziehung. Mir schien, daß ich vor einer rätselhaften Pforte stand, die gleichzeitig Sammelbecken für eine höhere Existenz und ein finsteres Grauen war. Ich stand am Rande eines namenlosen Reiches, eines Jenseits, das kein Traum abbildet, wo es weder Trauerbäume noch Grabstele noch Gruft gibt, auch keine andere bekannte Form des Todes, sondern das den Schlüssel zu unendlichen Metamorphosen birgt. Ich trat einen Schritt vor, wurde angezogen von der machtvollen Versuchung dieser unerklärlichen Bilder, dieser formlosen Schönheiten, die ich jenseits der Wasser vermutete, die dem Menschen überlegen waren und einer anderen Welt angehörten.

Eine Geste von Marie Seli hielt mich zurück. Sie stand aufrecht, ihren Korb in der einen Hand, ihre Kerze in der anderen und war völlig gelassen. Sie war hergekommen, weil sie am Rande des Sees ein Gebet sprechen wollte, und wartete nun darauf, endlich allein zu sein und auf die Knie fallen zu können.

Ich zögerte. Schließlich ging ich zwei oder drei Stufen hinauf.

»Ich warte oben an der Treppe auf Euch«, sagte ich.

Sie stimmte mit einem Kopfnicken zu, und als ich die Treppe hochstieg, sah ich, wie sie sich bückte und ihre Kerze in einer Steinspalte der letzten Stufe befestigte.

Ich brauchte nicht lange zu warten. Ihr Gebet muß sehr kurz gewesen sein. Nach einigen Minuten stieg sie wieder herauf; ihr Gesicht trug noch immer den gleichen friedvollen Ausdruck.

Der Wärter schloß sorgfältig die Tür hinter uns. Er blickte unruhig nach allen Seiten, auch wenn er meinte:

»Es gibt nichts zu befürchten. Noch nie ist jemand während der Nacht gekommen.«

Als die letzte Silbe dieses Satzes verklungen war und wir die Krypta verließen, sahen wir einen Mönch, der aufrecht dastand und seine Schulter leicht an eine Säule gelehnt hatte. Er hatte ein steinernes Gesicht, und seine Augen waren mit großer Intensität auf mich geheftet.

Ich wandte mich zu Antarès Libona. Auch er hatte den Mönch gesehen und murmelte:

»O mein Gott! Das ist das erste Mal! Ein Mitglied des Kapitels!«

Er drängte uns zur Tür.

Der Kirchplatz von Saint Sernin war menschenleer. Ich fragte Marie Seli, wohin sie nun gehen würde, und sie antwortete, daß sie in ihr Dorf zurückkehren wollte. Sie machte eine vage Geste, wie um auszudrücken, daß es darauf jetzt nicht ankäme, und dann entfernte sie sich mit kleinen Schritten entlang der Rue du Taur.

Auch wenn die Pest nicht plötzlich aufhörte wie durch göttlichen Befehl, so steht doch fest, daß sie von diesem Tag an zurückging. Dies geschah schneller als normal, aber nicht rasch genug, als daß man mit Sicherheit die Wirkung eines Wunders hätte erkennen können. Die Natur bleibt ihrer Vorgehensweise treu. Selbst wenn eine übernatürliche Umwälzung stattfindet, kann man sie stets dem normalen Rhythmus eines Naturgesetzes zuschreiben.

Marianne Rouziès ging ohne Furcht und ohne Befremden dem Tod entgegen. Sie gehörte nicht zu denen, die das wunderbare Gebet hatte retten sollen. Sie war schon von der Krankheit befallen, bevor die Stimme ihren Befehl an Marie Seli gerichtet hatte, und starb ihren vorausgeplanten Tod. Zu meiner großen Verwunderung legte sie nicht die Beichte ab, als der Pfarrer der Dalbade mit den Sakramenten kam. Da die Kirche ihr aufgrund ihres Broterwerbs die Teilnahme an allen öffentlichen Messen und Zeremonien verbot, wies sie selbst am Ende diese Religion zurück, von der sie ausgestoßen war.

Ich begegnete dem Priester, als er gerade fortging.

»Meine Schwester erwartet Euch«, sagte mir Honorine Rouziès. »Sie muß mit Euch sprechen.«

Marianne Rouziès lag in einem kleinen Dachzimmer ganz oben im Haus. Ihr hartes Gesicht wurde nicht weicher, als ich eintrat. Sie begann sofort zu sprechen, aus Furcht, daß sie sonst vorher sterben könnte.

»Ich habe mir überlegt, daß Ihr alles wissen sollt, denn mit Eurer Hilfe ist alles geschehen. Ich frage mich, warum Ihr Euch nicht mehr darüber gewundert habt, daß Marie Seli eine Art von Heilige geworden ist. Es gibt keine Heiligen in Häusern wie diesem, nur unglückliche Mädchen, die man auspeitscht, wenn sie sich auf die Straßen wagen, und die man in manchen Städten mit dem Brandeisen kennzeichnet. Es gibt Priester, die ihnen die Absolution verweigern, und es gibt solche, die sie zum Tode verurteilen lassen, wenn sie die Schwelle einer Kirche überschreiten. Es gibt keine Heiligen, sondern nur Verfluchte, Geschöpfe der Hölle, die zur ewigen Verdammnis verurteilt sind, weil sie den Männern Vergnügen bereiten. Ich kann Euch das sagen, weil ich nichts mehr fürchte. Ich habe immer gedacht, daß es keinen Gott gibt. Würde es ihn geben, so ließe er es nicht zu, daß die Ungerechtigkeit triumphiert. Doch jetzt frage ich mich, was es damit auf sich hat. Es gibt keinen Gott, aber es gibt geheimnisvolle Dinge. Hört mir gut zu . . . Das Haus, das ich in Pamiers leitete, hatte vorher meine Mutter und davor meine Großmutter geführt. Ich weiß, daß keine von beiden wegen des Bösen, das sie miterlebt hatten, an Gott glaubte. Das Haus trug den Namen 'Zur Roten Laterne' — ein Haus wie alle anderen, die man in den Städten findet. Ich glaube sogar, daß meine Großmutter einmal alle Frauen davonjagte, die einer Religion anhingen, denn ihrer Meinung nach paktierten sie mit den Bösen, die Frauen zur Folter verurteilen. Folgendes hat meine Großmutter erlebt.

Eines Nachts klopfte ein Mann zu Pferd an die Tür. Es war spät, und eigentlich war es verboten, nach Mitternacht zu öffnen. Doch sie öffnete aus Mitleid, denn der Mann sagte, daß er völlig erschöpft sei. Er war ein Ritter, mit langem Bart und einem Kreuz auf der Brust. Er scheint sehr schön gewesen zu sein.

'Ihr öffnet mir, weil ich ein Johanniter bin', sagte er und brach in lautes Gelächter aus.

Meine Großmutter begriff, daß er verrückt war. Wie sollte man einen Verrückten nicht aufnehmen, der in der Nacht an die Tür klopft? Er berichtete, daß er seit drei Tagen nicht vom Pferd gestiegen sei und nichts gegessen und getrunken habe. Er war so entkräftet, daß er starb.«

»Ihr sagt, er sei ein Johanniter gewesen?« fragte ich.

»Das muß er wohl gewesen sein. Doch in dem Augenblick, als er starb, machte er meiner Großmutter zum Dank ein Geschenk. Er gab ihr einen Gegenstand, der seinen Worten nach von großem Wert war und den er an seiner Brust trug.«

»Kennt Ihr den Namen dieses Ritters?« fragte ich weiter. »Hat er nicht gesagt, daß er Antoine von Cassagnavère hieße?«

»Ich weiß es nicht. Meine Großmutter dachte, daß dieser Gegenstand, der die Form eines Kelches hatte, ein ungewöhnlich großer Smaragd sei und sich sehr teuer verkaufen ließe. Sie wollte den Kelch erst auswaschen, denn auf seinem Boden befand sich etwas, was wie eingetrocknetes Blut aussah. Als sie ihn aus dem Zimmer holen wollte, wo sie ihn aufbewahrte, bemerkte sie, da der Raum dunkel war, daß von dem Kelch ein Licht ausging, bei dessen Anblick sie eine gewisse Milde in ihrer Seele empfand.«

Das Herz klopfte mir bis zum Hals. Die Gesichtszüge der Frau hatten ein wenig von ihrer Härte verloren. Sie hielt einen Augenblick inne.

»Und weiter?«

»Sie hat den Kelch nicht ausgewaschen und ihn, unter einem Stück Stoff, in ein kleines Zimmer gestellt, das nie betreten wurde, ein kleines Mansardenzimmer unter dem Dach, ein bißchen wie dieses hier. Sie hatte es ganz ausgeräumt; nur der Kelch blieb darin, der auf einem Tischchen stand, und von Zeit zu Zeit ging sie ganz allein hin, um ihn anzuschauen. Dann geschah folgendes: Eines Tages betrat eine Frau das Zimmer. Die Vorhänge vor dem Fenster waren zugezogen, es war dunkel, und sie sah den Kelch mit seinem getrockneten Blut, das leuchtete, denn das Licht ging vor allem von diesem Blut aus. Die Frau stieg die Treppe hinunter und hörte nicht mehr auf zu weinen; dann verbrachte sie ihre Tage im Gebet, wollte ihren Beruf nicht mehr ausüben, ging schließlich fort und soll in ein Büßerinnenkloster eingetreten sein. Meine Großmuter gab gut auf den Schlüssel zu diesem Zimmer acht, doch von Zeit zu Zeit gelang es immer wieder einer Frau, den Kelch zu sehen; sie erlebte dann die große Reue über ihr Leben, begann zu beten und wurde eine Heilige.«

»Aber der Kelch, was wurde aus dem Kelch?«

»Wartet ab. Meine Großmutter hinterließ ihn meiner Mutter, aber in deren Leben veränderte sich gar nichts. Es gab Frauen, die aufgrund irgendwelcher Umstände dieses erstaunliche Licht sahen und von diesem Augenblick an zu Gott beteten. Als dann meine Mutter starb, fiel mir dieses Erbstück zu.«

»Und was wurde aus dem Kelch? Was habt Ihr damit gemacht?«

»Nur langsam! Ich wollte nichts an dem ändern, was meine Großmutter und dann meine Mutter getan hatten. Ich ließ den Kelch an seinem Platz, betrachtete ihn jedoch nie. Ich legte einen dichtgewebten Schleier darüber. Ich habe ihn nie gesehen. Ich wollte nicht zu Gott beten. Ich wollte mich nicht auf die Seite der Bösen stellen, die mitleidslos unterdrückten, die große steinerne Kathedralen bauten, in denen kein Platz ist für manche Frauen, für die allerunglücklichsten.«

»Aber als Ihr aus Pamiers fortgegangen seid . . .?«

»Die Konsuln haben uns nur ein paar Stunden gegönnt. Es war fast so, als schickten sie uns in den Tod. Ich habe Marie Seli den Schlüssel zu dem kleinen Dachzimmer gegeben, damit sie das holen solle, was sie dort unter einem Tuch finden würde. Ich hatte an anderes zu denken. Wir sind aufgebrochen. Marie Seli sagte mir, daß sie den Kelch in ihren Korb gelegt habe. Später hörte ich sie sagen:

'Ich kann mir nicht erklären, was mit mir geschehen ist. Ich bin eine andere geworden. Mit einem Mal habe ich all die Gebete wiedergefunden, die ich vergessen hatte. Aber sie passen nicht richtig. Im Gehen habe ich ein eigenes Gebet verfaßt.'

Marie Seli hatte ein Gebet verfaßt! Ihr könnt Euch nicht vorstellen, wie sie vorher gewesen ist und was es heißt, daß solch ein Wesen ein Gebet verfaßt. Meine Mutter hatte sie aus Mitleid bei sich aufgenommen. Sie ist ein Bauernmädchen aus einem entlegenen Pyrenäendorf, das, wie ich glaube, Cazaril heißt. Nachdem wir von Pamiers fort waren, haben wir in Venerque in einer Scheune übernachtet. Mitten in der Nacht bin ich aufgewacht. Da habe ich Marie Seli auf den Knien gesehen; ihr Gesicht war zur Wand gekehrt, und sie betete vor ihrem Korb!«

»Aber dann, was ist aus dem Kelch geworden?«

»Von da an hat alles bei Euch gelegen. Ihr habt alles getan. Ich hätte Euch sofort die Wahrheit sagen sollen. Doch ich habe so oft gesehen, wie das Böse entfesselt wurde, wenn ein Schatz auf dem Spiel stand! Ich habe mich an die Vorsicht meiner Großmutter erinnert. Ich, die ich nicht an Gott glaube, habe mir überlegt, daß die Dinge geschehen sollten, wie sie vorherbestimmt worden sind — von wem, weiß ich auch nicht. Marie Seli hat eine Stimme vernommen, die ihr befahl, an einem See beten zu gehen. Könnt Ihr mir sagen, wem diese Stimme gehört?«

Sie blickte mich fragend an, und ich brachte stotternd hervor:

»Es gibt unsichtbare Kräfte, die nicht Gott sind, die aber über dem Menschen stehen und manchmal, ziemlich selten, eingreifen in den Lauf der Dinge.«

Marianne Rouziès lachte bitter auf.

»Ja, ziemlich selten!«

Sie sprach weiter:

»Nachdem Marie Seli die Stimme gehört hatte, kam sie zu mir und berichtete, was sie ihr gesagt hatte. Ich antwortete ihr nicht, sondern zeigte ihr die Schwellungen, die ich in der Leistengegend hatte und die gerade erst begannen. Sie rief: 'Es ist besser zu sterben! Das ist ein großes Glück!' und begann wieder zu beten. Dann sah sie sich selbst im Traum. Sie stand am Rande eines tiefen Wassers, so tief, wie sie noch keines gesehen hatte. Sie öffnete ihren Korb und warf den Smaragdkelch mit seinem leuchtendem Blut in dieses Wasser hinab. Dann beugte sie sich über den See und sah ein strahlendes Licht, das sie bis zu ihrem Tode begleitete.«

Ich murmelte nur: »Ich verstehe« und ging fort. Ich mußte jetzt unbedingt spazierengehen, und vor allem mußte ich Klarheit gewinnen.

Isaac Andrea

Ich suchte den einzigen vernünftigen Menschen der Stadt auf, der nahe der Garonne an der Straße nach Seysses wohnte. Ohne daß ich ihm ein Geheimnis verriet, das mir nicht gehörte, stellte ich ihm Fragen über die rätselhaften Stimmen, die nachts zu den Menschen sprechen, und über die Suche nach dem Gral.

Während Isaac Andréa sprach, schaute er tief in sich hinein; dadurch erhielten seine Aussagen eine große Kraft, so als würde er Worte aussprechen, die — nur für ihn sichtbar — in geistigen Marmor gemeißelt waren.

»Du fragst, warum sich die Stimmen nicht deutlicher ausdrücken und warum ihre Anweisungen unzusammenhängend sind? Wenn Du mit einem Stock in einem Ameisenhaufen herumstocherst, wirst Du dann Dein Leben lang untersuchen, ob Deine Tat bei diesem kleinen Volk Recht oder Unrecht angerichtet hat? Die Wesen der Hierarchien, die über uns stehen, interessieren sich nur am Rande für die Menschen. Sie geben einen Hinweis, enthüllen eine Wahrheit und ziehen weiter. Wie wir unterliegen sie dem Irrtum. Sie begeistern sich nicht für unsere mittelmäßigen Interessen. Sie können uns täuschen, ohne es zu beabsichtigen. Zudem wollte es das Gesetz, die Ordnung der Dinge, Gott, ganz gleich, welchen Namen man der Macht aller Mächte auch gibt, daß die Welten streng voneinander getrennt sind. Mitteilungen von einer zur anderen Welt sind nur sehr schwer möglich. Nach zwanzig Jahren des Gebets empfängt manchmal ein Heiliger nur eine Silbe, und ein junges Mädchen ohne Seele wie Lucida von Domazan zieht die Wesen aus dem Jenseits an — vielleicht, weil die irdische

Schönheit ihre Entsprechung in den anderen Welten hat. Alles um uns herum ist Geheimnis, und die Stimmen, die wir hören, machen dieses Geheimnis nur noch größer. Es wäre vielleicht besser, sie gar nicht zu beachten.

Du fragst mich weiter, ob ich glaube, daß das Blut von Christus noch nach Jahrhunderten eine Wirkung auf die Menschheit ausüben kann? Ja, es gibt solche Energien, die sich in Gegenständen aufspeichern, Kräfte, die ausstrahlen und manchmal die Seelen verbrennen. Wo aber ist das Blut von Christus, wo sind seine wunderbaren Bestandteile, wo ist die unvergängliche Essenz, die aufstieg, als es verdunstete? Weißt Du nicht, daß der böse Geist der Menschen sie zum Diebstahl, zur Fälschung treibt, ihnen teuflische Listen einflüstert, sobald es um wunderbare Dinge geht? Reichtum und die Gier nach Gold führen zu weniger Verbrechen als die Aussicht, das Göttliche in den Schmutz zu ziehen. Die Kreuzritter haben im Orient bereits den Kelch des Joseph von Arimathia gefunden, der mit dem Blut von Christus angefüllt war. Man kann ihn in einer Kirche von Genua sehen. Doch es ist ein falscher Kelch, ein falscher Smaragd und falsches Blut. Schon vor langer Zeit ist dieser Kelch durch eine grobe Fälschung ersetzt worden. Ob Du wohl weißt, daß es im Abendland zahlreiche Kirchen gibt, die in ihrem Reliquienschatz einen Kelch, eine Vase, ein Gefäß besitzen mit dem kostbaren Blut — eine so große Zahl von Kirchen, daß, würde man all diese Reliquien zusammennehmen ... aber es ist besser, nicht darüber nachzudenken. Das Blut von Christus haftet auch an den Leintüchern, in die man ihn eingehüllt hat. Es gibt mehrere davon. In einer Kapelle hinter Saint Sernin befand sich noch vor wenigen Jahren ein heiliges Schweißtuch, das man aus Furcht, es könnte geraubt werden, aus dem Périgord dorthin gebracht hatte — das

Grabtuch von Cadouin. Es lag in einer Truhe, die man mit sechs Schlössern versehen hatte, und die sechs Schlüssel waren sechs zuverlässigen Personen anvertraut worden: Ratsherren, Notaren, Kirchenmännern. Na und wenn schon! Das heilige Schweißtuch ist trotzdem geraubt worden.

Der geläuterte Leib der großen Seelen bewahrt seine Kraft. Er veranlaßt jene, die mit ihm in Berührung kommen, sich zu reinigen, zu entsagen und sich zu Gott hinzuwenden. Es genügt bereits, jedenfalls manchmal!, daß sich ein Wesen einem Stück Knochen nähert, um innerlich verwandelt zu werden. Ich kann Dir den Grund dafür nicht erklären. Es gibt so viele Dinge, die sich im Unsichtbaren ereignen und von denen wir nichts wissen. Deshalb aber werden so viele Menschen zu der sterblichen Hülle von jenen hingezogen, die ein vollkommenes Leben geführt haben. Hast Du Dir einmal die Frage gestellt, warum die Kirche zur Zeit der Albigenser so viele Prozesse gegen Verstorbene angestrengt hat? Alle diese Toten waren Perfecti. Die Kirche unterlag den Kräften des Bösen. Sie ließ die Leichen dieser Heiligen wieder ausgraben, um sie gänzlich zu vernichten, denn sie wußten, daß von dieser Materie noch eine Kraft ausstrahlte. Der Staub dieser Leichen hat sich auf dem Scheiterhaufen in alle Winde zerstreut. Es gibt jedoch außerhalb der geweihten Erde, in der die christlichen Toten begraben werden, einsame Gräber der albigensischen Perfecti, die den Inquisitoren nicht in die Hände gefallen sind. Am Rande von manchen Dörfern, nahe bei abseits gelegenen Brunnen oder in Grotten an Gebirgshängen finden sich diese unsichtbaren Gräber. Es gibt immer noch Männer, die an gewissen Tagen, die keine christlichen Festtage sind, aufgrund einer vom Vater an den Sohn weitergegebenen Tradition zu diesen Orten ohne Kreuz gehen und dort wortlose Gebete sprechen, ohne den Grund dafür zu kennen. Fast immer bemerken sie, daß sie allein deshalb, weil sie in die Nähe dieser Orte gekommen sind, brüderlicher miteinander umgehen.

Ja, der Gral liegt wirklich in der Toulouser Erde, doch nicht in einer einzigen Form, wie Du glaubst, als ein Smaragdkelch mit dem getrockneten Blut von Christus. Viele, die Christus waren, sind vor drei Jahrhunderten gekommen, um die Menschen den Weg der Befreiung zu lehren. Es waren die Katharer, die albigensischen Perfecti, die Brüder von Christus. Sie wurden nicht erkannt, und man hat sie getötet. Auch wenn sie zu Tausenden kämen, wäre es das gleiche. Vielleicht steht geschrieben, daß die Menschen nicht von anderen Menschen gerettet werden können, sondern nur durch sich selbst.«

★ ★
★

So sprach Isaac Andréa, der wissendste Mensch von Toulouse, der die Klugheit besaß, sein Wissen verborgen zu halten, und dessen Güte man nur durch Zufall wahrnehmen konnte.

Er fügte hinzu:

»Geh, denn nur wer sucht, der findet. Doch nachdem man lange etwas gesucht hat, geschieht es manchmal, daß man etwas anderes findet und damit zufrieden ist. Wenn Du müde von Deiner Suche sein wirst, so denke daran, daß es hier ein Haus gibt, von wo aus man auf der einen Seite die Türme von Toulouse, auf der anderen Seite das Blau der Garonne erblickt, einen kleinen Kreuzgang mit Zypressen und einen alten Mann, der Dir ein Freund ist.«

Die Linde von Ardenne

»Meister, es ist mir ein Zeichen gegeben worden«, sagte mir Tornebut, als ich ihn fragte, ob er noch einmal mit mir zu den Pyrenäen aufbrechen wollte.

»Und was war das für ein Zeichen?«

»Der große Lindenbaum an der Straße nach Ardenne, hinter dem Tor von Muret, hat in seiner Lindenspache zu mir geredet.«

»Bist Du sicher? Was hat er Dir gesagt?«

»Als ich die Straße entlangging und in die Nähe des Baumes kam, haben sich plötzlich alle Äste in Bewegung gesetzt, und ich verstand, daß sie sprachen, daß sie sich an mich wandten.«

»Aber blies nicht ein kräftiger Wind?«

»Na! Was kümmert schon der Wind, wenn Euch ein Lindenbaum am Wegrand anspricht und eine Bitte an Euch richtet! Welche Bedeutung hat schon ein Windstoß. Die Linde sagte folgendes:

'Ich werde sterben, wenn Du mir nicht zu Hilfe kommst. Mein Tod ist nah, mein Tod ist nah! Rette mich, rette mich, der Du vorübergehst!'

Sie sagte nur ganz einfache Dinge, entweder, um besser verstanden zu werden, oder weil ein Baum keine gelehrten Reden halten kann wie ein Mensch. Ich betrachtete den alten Lindenbaum und erkannte, daß er bald sterben würde, wenn ich ihm keine rasche Hilfe brachte. Zunächst sind da eine Menge niederer Äste, die ausgelichtet werden müssen, denn je älter ein Baum wird, desto dringender braucht er seine Kraft für jenen Teil, der in den Himmel reicht. Dann wachsen dort viele Schmarotzerpflanzen, die von seinem Schatten profitieren und ihm die Nährstoffe aus der Erde wegnehmen, die ihm durch seine mehr als hundertjährige Anwesenheit rechtmäßig zustehen. Diese Parasiten müssen entfernt werden. Aber das ist noch gar nichts. Die Linde braucht tonigen, trockenen Boden und verabscheut ständige Nässe. Vor kurzer Zeit ist die Garonne jedoch über die Ufer getreten, und aufgrund von Erdsenkungen hat sich ein Sumpf in dem Feld gebildet, das an die Straße grenzt und unter dem die Linde ihre Wurzeln ausstreckt. Das Feld gehört keinem, und der Sumpf wird dort bleiben, bis die himmlische Wärme sein Wasser zum Verdunsten gebracht hat. Dann aber wird die Linde tot sein. Deshalb hat sie mich um Hilfe angerufen. Ich habe gesehen, daß das Wasser des Sumpfes anderswohin abfließen kann, wenn man einen Graben zieht, und daß der Boden, in dem der Baum wurzelt, dann wieder trocken sein und ihm guttun wird. Ich muß diesen Kanal graben. Ich will gar nicht von einem ganzen Läusevolk sprechen: Millionen, Milliarden Blattläuse, die sein Laubwerk angegriffen haben und die ich durch ein bestimmtes Öl vernichten werde, das ich kenne. Ich will auch nicht von einem Volk hartnäckiger, gieriger, flinker Ameisen sprechen, die in den Höhlen seines Stammes hausen, dort Galerien, Säle, Verbindungsgänge graben; auch nicht von mehreren Großfamilien pelziger, gehörnter, behaarter Raupen und anderer Insekten mit Schnäbeln, Röhren, Holzbohrern und Sägen, die aus Leibeskräften seine Rinde durchbohren, sich von seinem Saft ernähren und die ich mit demselben Öl vernichten werde. Denn der Tod dieses fruchtbaren, alten, ehrwürdigen Lindenbaums wäre ein großes Unglück. Linden sind rar in dieser Gegend, vielleicht wegen der Wasser der Garonne, die sich in jedem Frühjahr über das Land ausbreiten und die Lindenwurzeln verfaulen lassen. Aus Saint Simon, aus Portet und sogar aus Montgiscard kommen die Leute, um den kostbaren Saft abzuzapfen — von den Toulousern ganz zu schweigen. Denkt daran, daß die Einschnitte in das Mark des Holzes von Übel sind, wenn sie zu tief und von Menschen gemacht werden, die vom Leben der Bäume nichts wissen. Dem muß Einhalt geboten werden. Aus diesem Saft, der Epileptiker heilen kann, werden erstaunliche Arzneien bereitet und außerdem ein gegorener Trank von köstlicher Süße, der frohe Träume schenkt. Das Vieh schätzt besonders die herabfallenden Blätter, und unglücklicherweise scheuen die Menschen nicht davor zurück, wenn sie nicht genug Laub für ihre Hinterhöfe vom Boden aufsammeln können, auch lebendiges Blattwerk abzuschneiden. Auch dem muß Einhalt geboten werden. Da die Maler und Zeichner wissen, daß Lindenzweige vortrefflich die Reißkohle ersetzen können, schneiden sie manchmal alle jungen Ästchen ab; zu Scharen von mindestens fünfzig kommen sie, mit singenden Modellen und an langen Stöcken befestigten Gartenmessern. Sie schneiden alle jungen Zweige ab und lassen den Baum seiner Jugend beraubt zurück — seiner Jugend für dieses Jahr, seiner alten Jugend, die er mit Mühe aus dem sumpfigen Boden gesogen hat. Auch dem muß Einhalt geboten werden. Weil die Leute zudem auch noch kommen und die Blüten abpflücken, um daraus ein herrliches Getränk zu brauen, das dem einen Schlaf, dem anderen eine leichte Erregung schenkt, je nach der Zubereitungsart und aufgrund eines Reichtums, der nur der Linde zu eigen ist, so bleibt, wenn der Herbst naht, nur ein armer, entblößter Baumstumpf an der Straße nach Ardenne, der nichts als einen Sumpf als Nahrungsquelle hat. Der Lindenbaum hat mich gerufen, weil er in seiner Baumseele wußte, daß ich eine Schuld zu begleichen habe. Diese Schuld werde ich jetzt bei dieser Linde einlösen.«

Mit einer Schaufel auf der Schulter brach Tornebut zur Straße nach Ardenne auf.

»Wie glücklich kannst Du Dich schätzen, ein Zeichen erhalten zu haben!« sagte ich. »Die Zeichen sind rar, die Worte der Götter ungewiß. Wie ich Dich darum beneide, daß Du Dich einem Baum widmen kannst — einem bestimmten, sicheren, räumlich begrenzten Gegenstand, einem Ideal, das Du sehen, berühren, riechen kannst, einem lebendigen Ideal!«

Der Wald von Crabioules

Das Dorf Cazaril liegt an einem Berghang über Luchon, und es führt nicht einmal ein Weg dorthin – nur ein im Winter unbegehbarer Maultierpfad. Das Land von Bramevaque liegt noch ein wenig weiter fort, in einem Tal, das tiefer ins Gebirge hineinreicht.

»Eine Frau namens Marie Seli? Ja, das ist sie, die vor dreißig Jahren das Land verlassen hatte. Sie ist zurückgekehrt, und sie trug einen Korb unter dem Arm. Sie sagte, daß sie nicht würdig sei, die Kirche zu betreten. Sie ist unter dem Torbogen niedergekniet, und am nächsten Morgen hat man sie tot aufgefunden. Ihr Korb war leer. Jemand behauptete, einen Lichtschein um ihren Kopf zu sehen.«

Die Bauern standen in Gruppen um mich herum, mehr konnten sie mir jedoch nicht sagen. Wollte ich herausfinden, ob der Gral im unterirdischen See von Saint Sernin ruhte oder ob ich ihn weiterhin, wie die Stimme mir befohlen hatte, im Toulouser Land suchen sollte, so durfte ich auf nichts hoffen als auf meine innere Wahrheit. Nun zweifelte ich sogar am Ursprung der Stimme. Ich hatte keinerlei Sicherheit mehr. Ich zweifelte an allem.

Da erinnerte ich mich an einen sehr tiefen Wald, in den kaum jemals ein paar Holzfäller eingedrungen waren: einen Wald, der ein wenig weiter entfernt lag als die Steinruine meines früheren Zuhauses. Ich überlegte mir, daß ich unter den dichten Gewölben der Bäume, wohin kein Licht fällt, vielleicht klarer sehen würde. So machte ich mich auf den Weg nach Saint Aventin.

★ ★
★

»Guten Tag, Michel von Bramevaque. Wo geht Ihr hin mit Eurem gebogenen Wanderstock, der wie ein Krummstab aussieht? Ich glaubte, Eure Herden wären tot und Eure Burg in Trümmern?«

»Guten Tag, Herr von Cazaril. Ich gehe noch weiter als bis zu den Trümmern meiner Burg; ich gehe in den wilden Wald von Crabioules, denn ich will versuchen, die große, verlorene Herde meiner Träume wiederzufinden.«

»Ah, ah! Träume! Ihr habt Euch nicht verändert, Michel von Bramevaque. Vielleicht werden wir uns im Wald von Crabioules begegnen, denn ich will dort auf Bärenjagd gehen.«

»Niemand verändert sich, Herr von Cazaril. Der eine jagt den Träumen nach, der andere den Bären.«

Durch ein langes Einzelgängerdasein, das er in seinem kleinen steinernen Turm führte, und weil er nur in der Gesellschaft von ungebildeten Bauern war, hatte der Herr von Cazaril ein wenig den Verstand verloren. Es hieß, einst wäre seine Verlobte von einem Bären verschlungen worden. Seitdem verfolgte er diese Tiere im Gebirge und setzte alles daran, sie zu fangen. Sooft er konnte, band er sie an Bäumen zwischen ihren Jungen wie an einem Kreuz fest. Dann trat er zu ihnen heran, reichte ihnen einen mit Galle getränkten Schwamm und tötete sie mit einem Lanzenstoß. Das war eine frevelhafte und unsinnige Parodie, aber er war ein guter Christ und ging jeden Sonntag zur Kommunion. Zudem spielte sich das Ganze in großer Höhe, zwischen verlassenen Felsen ab und ließ sich schwerlich beweisen.

»Guten Tag, Michel von Bramevaque! Wo zieht Ihr hin mit Eurem gekrümmten Stab? Schon seit langem gehen die Wölfe in Eurem Schloß aus und ein, und eine Tanne, die bereits dreißig Jahre alt ist, soll aus Eurem Brunnen herauswachsen wie ein großer struppiger Geist und ganz und gar die Brunnenöffnung versperren.«

»Guten Tag, edle Frau von Moustajon. Ich werde kein Wasser aus meinem Brunnen trinken. Ich gehe weiter, in den wilden Wald von Crabioules, um die Wissenschaft der Einsamkeit zu erlernen und die Götter sprechen zu hören; denn sie sprechen eher in den unzugänglichen Wäldern, wo die Nächte rein sind, wenn der Mond leuchtet.«

»Es gibt nur einen Gott, Michel von Bramevaque, und er spricht nicht zu den Ketzern. Kommt mit mir ins Schloß von Moustajon. Ich gewähre Euch gern Gastfreundschaft, doch am Abend, vor dem Schlafengehen, werde ich Euch den Katechismus wieder ins Gedächtnis rufen.«

Die Edelfrau von Moustajon lächelte einladend, ein Lächeln, das wegen mehrerer fehlender Zähne zur Grimasse geriet. Die Burg von Moustajon war hoch in die Felsen hineingebaut. Die Edelfrau stieg jedoch jeden Tag herab, um in Saint Aventin zu beten, sich mit den Klatschweibern zu unterhalten oder sich mit einem jungen Mann ein Stelldichein zu geben. Sie machte einem Knecht ein Zeichen, daß er ein Maultier für mich bringen solle, denn der Weg nach Moustajon ging steil bergauf.

Doch ich schüttelte den Kopf.

»Ich werde bald Besuch erhalten von den Domazans aus Toulouse, mit der schönen Lucida, und von Domitien von Barousse, der ein so heiliger Mann geworden ist!«

»Besten Dank, edle Frau von Moustajon, ich meditiere lieber allein im Wald von Crabioules.«

Als ich fortgehen wollte, lief sie hinter mir her.

»Ich weiß, warum Ihr diesen Wald gewählt habt. Man macht dort eigentümliche Bekanntschaften. Doch vielleicht sehen wir uns dort wieder. Ich kann es Euch ruhig verraten, hin und wieder gehe ich heimlich dorthin — wegen meiner Haare.«

Sie hob das Netz, das ihr dichtes Haar verdeckte, und ich sah, daß es völlig weiß war.

»Ich habe hier und da ein paar silberne Strähnen bekommen. Man braucht nur sein Haar in eine bestimmte Quelle von Crabioules zu tauchen, dann wird es, durch die besondere Qualität des Wassers, wieder schwarz wie die Nacht. Ich werde Euch zu dieser Quelle führen, denn Ihr scheint es nötig zu haben.«

»Auf Wiedersehen, edle Frau von Moustajon. Ich ziehe weiße Haare den schwarzen vor, und das gleiche gilt auch für die Seelen.«

Unweit dem Wald von Crabioules begegnete ich einem Holzfäller.

»Herr von Bramevaque, es gibt große Gefahren und große Geheimnisse in diesem Wald. Wenn Ihr jedoch diesen Pfad einschlagt, über den man früher das Holz hinabgleiten ließ, werdet Ihr eine Lichtung mit einer verlassenen Hütte finden, die von einem hohen Felsen überragt wird. Wir haben sie früher einmal gebaut, gehen aber nicht mehr dorthin, seit der große Anselm dort gestorben ist, ohne daß man die Ursache kennt.«

Wir kamen überein, daß dieser Holzfäller aus dem Dorf Oo mir an jedem Sonntag das Essen für eine Woche bringen würde.

★ ★
★

Wer einen Wald durchquert, glaubt gern, daß es darin still und unbewohnt ist. Wenn er sich aber niedergelassen hat, um dort zu leben, stellt er fest, daß der Wald voll ist von Geräuschen und Sprachen, daß er Wesen aller Größen und Gestalten beherbergt.

Ich fand die Gabe meiner Kindheit wieder, die es mir ermöglichte, die Sprache der Vögel zu verstehen. Ich erkannte auch, was die Rufe der Auerhähne in dem mit wilden Nelken übersäten Hochwald sagen wollten, das Grunzen der Wildschweine, das leise Bellen der Füchse und dieses leise Kratzen, mit dem sich die Eidechsen auf den Felsen Dinge über das Leben der Fliegen mitteilen.

Ich bemühte mich, die verschiedenen Geräusche der einzelnen Baumarten wiederzuerkennen. Die Pappeln sprachen anders als die Eschen. In der Sprache der Birken lag eine Zartheit, die an die Gespräche junger Mädchen erinnerte. Die Tannen sangen fromme Lehrpredigten; sie waren die Priester des Pflanzenreichs in den Bergen. Die Akazien sprachen Kriegerworte. Doch alle Stimmen wurden übertönt, wenn die Eichen ihre Zweige regten. Sie waren die Patriarchen der Erde, die wahren Meister des steinigen Erdreichs, und der Wind ließ durch ihre Äste hindurch eine Weisheit vom Anfang der Welt sprechen.

Als ich in die wildesten Gebiete des Waldes eindrang, entdeckte ich einen geheimnisvollen Mittelpunkt des Baumvolkes, eine Ratsversammlung tausendjähriger Stämme, die ausgehöhlt und verwittert waren und im Laufe der Zeit menschenähnliche Gesichter angenommen hatten. Diese grauen Gesichter standen im Kreis auf einer Lichtung. Doch im Unterschied zu den Menschen wuchsen ihre Körper von den Köpfen an aufwärts, und ihre belaubten Füße waren zum Himmel gewandt. Gesichter und Körper waren mit Auswüchsen, Polypen, Kröpfen und parasitären Wucherungen überzogen. Die Stirnknochen waren gewaltig, die riesigen Münder bestanden aus einem Spalt. Diese verholzten Wunden, diese Holzgeschwulste waren Königszeichen, Embleme von Dauer und Macht. Und diese auf den Kopf gestellten Könige betrachteten mich schweigend.

Ich befragte sie mit lauter Stimme, ich schrie sogar in der Hoffnung, daß im Widerhall der Worte eine Kraft liege, mit der ich zu der tiefen Quelle ihres Verstehens vordringen konnte — doch vergebens. Eine Meise ließ einen sinnlosen Ruf hören. Ganz hoch oben am Himmel zog ein Adler seine Kreise, aber sie waren kein Zeichen für irgendeine symbolhafte Geometrie.

Ich kletterte die Mauern von Crabioules empor und gelangte auf die Felsplateaus, wo nur noch Arnika und blaue Disteln wachsen. An einer Felskreuzung fand ich mich plötzlich drei grob behauenen Kreuzen gegenüber. An dem mittleren waren die Überreste eines Bären angebunden. Die wilden Tiere hatten sein Fleisch gefressen, und unter Hautresten war der weiße Schädel sichtbar. Dieser Schädel war zum Himmel gewandt und besaß, ich weiß nicht warum, eine große, stille Kraft — die Stille der resignierten Natur.

In der Nacht jedoch, als ich die schwankende Tür meiner Hütte zugezogen hatte und auf dem Farnlager zu schlafen versuchte, das ich mir bereitet hatte, da hörte ich mit unbezweifelbarer Deutlichkeit Stimmen sprechen, unvorstellbare Stimmen, so als würden phantastische Wesen vorübergehen und unter den Bäumen, mitten in der Nacht, rings um mich her miteinander reden.

Wem gehörten diese Stimmen?

Ich wußte, daß es Wesen gab, die sich aufgrund von rückwärts gerichteten Kräften, von niemals bezwungenen Leidenschaften dem Bösen unterworfen hatten. Wie die Sage überlieferte, hauste in diesem Teil des Gebirges ein uralter Mann namens Bassa Jaon. Er hatte den frommen Mann von Camors in den Wahnsinn getrieben. Die maßlose Liebe zum Leben und zu den niederen Freuden seines Körpers hatte es ihm ermöglicht, vorläufig die Grenzen zu überwinden, die der Tod setzt. Als sein Geburtsjahr wurde das Jahr 1000 angenommen. Er raubte die Hirtinnen, die ihre Herden zu weit ins Gebirge führten, und verschleppte sie in die Höhlen über dem heiligen See des Gipfels Sacroux.

Es gab nämlich Seen, deren kristallenes Wasser nie jemand gesehen hatte, die immer unter einer dichten Eisschicht verborgen lagen. Hin und wieder riß das Eis, und aus der Tiefe des Wassers tauchte Mathagarri auf, die grüne Göttin. Auch sie hatte dort oben zwischen den Felsen ihre Seele verloren und den Weg zu Basso Jaon gefunden. Wenn dann der Wind blies, hörte man weithin ihre Schreie in den Tälern. Sie klagten gemeinsam, denn sie wußten, daß ein unentrinnbares Gesetz sie eines Tages beide in reglose Felsen verwandeln würde, die keinerlei Lust empfinden konnten.

Doch jeder hat die Götter, die er verdient. Ich blickte mit glühender Sehnsucht ins Dunkel, denn ich wußte, daß mir das Gebirge auch jene senden konnte, die es dem Menschen ermöglicht, sich zu läutern und auf der Leiter der Wesen hochzusteigen. Das ist Ilixone, die letzte kantabrische Göttin, die in den höchsten Felsenbergen der Pyrenäen Zuflucht genommen hat und in der Höhlung der Gletscher schläft. Sie geht zwischen einer weißen Gemse und einem weißen Otter; um die Schultern trägt sie einen Mantel aus Schwanenhaut, und ihre Füße sind so weiß, daß sie sich nicht vom Schnee unterscheiden.

★ ★
★

An jenem Sonntag kam Placide Escombe, der Holzfäller aus dem Dorfe Oo, viel später als gewöhnlich.

Er sagte, daß er mir schwerwiegende Dinge mitteilen mußte, die er in Saint Aventin erfahren hatte. Es gab dort einen Markt, wo die Bewohner aus den Tälern von Astos und Oeuil und sogar jene aus Luchon und von den Ufern des Pique zusammentrafen. Der alte Pfarrer von Saint Aventin hatte eine Predigt gegen einen Ketzer gehalten. Dieser Ketzer stammte aus Toulouse. Er führte die Bauern mit unechten Wundern hinters Licht und nahm in der Nacht die Leichen der Verurteilten vom Galgen — zweifellos zum Zweck der Zauberei. Er hatte versucht, den Abschaum der Bevölkerung gegen die Ratsherren aufzuwiegeln, und aus dem perversen Wunsch nach Schändung und Entweihung heraus hatte er ein Freudenmädchen an einen geheimen Ort in der Kirche von Saint Sernin geführt. Er hatte sein eigenes Heim in ein Haus des Lasters verwandelt. Und jetzt sprach er im Wald von Crabioules mit den alten Göttern des Heidentums. Er hatte versucht, die tugendhafte Edelfrau von Moustajon mit sich dorthin zu ziehen. Am Zeugnis dieser frommen Frau, die vor den kirchlichen Autoritäten einen Eid geleistet hatte, war nicht zu zweifeln. Gleichzeitig hatte sie Verleumdungen gegen den ehrwürdigen Herrn von Cazaril richtiggestellt. Es war ebendieser Ketzer, der im Gebirge Bären kreuzigte, um die Leidensgeschichte zu verhöhnen und die Göttlichkeit von Jesus Christus vor den Adlern auf den Berggipfeln herabzusetzen. Und dieser Ketzer, das war ich.

Der Pfarrer von Saint Aventin hatte angekündigt, daß eine außergewöhnliche Strafe den Gottlosen treffen werde, dessen Namen er nicht auszusprechen wagte. Placide Escombe hatte sich beim Verlassen der Kirche sogleich nach der Art dieser

Strafe erkundigt und noch folgendes erfahren: Seit einiger Zeit lebte in der Gegend ein Geistlicher, der die Überreste des alten Irrglaubens erforschte. Er trug den Titel eines apostolischen Legats und war ehemaliger Inquisitor des Lauragais. Er unterstand nur dem Papst, und seine Autorität erstreckte sich auf die gesamte Kirche. Sein Name war Alphonse Urraque, und die Edelfrau von Moustajon war nach dem Freitagsgottesdienst in Saint Aventin von einer Gruppe zur anderen geeilt, um zu verkünden, daß der heilige apostolische Legat ihr die sehr große Ehre erwiesen habe, im alten Anwesen der Moustajons abzusteigen, um dort die Bestrafung des Ketzers vorzubereiten. Sie senkte die Stimme und fügte hinzu, diese Strafe sei die schlimmste, die von der Kirche verhängt werden könne, und sie murmelte: »Die Exkommunikation!«

Alphonse Urraque! Der Mann, der mir einst verwehrt hatte, Raymond d'Alfaro zu beerdigen. Der Dominikaner von Avignonet, der die mysteriöse Aufgabe erhalten zu haben schien, die Verbindung zwischen Gegenwart und Vergangenheit wiederaufzufinden und so zu erfahren, auf welche Weise die Seelen aneinander gebunden waren! Die schrecklichste aller Aufgaben, die verhinderte, daß der Haß jemals aufhörte!

Die Exkommunikation im Gebirge

Der Sommer ging zu Ende. Heftige Winde wehten aus einem Tal ins nächste. Blätter, Luft und Wasser änderten ihre Farbe. Die Hörner der Schäfer ließen tiefere Töne erklingen.

Placide Escombe war noch mehrere Male wiedergekommen seit dem Tag, als er mich vor den mir drohenden Gefahren gewarnt hatte. Er war nicht wieder nach Saint Aventin gegangen, wie er mir mit einer gewissen Verlegenheit sagte, und hatte nichts Neues erfahren. Jeden Tag erwartete ich, vor ein kirchliches Tribunal berufen zu werden. Es geschah jedoch nichts, und ich begann zu vermuten, daß Alphonse Urraque seine Pläne aufgegeben hatte.

Das Ereignis fand an einem Sonntagabend statt. Dieser Tag der Woche war zweifellos wegen des Marktes in Saint Aventin gewählt worden, damit die Vorbereitungen für die Zeremonie möglichst auf alle Talbewohner Eindruck machen konnten.

Ich erinnere mich, daß ich an jenem Tag im Herzen des Waldes eine Lichtung entdeckt hatte, wo sich wilde Rosensträucher in so großer Zahl vermehrt hatten und so viele Blüten abwarfen, daß der Waldboden von Blütenblättern bedeckt war. Diese Lichtung war durch Dornen beschützt, doch ich hatte hineingelangen können und in der Mitte voller Überraschung einen sehr alten, quadratischen Stein entdeckt, der an einer Seite ein von Menschenhand gemachtes, von der Zeit halb verwischtes Zeichen trug, das ich schon früher einmal gesehen hatte.

Der Abend war gewittrig. Während die Sonne hinter dem Paß von Peyresourde unterging, warf sie rötliche Lichtflecken auf die tiefhängenden Wolken. Die Nacht kam heran, sie war rostfarben und von beunruhigender Wärme. Ich machte mich auf den Rückweg zu meiner Hütte und versprach mir, am nächsten Tag wiederzukommen.

Da vernahm ich ein Andachtslied, eine Art von liturgischem Gesang, eine Hymne der Verzweiflung, die von zahlreichen Stimmen über mir gesungen wurde und schauerlich vom Himmel herabzufallen schien.

Ich hob den Kopf. Die Stelle des Waldes, an der ich stand, war von einer hohen Felswand überragt, die ein dichtes Kleid aus Wacholder und Rosmarin zudeckte. Ich war einen jener Pfade entlang geklettert, die die Holzfäller 'Baumpfade' nennen und über die sie die Stämme zu Tal gleiten lassen. Es gab aber auch einen Weg aus Kieseln, der um den ganzen Berg herumging und höher hinauf bis zu den Gipfeln von Crabioules führte, wo es nur noch einsame Adler gibt und tote Seen in ihrem Rund aus gefrorenem Granit.

Als erstes sah ich ein hohes Kreuz, das sich den Weg entlangbewegte — ein Kreuz, das mir trotz der Entfernung riesengroß zu sein schien. Dann erkannte ich einen langen Zug, der hinter dem Kreuz herschritt. Es waren Priester in Meßgewändern, und sie waren bemüht, ihrem Gang eine gewisse Feierlichkeit zu verleihen. Ich zählte sie. Es waren zwölf, das heißt, die rituelle Zahl, welche die große Exkommunikation vorschreibt, wie sie in den längst vergangenen Zeiten der Albigenser praktiziert wurde. Zwölf! Wie hatte man nur so viele Priester zusammenbringen können? Da waren die Pfarrer aller Nachbargemeinden, aus Oo und Luchon. An seiner großen Nase und den großen Ohren erkannte ich einen Domherrn von Saint Bertrand. Ein kleiner Greis mit gebeugtem Rücken und langen weißen Haaren ritt auf einem Maultier. Das war der Pfarrer von Saint Aventin. Man hatte einen Fußmarsch wohl als zu anstrengend für sein hohes Alter betrachtet. Er kannte mich seit meiner Kindheit. Ich wußte um seine Güte und zweifelte nicht daran, daß es ihn sehr betrübte, eine solche Strafe verhängen zu müssen. Hinter ihm jedoch, ich erkannte ihn an seiner Größe, ging Domitien von Barousse, der Zauberpriester. Zuerst überlief mich ein Entsetzensschauder, als ich ihn sah; aber bei näherer Überlegung beruhigte mich seine Anwesenheit. Wenn eine Verdammungszeremonie unter dem Einfluß eines glühenden Geistes, der von Glauben erfüllt war, eine Wirkung in der geistigen Welt haben konnte, so mußte die Wirkung ihre beflügelte Kraft verlieren, wenn eine dem Bösen verfallene Seele daran teilnahm.

Barhäuptig, in seinem weißen Dominikanergewand, schritt Alphonse Urraque als erster voran. Er sang nicht wie die Priester, die ihm folgten, und wie die Bauern und Holzfäller, die hinter den Priestern hergingen. Bald betrachtete er mit bangem Blick den Wald zu seinen Füßen, bald wandte er sich in Richtung der untergehenden Sonne. Zweifellos, um einen theatralischen Eindruck in den Seelen zu hinterlassen, hatte er den Zeitpunkt der Zeremonien auf das Verschwinden der Sonne und das Nahen der Finsternis abgestimmt. Er befragte einen Mann, der ihm als Führer zu dienen schien und der ihm, mit einer bewundernswert präzisen Geste, den genauen Ort wies, wo meine Hütte stand. Mit Bedauern erkannte ich in diesem Manne Placide Escoube wieder.

Alphonse Urraque hob die Hand, der gesamte Zug kam zum Stehen, und der Gesang brach ab. Mit Mühe stieg der Pfarrer von Saint Aventin von seinem Maultier. Ein Mann lud eine Art Holzbündel ab, das er auf den Schultern getragen hatte. Es waren zusammengebundene Fackeln. Ein Sakristan in violettem Gewand, das ihm bis zu den Knien reichte, begann hin und her zu eilen und diese an die Priester zu verteilen. Die Bauern kamen näher. Einige kletterten auf Felsen und nahmen die Haltung ein von Leuten, die in aller Bequemlichkeit einem Spektakel beiwohnen wollen. Ich sah Gesichter, die vor Dummheit gähnten. Ich glaubte, inmitten anderer Frauen die Edelfrau von Moustajon zu erkennen, und neben ihr sah ich, blaß in ihrer weißen Halskrause, das ganz reine, ovale Gesicht und die leeren Augen der Lucida von Domazan — das junge Mädchen ohne Seele.

Die Bauern wichen auseinander, um zwei Männern Platz zu machen, die als letzte ankamen. Sie trugen einen leeren Sarg, den sie vor Alphonse Urraque niedersetzten. Nach der Symbolik der Exkommunikation war der Sarg Ausdruck für den vollständigen Tod des Sünders, und wenn dieser gefügig war, so kam er und legte sich in den Sarg hinein.

Allmählich senkte sich die Dunkelheit überall herab. Der violette Sakristan ging rasch von einem zum anderen und zündete die Fackeln an. Alphonse Urraque trat jetzt neben den Sarg, schritt an den Rand des Felsens, der den Wald überragte, und ich hörte, wie seine etwas belegte Stimme in meiner Richtung rief:

»Michel von Bramevaque, seid Ihr hier?«

Gleichzeitig erhoben die zwölf Priester ihre Fackeln. Vom Gipfel des Sacroux bis nach Montarqué wichen die gerade aufblitzenden Sterne zurück. Die herbeieilende Finsternis schien in Flammen aufzugehen, und über mir entstand etwas wie ein großer rotschimmernder Kreis.

Ich hatte ein paar Schritte nach vorn gemacht, und trotz Laubwerk und Schatten erkannte ich die Gesichtszüge von Alphonse Urraque. Er sah mir so unglaublich ähnlich, daß ich hätte meinen können, ich wäre es selbst, mein Doppelgänger im Dominikanergewand, der meinen Namen aussprach.

Ich sah das matte Gold der Stolen und Meßgewänder schimmern, die Silhouetten der Priester sich bewegen. Sie machten alle die gleiche Geste, damit ihre Fackeln nicht verloschen, schüttelten sie und schürten so die Flamme. Die Fackeln warfen abwechselnd große Feuerzungen; man hätte glauben können, daß sie Gebirge und Himmel erzittern ließen, daß sie Eichen und Tannen ausrissen, um Gott ein Sühneopfer darzubringen. Die Flamme, die Domitien von Barousse trug, schien mir strahlender zu sein als die anderen, so als wäre sie die Ursprungsflamme, aus der diese unerwarteten Feuer hervorgebrochen waren. Und plötzlich flog eine der ersten Fledermäuse, mit großen ungeschickten Flügeln, an der Reihe der Priester entlang, und der Sakristan mußte mit einem Stock hinter ihr herjagen.

Ich fühlte mich klein, so als würde mich eine Kraft, die alles hinwegfegte, mit den Bäumen forttragen. Doch gleichzeitig war in mir ein Wille, Widerstand zu leisten, ein bitterer Wunsch, mich gegen die Macht der Kirche aufzulehnen, die mich ohne Grund und ohne Recht in meiner Einsamkeit bedrängte.

»Ja, ich bin hier«, antwortete ich und bemerkte, daß meine Stimme aufstieg und von dem Mann gehört wurde, der mir in seiner äußeren Gestalt als Geschöpf so ähnlich war.

Sicherlich kannte er den Wortlaut der Anklage und die Sakramentsformeln der Verdammung auswendig, denn er las nichts vom Blatt ab und sprach reichlich. Bei seinen ersten Worten begann der Abendwind zu wehen, der durch die Schluchten von Oo gekommen war, und während er die Flammen der Fackeln schrägblies, trug er die lateinischen Formeln mit sich fort und zerstreute sie.

Alphonse Urraque stand vornübergeneigt und kümmerte sich nicht darum, ob ich Sünder verstand oder nicht, was er sagte. Er war vom Haß besessen, den ich in ihm auslöste, und von noch größerer Wut, die nicht nur alle lebenden Ketzer traf, sondern auch jene der Vergangenheit, die ohne die verdiente Bestrafung gestorben waren.

Durch ein eigenartiges Phänomen gelangten seine Gedanken von ihm zu mir, und ich nahm sie ohne Schwierigkeiten wahr. Ohne daß es in seinem Anklagetext ausgesprochen war, verstand ich, daß er mich nicht wegen der aufgeführten Gründe exkommunizierte, sondern weil er wußte, daß der alte albigensische Glaube, der Kirche des Papstes zum Trotz, die Jahrhunderte überdauert hatte und immer noch in meinem Herzen weiterlebte wie ein ewiges Licht.

Je mehr er sprach, desto mehr wurde seine zuerst gedämpfte Stimme bewegend und kraftvoll. Ich fühlte seinen leidenschaftlichen Glauben wie einen Hauch auf meinem Gesicht. Ich litt an seiner Wahrhaftigkeit, deren Größe und Schönheit ich nachempfinden mußte. Ah! Wie sehr er glaubte! Wie er seine Kirche und seinen Gott liebte, um in solchem Ausmaß hassen zu können! Wie sehr er bereit war, mein Blut zu vergießen, dieser Mann im weißen Gewand, dessen Gesicht dem meinen so ähnlich war, dieser grausame Bruder, der seinen Himmel über die Gerechtigkeit gestellt hatte. Seine Wahrheitsliebe rief meine wach. Ich hätte sprechen, mich verteidigen, kämpfen wollen. Aber wie? Ich fühlte mich gelähmt, erfroren bis ins Mark. Ich wurde genau zu dem Zeitpunkt angegriffen, als mich der Zweifel in meiner Seele am ehesten verwundbar machte. Eine große Kraft stürzte auf mich herab und zermalmte mich. Sie bestand aus Schatten. Ich hatte das Gefühl, daß aus allen Seitentälern die gesamte Finsternis ringsumher zusammenströmte und für immer in mich eindrang. Mein Glaube war vernichtet. Ich war hierhergekommen, zu den ältesten Bäumen von Frankreich, um zu versuchen, durch die Sprache der Natur die göttlichen Geheimnisse zu begreifen. Aber das war vorbei. Ich sollte nicht verstehen. In den Augen der Kirche war mein Verbrechen vielleicht nur dieses eine gewesen, daß ich verstehen wollte. Doch ich würde nie mehr verstehen. Durch die Macht ihrer Riten übergab mich die Kirche der Nacht des Bösen.

Verzweiflung überfiel mich. Hätte ich schreien können, so hätte sich meine Stimme erhoben und gesagt, daß ich kommen würde, um mich in den für mich geöffneten Sarg zu legen. Ich versuchte sogar, den Felsen zu erklettern, um dorthin zu gelangen, mich zwischen den Brettern auszustrecken und darum zu bitten, man möge mich lebendig begraben.

Plötzlich schwieg Alphonse Urraque. Die letzte Formel, die Beschwörung und Tod galt, hatte sich von seinen Lippen gelöst.

In nomine Patris et Filii et Spiritus Sancti. Amen.

Er richtete sich auf und machte eine gebietende Geste. Die zwölf Fackeln senkten sich gleichzeitig. Sie warfen einen kräftigen Schein und verloschen. Die zwölf Priester zertraten sie unter ihren Füßen, als ein Symbol für meine aus der Gemeinschaft der Wesen ausgeschlossene Seele, für mein geistiges Leben, das damit vorbei war.

Und in der Nacht, die plötzlich Wälder und Berge bedeckte, strahlte in mir ein helles Licht auf. Ich sah und verstand auf einmal alles, was mir unerklärlich erschienen war: das Schweigen der Götter und ihre Worte, die noch rätselhafter als ihr Schweigen sind, das Wesen des Grals, seine heilige Schönheit und seine Unfaßbarkeit. Ich hatte ihn gesucht, und er war überall um mich herum. Der Smaragd, der nun unter der Basilika von Saint Sernin ruhte, enthielt nur einen Tropfen vom Blut der Welt. Das wahre Blut von Christus strömte ringsumher mit dem Herbstrot der Blätter. Es hatte die alten Eichen gefärbt und den Wacholderbüschen diesen rostfarbenen Hauch verliehen. Es war in der gesamten Natur. Ich lebte unter einem Regen aus göttlichem Blut. Im Wasser jeder beliebigen Quelle konnte man zur heiligen Kommunion gehen. Das Mysterium des Geistes war jedem zugänglich. Und alle konnten gerettet werden. Kein magischer Talismann, keine erlösende oder Befreiung schenkende Reliquie war dafür notwendig. Jeder mußte selbst sein Heil suchen. Er mußte es in seinem Innersten finden und anzünden wie ein schlafendes Licht, dessen Flamme nur er allein wieder entfachen konnte.

Diese Wahrheit war so strahlend, daß sie mich mit der zarten Fröhlichkeit erfüllte, wie sie nur die Betrachtung des Wirklichen schenkt. Ich hob den Kopf und sah einen unbekannten Stern, der auf ungewöhnliche Weise leuchtete, wie um mir aus der ewigen Ordnung der Dinge eine Bestätigung zu überbringen. Nie waren mir die Sterne so schön erschienen, so harmonisch am Himmel verteilt.

Währenddessen vernahm ich auf dem Weg menschliche Stimmen, die einander zuriefen. Der Zug der Priester trat den Rückweg an. Das Maultier des Pfarrers von Saint Aventin wollte zuerst nicht vorangehen. Dann gab es einen lauten Krach und Rufe. Man hatte den Sarg die Felsen hinabfallen lassen, er kollerte herunter und zerbrach. Die Stimmen senkten sich zu einem Flüstern. Die letzten Nachzügler hatten wohl Angst bekommen, und ihre Silhouetten verschwanden.

Der schweigende Wald begann wieder zu leben. Ich hörte den Saft in den Bäumen strömen und spürte die Bewegungen der Wurzeln durch die Erde hindurch. Vom Schlaf erwachte Vogelschwärme flogen auf und schwebten unter den Sternen. Die Zweige entfalteten sich in Garben. Und ich, von Freude erfüllt, hob meinen Stab auf und begann zu wandern.

Ich lief dahin. Ein wenig später klang eine Glocke in der Ferne, die zur Totenmesse läutete. Weit fort erblickte ich etwas wie illuminierte Bilder im Buche der Nacht, die Glasfenster der Kirche von Saint Aventin, wo man nach ritueller Vorschrift die Totengebete für den Exkommunizierten sprach, den kein Jüngstes Gericht mehr aufwecken konnte. Doch für mich waren die Trompeten schon erklungen.

Ich stieg den steilen Weg hinab, den auch die Baumstämme nahmen. Wo ich vorbeiging, erwachte die Natur. Waschbären kamen mit einem zufriedenem Brummen aus dem Hochwald. Ich sah die listigen Augen eines Fuchses mit furchtloser Aufmerksamkeit auf mich gerichtet. Schlangen und Igel bewegten sich unter den Bäumen und brachten Steine ins Rollen. Als ich über einen Bach sprang, schnellte eine Forelle empor, und ich sah ihren silbernen Leib glänzen wie das Metall eines Reliquienkästchens. Ein Käuzchen landete dicht neben mir. Durch meine außergewöhnliche Wahrnehmungskraft konnte ich die Ameisen ihren Bau verlassen hören und wußte, daß sie ihre spitze Lanze zum Zeichen der Freundschaft in meine Richtung hoben. Ich sah, ohne daß ich dem Bedeutung beimaß, wie sich im Himmelsblau vor mir ein Rad drehte — das gleiche Zeichen, das ich am Tage auf einem Stein, inmitten einer rosenbewachsenen Lichtung, entdeckt hatte.

Ich war geblendet von einem Licht, das aus mir kam und mir die Freude des Verstehens schenkte. Ich verstand das Gesetz der Harmonie, die den Gral von dem bescheidensten aller Geschöpfe an den heiligsten Ort der Erde hatte tragen lassen. Doch der Gral, den ich gesucht hatte, war trotzdem auch in meinem Herzen. Das Blut von Christus floß in mir. Ich war wie er geworden.

Die Rose von den vier Reitern

In Isaac Andréas Garten stand ein antiker Votivaltar mit Götterskulpturen, die aus einer weit zurückliegenden Epoche stammen mußten.

Er befand sich ganz am Ende des kleinen Kreuzgangs, der den Garten begrenzte, und wer vor diesem Altar stand, erblickte vor sich die blauschimmernden Windungen der Garonne, die Weinberge an den sanften Uferhängen und, bei klarem Wetter, den zarten Schatten der fernen Pyrenäen.

Isaac Andréa hatte mich in seinem Haus, nicht weit von Toulouse, aufgenommen. Es lag abseits, am Ende eines kleinen, von Zypressen gesäumten Weges. Es war angefüllt mit Büchern und Manuskripten. An Regentagen entzifferten wir alte griechische oder byzantinische Pergamente, die aus der ehemaligen Abtei stammten, an deren Stelle das Haus gebaut worden war. Bei schönem Wetter führten wir Gespräche über Fragen von Leben und Tod und spazierten dabei den Kreuzgang entlang und in dem rechteckigen Garten umher, wo zwischen von Glyzinien umgebenen Feigenbäumen und Eukalyptusgewächsen Grabsteine ohne Inschriften standen.

Manchmal sagte er dann zu mir:

»Siehst Du, große Werke sind unnütz.«

Und ich dachte daran, was aus meinen guten Absichten geworden war.

»Die einzige Hilfe, die ein Weiser den Menschen vielleicht geben kann, entsteht aus seinem tatkräftigen Nachdenken in der Einsamkeit.«

»Wer ist diese Göttin?« fragte ich ihn eines Tages und zeigte ihm auf dem Altar eine steinerne Gestalt mit einem ganz reinen Gesicht, »und wie hat sie in einer Abtei bleiben können?«

»Es gab unter den ersten Christen wissende Mönche, welche die Symbole der alten Gottheiten verstanden. Diese Göttin ist Ilixone, der Aufschwung der Seele zum Göttlichen hin. Sie ist an der Gemse und dem Otter rechts und links von ihr zu erkennen. Der Bildhauer aus der Frühzeit hat den Stein auf besondere Weise geschliffen, damit sein weißer Glanz erhalten bleibt, das Zeichen der Reinheit.«

»Und dieser Stein dort«, fragte ich, »der behauen ist wie die Richtungsweiser, die man an Wegkreuzungen sieht, was hat er zu bedeuten?«

Ich deutete auf einen Stein, dessen eine Seite zwei Linien zeigte, die dreifach gebrochen waren und eine Art von Rad formten. Er war jenem ähnlich, der mich schon im Wald von Crabioules angezogen hatte.

»Er weist tatsächlich den Weg, aber einen Weg, der in keine der bekannten Richtungen führt. Dieses Zeichen ist früher an vielen Stellen von Menschen in den Stein geritzt worden, die aus dem Osten kamen. Es war geeignet, eine unermeßliche Weisheit in sich zu vereinigen. Doch der Sinn dieses Schriftzeichens ist verlorengegangen. Auch der heilige Gral ist ein lebendiges Wort aus derselben Sprache. Weißt Du, eine Gemse und ein weißer Otter, eine geometrische Zeichnung an einer Wegkreuzung, das göttliche Blut eines vollkommenen Menschen auf dem Grunde eines Kelchs, dies alles ist ein und dasselbe. Reinheit, Entsagung, das ist alles, was die Menschen entdeckt haben und was sie für alle Zeiten weitertragen.«

Ich wunderte mich manchmal, daß niemals jemand Isaac Andréa besuchte. Hatte er sich nie mit anderen Menschen zusammengetan, die ihm gleich waren?

Eines Tages, als wir Berechnungen über die Entfernung der Planeten anstellten und über die Reisen gesprochen hatten, die die Seele nach dem Tode macht, fragte ich ihn:

»Sind wir die einzigen, die suchen?«

»Es gibt noch andere Menschen«, antwortete er mir, »aber nur sehr wenige. Und es ist schwierig, ihnen zu begegnen.«

Er hielt einen Augenblick inne und fügte hinzu:

»Man begegnet ihnen niemals.«

Am gleichen Tag, ein wenig später, als Isaac Andréa in die Bibliothek zurückgegangen war und ich allein durch den Garten lief, erblickte ich zu meinen Füßen eine große frische Rose. Die Rosenstöcke des Gartens waren schon ganz verblüht; diese Rose mußte über die Mauer geworfen worden sein.

Ich erinnerte mich plötzlich, daß ich einige Minuten vorher geglaubt hatte, Pferdegeräusche zu hören. Ich lief zum Altar der Göttin Ilixone und sah in die Ferne, hinter der letzten Zypresse am Weg, auf der Straße, die zur Garonne führt, die Umrisse von vier Reitern, die, so schien es mir, im Wind flatternde schwarze Mäntel trugen.

Ich rief Isaac Andréa und reichte ihm die Rose. Er nahm sie, hob sie in Richtung der untergehenden Sonne und murmelte:

»Die Rose!«

Ich zeigte ihm die Reiter, die sich entfernten und bald auf der Straße verschwinden würden. Er folgte ihnen mit aufmerksamem Blick.

»Ja, es gibt jene dort«, sagte er halblaut. »Sie ziehen vorbei und halten nicht an. Und es gibt auch die anderen.«

»Welche anderen?«

»Bist Du nicht manchmal aufgewacht und hast Dich besser gefühlt, hast die Empfindung gehabt, das Leben wäre schöner, und etwas Zartes und Wunderbares hätte sich während Deines Schlafes ereignet?«

»Ja, das habe ich schon erlebt.«

»Ich selbst habe es oft gespürt. Dann ist in unsere Seele eine unsichtbare Rose geworfen worden und hat sie verschönt. Wer aber war es, der die Rose geworfen hat? Werden wir seine Silhouette sehen, wenn wir nicht am Ufer der Garonne, sondern am Totenfluß entlanggehen? Werden wir nicht weitersuchen müssen? Du wirst vielleicht einen neuen Gral erblicken, den ein wahnsinniger Ritter in immer entfernteren Bergen emporhebt. Wer weiß, ob das nicht die beste, die einzige Gewißheit ist in diesem furchtbaren Leben, vor dem unbekannten Tod, dieses Stück Schönheit, eine Rose, die uns im Vorbeigehen ein Bruder zuwirft, den wir niemals kennenlernen werden?«

You never enjoy the world aright
»Till the sea itself floweth
In your veins and you are clothed
With the heavens and
Crowned with the stars . . .«
(Douglas Traherne Harding)